Sonya
ソーニャ文庫

乙女の秘密は恋の始まり

山野辺りり

JN250806

イースト・プレス

contents

プロローグ

「面白い冗談だな、君は弟みたいなものだよ。だって、肌は焼けて黒いし、女らしさの欠片《かけら》もない身体つき。ドレスよりも、男の服装の方が似合うんじゃないか？」

笑いと共に告げられた言葉にシェリルの頭は真っ白になった。

気持ちのいい昼下がり。屋敷で行われたお茶会には、両親の友人夫妻が何組かとその子供たちが招かれていた。大人はお喋《しゃべ》りに興《きょう》じ、子供はそれぞれ追いかけっこをしたりして遊んでいる。その中でシェリルは、小さな子供の面倒をみているセドリックに、長年の思いのたけをぶつけていた。

酷《ひど》い、侮辱《ぶじょく》だと涙を流せればまだよかったのかもしれない。だが、あまりに唐突な揶揄《やゆ》と言葉の鋭さに軽口《かるくち》だと分かっていても咄嗟《とっさ》に反応できず、結局、仲のよい幼馴染《おさななじみ》同士のいつものやりとりだと周囲が笑い出すまで、一言も発することはできなかった。

けれど、心の中には沢山の反論が渦巻《うずま》いている。断っておくが、肌は日に焼けているわけではない。もともとが地黒なのだ。それに、まだ十二の子供に女らしい身体つきを求めるのは無理があると思う。確かに、シェリルは同年代の平均よりも痩《や》せぎすで肌も浅黒く、発育不良ではあったけれども。

「まったく、シェリルは冗談が好きだな。そんな悪戯《いたずら》を仕掛《しか》けるならまず、僕好みの女性らしさを身につけてからにしなさい。柔らかで豊満《ほうまん》でありつつ括《くび》れた体形は勿論《もちろん》、誰もが振り返るような美しい容姿、上質の会話ができる知性、それから男性を立てる謙虚《けんきょ》さがある完璧な淑女《しゅくじょ》になって出直しておいで」

周囲の大人たちは、「そりゃ理想が高すぎる」と笑いさざめいたが、シェリルはちっとも面白くなかった。それでも、渾身《こんしん》の努力でもって口の端を引き上げる。他人からは、どうにか笑顔に見えるように。

「……セドリック様こそ冗談がすぎるわ。私はちょっとからかっただけですよ……」

「じゃあ、企《たくら》みは失敗だね！」

他に、どんな対応ができただろうか。

好きだと告白したのも、結婚を前提にお付き合いして欲しいと告げたのも、冗談でなければ嘘でもない。全て本心だ。指先が震えるほどに緊張して、どうにか言葉にしたのに、彼には欠片も伝わらなかったらしい。それどころか、ティーパーティの余興にされてしまった。ざっくり傷ついた心が痛くて今にも泣き伏したかったが、シェリルは道化《どうけ》の仮面をはりつけ続けた。

「今度はもっと上手な嘘を吐くわ」

見下ろせば、まっ平らな胸。細く小枝《こえだ》のような腕。子供っぽいドレスが、急に恥ずかしく思えてくる。このとっておきのドレスを初めて身につけた今朝は、最高に高揚していたのに、今は、ただただ惨《みじ》めだ。背中へ隠した拳《こぶし》を固く握り締める。

六歳年上の幼馴染で初恋の彼に手酷く振られた痛みを癒《い》やす方法など、子供のシェリルには分かるはずもなかった。

1　美は一日にしてならず

目覚めて最初にするのは、お湯で濡《ぬ》らして固く絞ったタオルによって顔全体を温めることだ。シェリルの習慣を心得ているメイドのマリサは、毎朝同じ時間に湯とタオルを準備してくれている。それをありがたく受け取って、シェリルはベッドに横たわったまま肌を蒸《む》らした。

「……気持ちいい……」

少し熱いくらいの温度が丁度よく、思わず喉からうっとりとした吐息が漏《も》れた。寝起きのむくみが解消されていくのが実感できる。

「お嬢様、タオルをお取り替えいたしますね」

マリサはぬるくなったタオルをシェリルの顔から取り去ると、今度は冷やされたものを載せてくれた。急激な温度差が、これまた心地いい。解《ほぐ》れ緩《ゆる》んだ毛穴が、キュッと引き締まる気がする。

「いつもありがとう。マリサ」

使用人に謝意を表す必要はないと考える貴族は多いが、シェリルはそれは悪《あ》しき慣習だと思っている。いくら身分が違うと言っても、何かしてもらえば礼を述べるべきだろう。それでお互い気持ちよくすごせるならば、わざわざ省《はぶ》く理由は見当たらない。

「お嬢様の美を保つ一助となるならば、こんな嬉しいことはございません」

誠意をもって仕えてくれるマリサは、胸を張りながら答えた。心底そう思っているのか、どこか誇らしげでさえある。そんな彼女に苦笑して、シェリルは身体を起こした。

「そう言ってもらえると、私も嬉しいわ。じゃあ、いつものアレ……お願いできるかしら？」

「勿論でございます、お任せください！」

大きく頷いたマリサは、張り切って腕まくりをした。そして香油《こうゆ》を両手に馴染ませ、シェリルの顔に丁寧に塗りつける。充分に馴染ませた後、耳の下から鎖骨に向けて力強くマッサージを始めた。瞳の周りも重点的かつ柔らかに揉《も》み解す。少し痛いくらいの加減が絶妙で、シェリルの鼻から満足気な息が抜けた。

「痛かったら、おっしゃってくださいね」

「大丈夫よ、マリサ。いつも通り最高の気分だわ」

以前は自分でやっていたマッサージだが、最近はマリサが名乗り出て施《ほどこ》してくれている。もともとこういった美容に興味はあったが、高価な香油などに触れられる機会がないからと諦めていたらしい。そんな時、シェリルの習慣を知って、勉強にもなるから是非やらせて欲しいと申し出てきたのだ。

彼女は呑みこみも早く、今ではシェリル本人よりも上手になっている。当然報酬《ほうしゅう》を支払うと言っているが、残った香油を分けてもらえるだけで充分だと断られていた。今日もマリサはマッサージが終わると、両手に残った香油を大切に自分の肌へと擦りこんでいる。

「瓶《びん》に残っているものも持って行っていいわよ」

「え？　よろしいのですか？　まだ結構ありますよ」

「あと一回分には足りないでしょう。瓶ごと持って行きなさい」

実際には、明日の分くらいはありそうだったが、シェリルは敢《あ》えてそう言った。マリサも主人の心遣いを理解しているのか、嬉しそうに深々と頭をさげる。

「ありがとうございます。この瓶……とても綺麗ですよね。使い終わったら部屋に飾ります」

「いいえ、こちらこそ毎日どうもありがとう」

お礼としては足りないかもしれないと思ったが、マリサは満面に喜色を浮かべて何度も感謝の言葉を口にした。それからシェリルの朝の身支度《みじたく》を整えてくれ、今にもスキップしそうな足取りで退出していく。勿論、その手には香油の入った瓶を大切そうに持って。

「さて……」

鏡の中からこちらを見返してくるのは、シェリル・クリフォード。本日も、美しく整えられた髪や自然な化粧に隙《すき》はない。後ろ姿まで確認して、ドレスには皺《しわ》ひとつないことに満足した。最近は夜会続きで脂気《あぶらけ》のあるものを食べ過ぎてしまったから心配だったのだが、体形には寸分《すんぶん》の狂いもなく、理想通り。どこから見ても、完璧だ。

すらりと伸びた手足に艶《つや》やかな蜂蜜《はちみつ》色の髪。理知的な瞳を縁取る睫毛《まつげ》は長く濃く、サファイアのような虹彩を効率的に彩ってくれていた。肌は雪の精さえ逃げ出すほどに白く滑《なめ》らかで、小振りな唇と形のよい鼻が、絶妙な配置を見せている。

つまり、一言で言えば絶世の美女がそこにいた。

シェリルは折れそうに細い腰を捻り、全身をくまなく検分《けんぶん》する。それが、毎朝の自分に課した決まりだからだ。美は一日にしてならず。並々ならぬ努力によってのみ、維持することが可能になる。

「やっぱり、指が少しむくんでいる気がするわ。肌もくすんでいるみたい……今日は夜まで野菜と果物だけにしましょう……」

溜《た》め息《いき》を吐きつつ、独り言つ。夜会シーズンのせいで、連日不規則な生活になりがちなので仕方がないが、これぱかりは憂鬱《ゆううつ》だった。もともと、シェリルは食べることが大好きなのだ。それも、砂糖や蜂蜜、バターをたっぷり使ったものに目がない。しかし、食べ過ぎればあっという間に贅肉《ぜいにく》と言う名のいらない服を纏《まと》うことになってしまう。それだけは絶対に嫌だ。

血の滲む研鑽を重ね、ようやく手に入れたこの身体。それを失うくらいならば、我慢した方がずっとマシ。シェリルが心の底からそう考えるのには、勿論理由がある。

六年前、親同士が懇意《こんい》にしていた幼馴染のセドリック・パーマストンに言われた言葉。本人には悪意などなかったと思うが、鋭い刃は幼いシェリルの恋心をズタズタに切り裂いた。両親が主催したお茶会で、気持ちが高ぶった自分は愚《おろ》かにも彼への恋情を口にしてしまったのだ。

六歳も年下の妹のような――もとい弟のような存在に告白されても、彼は冗談としか受け取れなかったらしい。結局、その場にいた家族も巻きこんで、笑い話に変えられてしまった。しかしその際、セドリックが言った『理想の女』を目指すことをシェリルは心に誓ったのだ。

――今はまだ眼中にない存在だとしても、これからセドリック様を夢中にさせればいいじゃない。

ガリガリで嫌だと言うなら、メリハリのある女性らしい身体つきに。誰もが見惚《みと》れる容姿と、どんな会話にもついていけるだけの知性と社交性。控えめでありながら、その場の華になれるような輝く存在感。白く透き通る美しい肌。

それら全てを、シェリルは努力と根性で手に入れた。今や、社交界の宝と呼ばれるまでになっている。求婚者は後を絶たないし、同性からも敵意を抱かれないよう細心《さいしん》の注意を払っているから、各所での評判は上々だ。この六年、我ながらよくやったと思う。非の打ち所のない女になった――ただ一点の問題を除いては。しかし、その件は今は考えまい。

ほう、と息を吐いて、シェリルは改めて鏡の中の自分を見つめた。今夜、ようやくその真価が問われるのだ。

これまで積み重ねたものが無駄に終わるか否か――それは、全て今日一日にかかっている。その不安感から、実は昨晩はあまりよく眠れていない。幸い隈《くま》などはできていないので安心したが――

「全て完璧でなくては駄目なのよ」

こちらを見返す瞳の中には、幼い頃の自信のない自分がいた。女としては魅力のない、無価値な自分が。

それを振り払うように強く瞬きをする。そうして意識的に強く睨《にら》みつければ、一転、妖《よう》艶《えん》かつ聡明《そうめい》な女が背筋を伸ばして立っていた。

「私はシェリル・クリフォード。クリフォード男爵家の長女。大丈夫よ、今まで自分のしてきた努力を信じて」

今夜――約三年振りにセドリックと再会する。留学していた彼が、帰ってくるのだ。そして同じ夜会に参加することは、既に調査済みだった。

セドリックは、美しくなったシェリルを見て、どう思うだろう？　そのことを考えると、期待と不安が入り混じった感情が込みあげる。逃げ出したいような、今すぐにでも乗り込みたいような――とにかく複雑怪奇で、整理しきれないものが湧き上がるのだ。それは、幼い初恋が無残にも断ち切られたせいだろう。

振られたのなら、まだ納得できた。だが現実は、真剣に受け取ってもらえなかった。だから、行き場のない想いは今も燻ったまま、シェリルの心の奥底に沈んでいる。決して消化されず朽《く》ち果てることもなく、かと言って熟成されるわけでもなく、あの頃のままこの胸にある。

それが、どれほど辛く苦しかったか。

「私は、必ずセドリック様を落としてみせるわ……」

改めて固めた決意を口にして、シェリルは夜会までの時間の全てを、自分をより一層輝かせることに使うと決めた。

大勢の紳士《しんし》淑女が、煌《きら》びやかな衣装を纏って歓談《かんだん》していた。誰も彼も、優雅な所作で親交を深めている。シェリルもまた、沢山の男性に囲まれて称賛《しょうさん》を受けていた。

「ああ、今夜も貴女《あなた》はお美しい……」

「いいや、お会いするごとに匂い立つようだ。私の女神」

「おい、お前抜け駆けするなよ。それにしても、そのドレス、本当にお似合いですね」

シェリルの纏う、襟《えり》の詰まったドレスは懐古的で上品だが、誰にでも似合うデザインではない。華奢《きゃしゃ》でありながら、豊かに膨《ふく》らむ胸と括れた腰、そこから続く女性らしい尻の丸みと長い脚があってこそ着こなせるシンプルな一品だった。フリルやレースは最小限に抑えられ、一見すると地味にも見えるが、薄く透ける素材の布を重ねることで、不思議な色合いを作っている。

宝飾品も華美ではないため一歩間違えれば貧相《ひんそう》になりかねない。けれども、シェリルは完璧に着こなしていた。

社交界で一目置かれるシェリルだが、流行の発信源になれない理由はここにある。難易度が高すぎる装いに、他の令嬢たちは尻込《しりご》みしてしまうのだ。確実に比べられてしまうと分かっていて、似た格好をする愚か者はいない。故に、今夜もシェリルは色々な意味で目立っている。

花や宝石を贈られながら、シェリルは紳士たちの称賛をさらりと受け流した。

「ありがとうございます。お気持ちだけで充分ですわ。でもとても嬉しいです」

誰からの求愛も受けないが、誰か一人を特別扱いすることもしない。シェリルは皆に良い顔をするでもなく、突き放すでもなく、節度を持って平等に対応することを心がけていた。普通ならばお高くとまっていると詰《なじ》られそうなところだが、そつなく周囲に気を配るため、高嶺《たかね》の花として信者は増え続けている。今夜も男たちの囲いをスルリと抜けて、さりげなく女性陣の輪に加わった。

「毎回大変ねぇ、シェリル」

「羨《うらや》ましい、私もあれくらい熱烈に求愛されたいものですわ」

仲の良い二人の友人から同情と羨望《せんぼう》の眼差しを向けられ、シェリルは曖昧《あいまい》に微笑んだ。

「何言っているのよ、貴女はもう結婚しているじゃないの」

「選ぶ余地が他にあったのなら、違う選択をしましたわ」

ふくよかな頬《ほほ》を震わせる彼女は、夫婦仲が良いことで知られている。今夜だって一際睦《むつ》まじい様子で登場したくせに、そんなことを言って場を和《なご》ませた。

「……大勢なんていらないのよ。私はたった一人に認められたいの」

声を落としたシェリルに、背の高い友人が眉をさげた。

「ああ……貴女、まだ引き摺《ず》っているのねぇ……」

呆れの混じった声には、無言で肯定を示した。幼馴染で昔からシェリルと親しい彼女たちは過去のことも知っている。今更、取り繕《つくろ》っても意味はない。

「そんなふうに言うものじゃありませんわ。とにかく、きっともうすぐセドリック様は会場にいらっしゃるはずよ。その時こそ、勝負の始まりですわね」

「勝負って、勝ち負けじゃないでしょうに。私としてはあんな酷いことを言う男よりも、ロイ様の方がずぅっと素敵だと思うけれど」

こざっぱりした性格の背が高い友人は、セドリックに好印象を持っていないらしく、辛辣に言い捨てた。その尖らせた唇から漏れた名前に、シェリルは首を傾げる。

「ロイ様？」

「え？　シェリルったら知らないの？　今をときめくロイ・バンクス様を！」

正直なところ、男性はセドリックしか眼に入っていなかったのでよく分からない。政治や経済に大きな影響力を持つ貴族の名前ならば耳にしていないはずはないのだが……

「バンクス……あ、この数年で急成長している貿易商の？」

確か、近年急激に大きくなった商会がそんな名だったかもしれない。噂《うわさ》では、親から継いだ会社を一代で大きくしたやり手の社長だとか。特にここ最近の活躍ぶりには目を見張るものがある。だが、その本人にはお目にかかったことがなかった。何故なら、彼は仕事の拠点を隣国であるウォーレンスに置いているからだ。そこは、セドリックが留学していた国でもある。

「そうよ。先日、この国に戻っていらしたのよぉ。何でも、販路を拡大させるおつもりらしいわ。だから、若い女性が浮き足立っているってわけ。素晴らしいわよね、敢えて生まれた国以外で成功を収めるなんて」

彼女の言葉につられてシェリルが周りを見渡せば、確かに出入り口を気にしてソワソワしている女性は多かった。誰もが若く、未婚と思われる。

「だけど、ロイ様は爵位をお持ちでないのでは？」

詳しくはないけれど、噂話には耳を澄ませている。社交界ではどんな話題が必要とされるか分からないからだ。そのためシェリルも、バンクス家が平民であるのは知っていた。基本的に貴族は貴族同士で婚姻を結ぶのが望ましいとされている。成り上がりが爵位を買うために没落した家の娘を娶《めと》ることはあるが、内心では好ましくないと考える者の方が多いのが現状だ。夜会にだって、平民を呼ぶことは稀。だからシェリルは不思議に思って尋ねた。

「それなのに、歓迎ムードなのね」

「当たり前じゃない。今やそこらの貴族を凌ぐほどの財を築き上げているのよ？　内緒だけれど、結構な家柄の方でも融資を受けていると聞いているわ。それに近々功績が認められて、準男爵の称号を得られるという噂もあるし……あ、これも秘密ね」

存外お喋りな彼女は人差し指を立て、声を潜めた。

「それは、すごいわね。まだお若い方だと聞いていたけれど」

「なんと二十六歳ですって。異例の若さでも、あれだけの財を築けばねぇ。人脈も広くて、同時期にウォーレンスに滞在していたことからセドリック様とはご親友。王族にも顧客はいらっしゃるみたいだし……」

二十六歳という年齢には素直に感嘆した。セドリックとあまり変わらない。それでそこまでの成功を収めるとは、並大抵のことではない。

「とても素晴らしい方なのね」

「もう、シェリルったら本当にセドリック様以外の男性に興味がないのねぇ。一途なのはいいけれども、もっと視野を広く持たなきゃ。何も男はあの方だけじゃないのよ？」

友人がシェリルを心配して助言してくれているのは分かるが、幼いころから拗《こじ》らせ続けた恋心なのだ。一度木端微塵《こっぱみじん》に砕《くだ》かれはしたが、人生の大半をセドリックで占められてきた。だから、そう簡単に忘れることも割り切ることもできやしない。

「あ……噂をすれば、ほら。ロイ様がいらっしゃいましたわ。セドリック様もご一緒だったのね」

シェリルが返答に困っていると、それまで大人しくしていた友人が、ふっくらした手で入り口方向を指し示した。同時に、女性陣から黄色い声があがる。

「まぁまぁ、お二人揃っていらしていただけるなんて！」

「遅くなって申し訳ありません。なにぶん、国に帰ったばかりで色々とやらねばならないことが山積みで……」

「セドリック様……」

彼は今夜のホストである伯爵と固い握手を交わしていた。シェリルは、三年振りに会う初恋の人を凝視《ぎょうし》する。輝く金の髪も、青天を模《も》した瞳も変わらない。物語から抜け出した王子様のように華があって美しい人。以前より、髪が伸びたかもしれない。それでも、秀麗さは変わらないどころかむしろ磨《みが》きがかかったようだった。

昔よりも男性的になった身体つきが、服の上からでも窺《うかが》える。長い脚はそのままに、胸板は頼り甲斐《がい》を示すように厚くなっていた。淡いグレーの上下に深紅のベストという個性的な格好も、彼は見事に着こなしている。

「悔しいけれど、相変わらずいい男ねぇ……」

友人の苦々しい呟きで、シェリルはハッと我に返った。思わずぼうっと見惚れてしまっていた。ここへ来た目的はセドリックを自分に夢中にさせることなのに、自分の方が引きこまれてどうする。

「そ、そうね。あの後ろの方がロイ・バンクス様？」

まるでセドリックの付き人のように後ろに控える男性へ視線をずらし、シェリルは尋ねた。大勢の貴族たちと精力的に挨拶《あいさつ》を交わすセドリックとは対照的に、男は言葉少なに微笑んでいる。自ら話しかけると言うよりも、逆に他の者たちが積極的に繋がりを得ようと群がっているようにも見えた。

「ええ、そうよ。セドリック様も素敵だけれど、ロイ様には違う魅力があるわよね。特にあの神秘的な瞳！」

その言葉につられ改めて彼を見れば、確かに整った顔立ちをしていた。派手なセドリックとは違い、品が良くいかにも切れ者といった風情《ふぜい》だ。

淡い茶色の髪に映えるアメシストの輝きを宿した瞳。珍しいその眼の色に思わず息を呑む。

そして長い手足と均整のとれた身体。細い指や繊細《せんさい》な顎《あご》の形は女性的でもあるのに、全体を見るとひどく男性的だ。それは、意志の強そうな眉や、セドリックよりも更に身長が高いためかもしれない。明るい色味を合わせたセドリックとは対照的に黒い服を纏い、瞳に合わせた紫色のタイが品よく映える。だが柔らかそうな髪質と穏やかな表情、そつのない物腰が彼を威圧的には見せていなかった。会話も不得意ではないようで、ロイの周りでは女性陣の楽し気な笑い声があがっている。今も、その輪に加わろうと沢山の令嬢たちが集まり出していた。

「あらあら、あっという間に取り囲まれてしまったわねぇ」

友人の言葉はセドリックのことを指し示していたのだろうが、シェリルはロイばかり見つめていたのを指摘されたのかと思い、慌てて視線を逸《そ》らした。

何故か、彼――ロイから眼を離せない。いくら視界から追い出しても、意識はそちらに向かってしまう。今までそんな経験はなかったので、シェリルは混乱したまま浅く呼吸を繰り返した。

――きっと、あまりにも綺麗な瞳の色をされているからね……あんな素敵な色、見たことがないもの……

ロイとセドリックが並び立つと、その美貌は相乗効果で女性たちを魅了するのか、今や会場にいたほとんどの女性陣が注目していた。未婚、既婚にかかわらず、せめて一度ダンスを踊りたいと狙っているのがよく分かる。

「ほら、シェリルも話しかけないと。何のために頑張ってきたの？」

友人に背中を押され、前へ出る。よろめきそうになった足を踏ん張って、シェリルは優雅に歩いた。

そうだ。ぼんやりしている暇はない。今夜に全てをかけるつもりだったのだと思い出し、何度も練習した最高の微笑みで武装した。背筋を伸ばし、顎を上げて、裾《すそ》さばきにも気をつけて、まっすぐセドリックへと向かってゆく。

それに気がついた周囲は、自然と左右に分かれ道を譲ってくれた。社交界の宝と呼ばれるシェリル・クリフォードに真っ向勝負を挑む女傑など、そうそういない。比べられては大変だと、むしろ逃げ腰になっている。そんな彼女たちにも笑顔を振りまきながら、シェリルはようやく積年の思いを抱えて、かつて自分を手酷く振った幼馴染の前に立った。

「お久しぶりです、セドリック様」

「え……と」

シェリルが誰か分からないのか、彼は困ったように首を傾げた。だが、それは想定内だ。むしろ、それだけ自分が変わったということの証明であり、喜ばしくもある。第一段階は成功と言ってもいい。

「嫌だわ。私をお忘れになったの？　シェリル・クリフォードです。昔はよく遊んでくださったではないですか」

「シェリル!?　え、あのガリガリで色黒だった……？」

最後に会った三年前は多少マシになっていたはずなのだが、セドリックの印象には残っていなかったらしい。あの頃はまだ化粧の仕方も上手ではなかったから、仕方ないかもしれない。それでも、すっかり忘れ去られていた事実に少なからず傷ついた。

「ええ？　本当に？　まるで別人じゃないか……随分綺麗になって……」

口元を押さえ眼を見開いた彼は、上から下まで何度もシェリルに視線を走らせた。信じられないと頭を振り、「うぅ」とか「あぁ」という言葉にならない声を漏らしている。とりあえずは、その反応を引き出せたことにシェリルは満足した。「綺麗になった」という台詞にも溜飲をさげる。第二段階、成功。

「ふふ、ありがとうございます。セドリック様。留学から帰られたとお聞きしたので、私、是非お会いしたかったのです」

「……噂には聞いていたけれども、社交界の宝とは本当に君のことだったのか……」

大袈裟です、とシェリルは謙遜し、充分計算した流し目を彼に注ぐ。すると――

「初めまして。貴女が『非の打ち所がない』と噂のシェリル様ですか。私はロイ・バンクスと申します。どうぞ、お見知りおきを」

驚愕し固まったセドリックの後ろから、ロイが名乗った。優雅な挨拶は、他の高位の貴族にも引けを取らない。付け焼き刃ではない所作が、彼をより魅力的に見せていた。

「初めまして。シェリル・クリフォードです」

改めて向き合えば尚更ロイの美丈夫ぶりが強調され、息を呑むほど美しい造形には嫉妬《しっと》すら抱く。シェリルは負けじと最高の笑みを繰り出した。

「お噂通り、大輪の花のような方ですね」

「それはありがとうございます」

聞き慣れた称賛ではあったが、シェリルは奇妙な違和感を覚えた。何故か、とても上っ面の褒《ほ》め言葉に聞こえたのだ。とは言え、中にはシェリルのような女を好まない男もいる――そう思い直し、深く考えはしなかった。今は眼の前のセドリックに集中しなければ。

「いや、まったく……女性には驚かされるな」

ようやく衝撃から立ち直ったらしいセドリックは、緩く頭を振った。そして、妙に熱っぽくシェリルを見つめてくる。

「一気に蝶《ちょう》へと羽化《うか》したみたいだ……」

「ふふ……男性も、数年お会いしないだけで随分と素敵になられるから驚きますわ。セドリック様も昔よりもっと魅力的になられて」

間違っても見え透いた媚《こ》びにならないよう、シェリルは上品な仕草で口元を扇《おうぎ》で隠した。あくまでも昔からの知り合いという域を出ず、その後は当たり障りのない会話のみ交わして、適当なところで身を翻《ひるがえ》す。

「あ……」

勿論、計画通りだ。もっとシェリルと話をしたいと言わんばかりのセドリックの声を背中に受け、ひっそり笑みを噛み殺した。わざとそっけなく対応することで、彼の興味を引くことはできたはずだ。人は、「あと少し」という物足りなさから次を求めるようになるのだから。つまり、今夜の目的は全て達成。

「では、いずれまた……」

振り返った拍子に、再びロイの姿がシェリルの視界に入った。彼はこちらと眼が合うと、甘く相好《そうごう》を崩す。だが――――その眼差しには熱がなかった。

シェリルを見つめる男性たちの瞳には、いつも欲望や思慕《しぼ》が揺れている。それは時に憧れでもあり、肉欲でもある。どちらにしても、強く何らかの感情が滲んでいるものだ。それが、ロイからは一切感じられなかった。まるで作り物――表面だけ取り繕った仮面のように思えてシェリルは眉根を寄せた。

彼が自分に興味を抱いていないのは一目瞭然。しかし、それを不快に思ったわけではない。ただ、奇妙に感じただけだ。

ロイは、セドリックほどではないにしても、女性の扱いに長けているように見える。会話は盛り上がっているし、大勢に取り囲まれても臆した雰囲気は微塵もない。輪の中心となって、会話が偏らないように満遍なく周囲へ気を配っているのも見てとれた。だから、少なからず女性経験はあるはずだ。場慣れもしているはず。それなのに、どこか冷めていた。

冷えた眼差しがシェリルだけに向けられたものならば、好みではなかったのだろうという結論を出すだけだが、女性全員に向けられていたとなれば、話は別だ。

――もしかして、男色家なのかしら……

そういう趣味嗜好があるのはシェリルも知ってはいる。だとすれば、色々大変だろうなと同情の念を抱いた。この国では同性愛者は迫害《はくがい》される風潮《ふうちょう》がある。ひょっとしたら、ロイはそれを誤魔化すために必死に取り繕っているのかもしれない。他人事ながら、彼の心情を慮《おもんぱか》り並々ならぬ苦労を想像した。

「ちょっと、シェリル。あれだけでよろしいの？」

友人のもとへ戻ったシェリルは、ふくよかな彼女に耳打ちされた。

「そうよ。もっと決定的に、何か言わないと……」

「いいのよ。今夜はこれで。あとは明日以降にね」

悠然と答えたが、本当は緊張していたのだと、その瞬間気がついた。誰にも気取られないよう緩く息を吐き、そっと身体の力を抜く。恋い焦《こ》がれていた幼馴染との久方ぶりの再会は、想像以上にシェリルの精神を疲弊《ひへい》させたらしい。どっと疲労感がのしかかり、膝《ひざ》が震えそうになった。しかし表面上は何ごともない口調を装う。

「あまりこちらから迫ってもね。簡単な女だと思われたくはないし」

強がって小首を傾げれば、それは余裕の表れと友人たちには捉えられたらしい。

「流石《さすが》ね、シェリル。それでこそ社交界の宝ですわ」

「格好いいわぁ。私も見習わなくちゃ」

口々に褒めそやしてくれるけれど、本当は心臓が飛び出しそうだなんて言えるわけがない。自分が作り上げた『シェリル・クリフォード』という女は、動揺を見せたりはしないのだ。常に男性から称賛され、女性から憧れられる存在でなければ。

「ふふ、それじゃあ私はこれで失礼するわ。目的は達成できたし、連日の夜会で疲れているの。寝不足はお肌の大敵だから気をつけなくては」

元より最後まで残るつもりはなかったので、シェリルは名残惜しそうにダンスの誘いをかけてくる紳士の間をすり抜けて、まだ盛り上がっている会場を後にする。だが、やはり疲れのためかクラリと眩暈《めまい》に襲われた。

――いやだ。そう言えば朝から緊張していたから、結局、野菜も果物も少ししか食べていなかったわ……。

そこへアルコールを流しこんでしまったせいか、普段以上に酔いが回っているのかもしれない。先ほどまでセドリックのことで頭がいっぱいだったので全く気がつかなかったが、首尾よくいって安心し気が抜けたのか、一気に足元が覚束《おぼつか》なくなってくる。

「気持ち悪い……」

皆の高嶺の花であるシェリル・クリフォードが、酔っ払って醜態《しゅうたい》を晒《さら》すなどあってはならない。それは、セドリックの『理想の女』に反してしまう。だから誰にも、青褪《あおざ》めた顔色やふらつく足取りを見られるわけにはいかなかった。

ぐっと脚に力をこめたシェリルは、屋敷の廊下にひと気が途切れた瞬間を見計らって近くの部屋へと逃げ込んだ。少し休めば回復するだろう。客用の休憩室と思しき室内を見渡して、ほっと息を吐いた。

置かれた長椅子《いす》に腰かけて、身体を預ける。一人になったことで尚更気が緩み、ますます酩酊《めいてい》感を意識してしまった。普段ならばあれしきの酒量でどうこうなることはないけれど、やはり今夜の自分はどこか浮き足立っていたらしい。疲れた足も持ち上げて、しどけなく横たわった。

本当のシェリルはこんな踵《かかと》の高い靴は好きではない。動きにくいし、爪先が痛くなる。それでもこのドレスには一番似合うから、無理をして履いているのだ。それから、ゴテゴテと飾り立てた髪型も嫌いだ。重い上に髪が傷《いた》む。しかしこれも、求められればしないわけにはいかない。

つまり、全てが『理想の女』であるための作り物。言わば演じているにすぎない。だからこそ、シェリルはロイの不自然さに気がついたのかもしれない。自分と同じように何らかの仮面を被っている同士だと、どこかで共感した可能性もある。

神秘的な紫色の瞳を思い出して、シェリルは睫毛を伏せた。こんなふうに、セドリック以外の男性を思い描くのは初めてのことだ。それほどあの瞳は印象的だった。引きこもうとしていながら、全てを拒絶している、そんな雰囲気。いや、全てと言うのは語弊《ごへい》がある。『女性を』と表現すべきか。

「もし、あの方が男色家だとしたら、いったい何人の女性が涙を流すことかしら……」

勝手にそんな想像を巡らせたが、万が一ロイの対象がセドリックだったらと思い至ってシェリルは慌てて身を起こした。困る。それだけは非常に困る。幼馴染にその性癖がないのは知っているが、あれだけの美しさだ。しかも彼らは同時期に隣国ウォーレンスで数年間を共にすごしていた。何らかの成り行きでそういった関係になる可能性がないとは言い切れないではないか。

一つも根拠がないにもかかわらず、シェリルは己の妄想で焦ってしまった。結果、急に体勢を変えたせいで余計に気分が悪くなってしまう。

「う……」

頭を振った反動なのか、グラリと視界が揺れた。あとはもう、グルグルと世界が回る。

「……吐きそう……」

原因は、空腹時にお酒を飲んだことだけではない。胸に感じる圧迫感と、服と肌の間に籠《こも》った熱が、吐き気を助長しているのだ。シェリルは閉じた扉を確認し、暫《しば》し迷った後、意を決して背中のボタンを外し胸元に手を突っ込んだ。本当なら、鍵《かぎ》をかけてからが望ましかったが、生憎《あいにく》そこまで移動できる余裕はなかった。一刻も早く、楽になりたい。そんな欲求に負けたのも、平静でないからかもしれなかった。

シェリルは初めに左胸付近を弄《いじ》って『それ』を取り出す。続いて同じものを二枚、三枚と引き出した。右胸からも同様に柔らかな詰め物を抜き去って、自分に重苦しさを与えていた要因を全て排除する。すると、呼吸が楽になった。代わりに、豊かに盛り上がっていた双丘はささやかなものへと変わる。

「はぁぁ……」

思わず漏れた解放感の溜め息は、酔いを伴って大きくなってしまった。胸元に籠っていた熱も発散され、清々しいことこの上ない。何枚もの綿を詰めた布に遮られ、暑くて仕方なかったのだ。それがなくなったおかげで、気分の悪さも幾分解消する。

「もう……マリサったら全部で六枚も仕込んでいたのね……」

それだけではない。ドレス本体に縫《ぬ》い付けられているパッドもあった。秘密の上げ底も取り除いてしまえば、見下ろした胸部はささやかどころか最早絶壁に等しい。

完璧なるレディ、シェリル・クリフォード唯一の弱点。それはお胸が平均と比べてかなり小振りなことだった。いわゆる貧乳。大量の詰め物で誤魔化さねば、まっ平らになってしまう。

それはまずい。非常に困る。何故なら、セドリックの『理想の女』から外れてしまうからだ。

だから今夜も特製のパッドを仕込み、胸元が開いていないドレスを選んでいた。人々はそれを清楚《せいそ》だとか奥ゆかしいと言ってくれるけれども、実際にはそういった服しかシェリルは着られないのだ。扇情的に谷間を見せるドレスなど言語道断。偽乳がバレてしまう。そんな屈辱的な事態だけは死んでも避けねばならない。

背中や脇《わき》の肉を強引に掻き集め、無理やり前へと固定しても、もともと余っている肉が少ないのだから効果は薄い。試行錯誤の末、理想的なお胸を作り上げる詰め物が最良であるという結論に行き着いたのだ。

　勿論、その境地に至るまでには様々な努力をした。乳製品の摂取《せっしゅ》などといった食事療法から始まってマッサージや運動。乳が育つと言われれば、怪しげな薬や祈禱師《きとうし》にだって頼った。しかし、全て空振りに終わったのだ。努力だけではどうにもならないことがある――――それを人生で初めて思い知らされたと言っても過言ではない。

　シェリルは胸だけが十二歳のころからほとんど成長していない。悲しくなるくらい慎《つつ》ましく可愛《かわい》らしいのだ。尻や腰は女性らしく官能的に育ったのに、何故か肝心な部分はそのまま。男性が、女性の胸を特に重要視するのはシェリルだって承知している。中には、初対面であからさまに二つの膨らみを凝視してくる不届き者だっている。そもそもコルセットは腰を細く保つと同時に胸をより強調するためのものなのだから、世間一般的に乳房は大きければ大きいほど価値があるのだ。たぶん。

「ふ……こんなところ、誰にも見せられないわね」

　自嘲《じちょう》を漏らしシェリルがもう一度横になると、まさにその瞬間、突然扉が開かれた。

「おや、先客がいたのか……失礼しました」

「え」

　それは、ついさっき夜会会場で見かけた男性だった。淡い茶色の髪に映えるアメシストの輝き。いくつも言葉を交わしたわけではないのに、強い印象をシェリルに残した人。

「申し訳ありません、シェリル様。袖口《そでぐち》にワインをこぼしてしまったので、こちらで着替えるよう案内されたのですが……」

「ロイ・バンクス様……」

そこまで語った彼の眼が、僅《わず》かに下へおりた。そして微かに見開かれる。

半ば呆然として半身を起こしていたシェリルは、この時ようやく、自分がうなじから背中にかけてのボタンを外しっ放しであることと、胸が本来のなだらかさを取り戻していることを思い出した。つまり、先ほどまでは押しあげられていた胸部の布地が、今は萎《しお》れたようになっているのだ。

「……っ！」

しかもご丁寧に、傍らには取り出したばかりの詰め物が並べられていた。それらへ視線を走らせたロイは、瞬時に何かを悟ったらしい。後ろ手に扉を閉ざした。

「これはこれは……お取り込み中とは知らず、申し訳ありませんでした」

「あ……こ、これはっ、その……誤解です」

この数年、シェリルは人前で動揺を露《あら》わにした記憶はない。それだけ人目を気にし、かつ己を律してきた。それなのに、作り上げた仮面はいとも容易《たやす》く引き剥《は》がされてしまった。正確には、自ら脱ぎ捨ててしまったと言えるけれども。色々な意味で。

「間違いなのです。ええそう、ちょっとした行き違いと言いますか……」

「女性の胸は誤解や間違い、行き違いで変幻自在なのですか？」

爽《さわ》やかな笑顔が逆に怖い。どのようにしてこの窮地《きゅうち》を脱するかと頭を巡らせるシェリルに、ロイは一歩ずつ近づいてきた。その前にしっかり扉の鍵をかけることも忘れずに。

「私は別に構わないと思いますよ？　突き詰めて言えば、化粧やコルセットだって実際よりも女性を飾り立てるための手段でしょう。それらは良くて、こちらは駄目なんて無粋《ぶすい》なことを言うつもりはありません」

「あの、ちょっと」

ロイの手がシェリルのパッドを持ち上げ、しげしげと観察した。それは当然つい先刻まではシェリルの胸として服の中に収まっていた代物だ。そう考えると居たたまれない上に、とんでもなく恥ずかしい。しかも汗のせいで少し湿っているかもしれない。こまめに洗っているから汚いということはないと信じているが……

「へぇ……よくできていますね。お手製ですか？」

「か、返してください」

奪い返そうとして伸ばした手は、簡単に避けられてしまった。そもそも彼は立ったままなので、中途半端に座った状態のシェリルからは届くはずもない。ジタバタもがいても、その都度器用に躱《かわ》された。

「バンクス様、ふざけないでください！」

「意外ですね。先ほどお会いした感じだと、もっと控えめで大人しい方かと思っていました。噂でも『朗《ほが》らかでありながら常に冷静な令嬢』だと聞いていたので……そんな真っ赤な顔をして憤慨《ふんがい》するとは予想外です」

唐突にロイが顔を近づけてきたので、シェリルは驚いて固まった。整った容貌は、それだけで迫力がある。しかもある意味養殖のシェリルとは違い、彼のそれは天然ものだと確信した。滑らかな肌には染み一つなく、化粧もしていないのに長く豊かな睫毛と赤い唇。宝石めいた瞳に間近で見つめられれば、魂までが吸い込まれそうになってしまった。

「な……」

「ああ、噂に違わぬお美しさですね。それに安易に泣き喚《わめ》いたりなさらない。頭も良さそうです。ひょっとして、こちらが唯一のコンプレックスなのでしょうか？」

こちら、の言葉と共にパッドを振られてシェリルは呪縛《じゅばく》から解かれた。ロイの瞳には、ついさっきまではなかった熱が揺れている。しかし同時に、紳士然とした仮面の隙間からちょろちょろと見え隠れするのは、意地の悪い微笑みだった。

「貴方こそ……聞いていたお人柄とは随分違うようですけれども。婦女子をからかって悦に入るなど、褒められた行為ではありませんわ」

気圧されてたまるかと言い返せば、彼は片眉を引き上げた。そして興味深そうにシェリルを見下ろしてくる。

「案外、はっきりとものを言う」

「申し上げますとも。とにかく、それを返してくださいませ」

「はい、どうぞ」

　ぐっと掌を上にして突きだせば、ロイは思いのほかあっさりとパッドを返却してくれた。その素直さに、逆にこちらが驚いてしまう。

「え……あ、ありがとうございます」

「もともと貴女のものですよ。礼など述べる必要はないでしょう」

　ふわりと口角を上げた彼は、掛け値なしに美しかった。しかし、垣間見えた本性は再び覆い隠され、作り物めいた笑顔になる。

「それは、そう……ですが」

「そんなことよりも、早くボタンをとめた方がいいですよ。流石に眼の毒だ」

「あ……っ」

　すっかり忘れていたが、詰め物を取り出すために背中は半分より下まで開いてしまっていた。立ち襟のドレスを纏っているので、前から見ればさほど着崩れてはいないだろうが、それでも淑女がする格好ではない。

「ご心配なく、後ろを向いていますのでごゆっくり準備なさってください」

　ひょっとしてロイは、シェリルの秘密を知って嘲《あざけ》るためではなく、こちらの姿を他に晒さないように鍵をかけてくれたのだろうか。そう思い至り、急に感謝の念が湧いてきた。意地悪な人かと警戒したが、実際は親切な人なのかもしれない。

「あ、あの。ありがとうございます」

「ですから、礼など不要ですと申し上げましたよ？」

クスクスとした笑い声は本物に思えた。肩を揺らす彼は本当に楽しそうに見える。不思議と先ほどまでの酔いからくる気持ちの悪さはなくなっていて、シェリルは急いで身支度を整えた。

「あの、もう大丈夫です」

「そうですか。ではお聞きしたいのですが、それはセドリックの気を引くための細工なのでしょうか？」

気を許しかけた途端に投げつけられた直球の爆弾に、シェリルは顔を引き攣《つ》らせた。そこは、分かっていても大人として流すところではないのか。

「……お答えする義務はないと思いますが？」

「確かにそうですね。ですが、ばれたら大変なのではないですか？」

「ばれるような失敗は……」

しない、と言いかけて言葉に詰まった。いくらシェリルが秘密にするため頑張ったところで、現実的には今ロイに見られてしまっている。事故のようなものとは言っても、一時の気の緩みでこんな事態になってしまったのだ。今後、セドリックを欺《あざむ》き続けることができるだろうか。それに何より、もしもロイに暴露されてしまったら――？

その可能性が浮かんで、シェリルは一気に血の気が引いた。

今まで思いつきもしなかったのがおかしいけれど、それが一番恐ろしく、あり得る事態だ。ロイがこの件に関して口を噤《つぐ》む理由はない。むしろ社交界の宝と持ち上げられている女の鼻っ柱を叩き折ってやろうと画策して、何の不思議があるだろうか。まして彼がセドリックを狙っているとしたら――

「だ、誰にも言わないでくださいませんか!?」

蒼白《そうはく》のまま、シェリルはロイに取り縋《すが》った。まさか最初からそれが目的だったのだろうか。脅迫のため、部屋を閉ざしたのか。絶望感が押し寄せて泣きたくなってくる。だが、涙をこぼしている場合ではない。それよりも解決策を講じなければ、シェリルの長年の願いは無残に打ち砕かれることになってしまう。それは、嫌だ。

猛烈な勢いで頭を働かせ、シェリルはどうにか一筋の光を見出した。

「いいえ、よく考えたら、もしもバンクス様がこの件に触れれば、そちらも不利になるはずです。ですから、この場限りでお忘れになっていただけますね？」

深い呼吸を一つして、冷静さを取り戻し、きちんと背筋を伸ばす。

「ほう。それはどういう意味でしょうか」

ロイは紫色の瞳を眇《すが》め、長い指を顎に当てた。先を促すように軽く首を傾げる。

「……一つ、そのようなことは本来深い関係でなければ知り得ない事柄です。万が一バンクス様が噂の出どころとなれば、当然男性としての責任を問われるでしょう。それからもう一つ、仮に私の胸に対する話が広まったところで、事実など確認できないということです。であるならば、誤魔化しようはいくらでもあります」

シェリルはぐっと顔を上げ毅然《きぜん》と言い放った。ここで気後れしてはいけない。負けるものかと渾身の気力を掻き集めてロイと対峙《たいじ》した。

「なるほど。ですが私が喜んで責任を取ると申し上げたらどうするおつもりですか？　ご存知だと思いますが、私はしがない貿易商です。貴族である貴女との繋がりはむしろ大歓迎、と言うかもしれませんよ？」

「それは……」

男色家ならばあり得ない、とは流石に言いづらい。思わず口ごもったシェリルの様子をどう判断したのか、ロイは破顔《はがん》した。それは作り物ではなく心からの表情に見え、思わずどぎまぎしてしまう。やはり、どんな事情があっても綺麗だ。

「なんて、女性を脅すつもりはありませんよ。ご心配には及びません。私は軽々しく他人の秘密を言いふらす趣味は持ち合わせておりませんし、結婚など生涯するつもりはありませんので」

「結婚する……つもりがない？」

　ではやはり男色家なのだわと確信を深めたシェリルに、彼は自嘲を漏らした。

「はい。まぁ色々あって……家族を持つ気にはなれないのです。後継ぎは養子でも迎えれば充分ですし――遊びならばともかく、深く女性と関わるつもりはありません」

　そう言い切ったロイに冗談の気配はなく、踏《ふ》み込まれたくないと全身が拒絶していた。敏感にそれを感じ取ってしまったシェリルは口ごもり、押し黙る。

「まぁ、私のことはどうでもいいです。とにかく、口は堅いと保証しますよ。ですから、相談だけでもしてみませんか？　きっとお役に立てると思います」

　屈託のない表情に作為は見当たらず、シェリルはポカンとしてしまった。何だか、彼に翻弄《ほんろう》されている気がするが、噂を流すつもりがないのはありがたい。そこは素直に安堵して、いっときでもロイを疑惑の眼差しで見てしまったことに罪悪感を覚えた。

「……申し訳ありませんでした」

「おや、今度は謝罪ですか。忙しいですね。それに随分純真でいらっしゃる」

　褒めているのか貶しているのか判断しかねる彼の台詞には頭をさげることで応え、シェリルは速やかに部屋を出ていこうとした。これで、話は終わりだ。今夜のことは教訓とし、今後に活かそうと決める。いくら酔っていて気分が優れなかったとは言え、やはり鍵くらいはかけるべきだった。完璧であるためには、これから先一瞬たりとも気を抜くわけにはいかない。セドリックを自分に振り向かせるまでは、油断しないよう引き締めていかないと。

「それでは、私はこれで失礼いたします。ごきげんよう、バンクス様」

「お待ちください、シェリル様。今夜のことは誰にも明かすつもりはありませんが、貴女の今後を手助けすることはできると思いますよ？」

　ロイの横を通り過ぎようとしたシェリルは、彼の長い腕に進路を阻《はば》まれた。柔らかな制止だが、逆らえない強制力でもって足は止められてしまう。ロイの発した言葉の真意が読めず、行く手を遮る彼の手を伝って視線を動かした。

「はい……？　手助け、とは？」

「正直、貴女に興味が湧きました。想像以上に頭の回転が速く、また安易に涙で誤魔化そうとせず自分の力で窮地を脱しようとする気概には、感服いたしました。ですから、少しだけ貴女の役に立ちたいと思ったのです」

　珍しい色の瞳がキラリと輝く。だがそれは、眩《まばゆ》い光ではなく妖しい煌めきだった。シェリルは操られたように、ロイから視線を逸らせず立ち竦《すく》む。

「何をおっしゃりたいのですか？」

「貴女の唯一のコンプレックス、私が解消して差し上げましょうか？」

　きっと悪魔はこうして人を堕落へと誘うのだ。そう納得するほどに、彼は艶めかしくそして蠱惑《こわく》的だった。

2 理想の女

ほんの暫くの沈黙の後、シェリルは訝しげに一歩後退った。少しでもロイとの距離を取らないと危険な気がしたからだ。

「大きなお世話です。それが簡単にできるならば……私はとっくに夢を叶えています」

現在のところまるで成果が現れていないけれども、それでも努力は欠かしていない。自分の数年間を軽んじられた心地がして、面白くなかった。それに、遊び半分で首を突っ込まれたくもないのだ。

「では、色々試してはいらっしゃるんですね？」

「それも説明の必要がありますか？　食事療法も体操もマッサージも、できることは何でもいたしました。外国の書物を取り寄せて、自力で訳して他に方法がないかを探ったりもしたわ。あらゆることを試して……けれど、これが限界でしたの！　笑いたければお笑いになればいいわ！」

　今なら、屈辱感で死ねる。いや、これくらいの辱め、六年前の痛みに比べればどうということはない。シェリルは思い直して深く息を吐いた。興奮してしまった己を戒め、瞬時に無表情を装う。

「……え？」

「戯言《ざれごと》はそれで終わりでしょうか？　では失礼いたします」

「お待ちください。まだ貴女が実践していない方法があると思いますよ」

　それは、怒りで頭にのぼった血を一気に冷ますには、充分すぎる内容だった。シェリルも思わずロイを見つめてしまう。すると彼は形のいい唇をこちらの耳へと寄せてきた。

「ふ……ッ？」

　吐息が、耳朶を擽《くすぐ》った。産毛《うぶげ》がそよぎ、ゾクゾクとした愉悦《ゆえつ》が走る。シェリルが首を竦めたせいでロイの唇が耳殻《じかく》を掠《かす》め、不意の接触に背筋が粟立《あわだ》った。思っていたよりも柔らかくて温かな、男性の唇。その感触に再び頬は上気した。それだけでも驚いたのに、彼は何とシェリルの耳をパクリと食んだ。

「な、何をなさるの……ッ」

「ドキドキしましたか？　だとすれば大成功だ。これこそ、とっておきの秘策ですよ」

「え？」

見上げれば、してやったりと言わんばかりのロイの顔があった。確かに胸は張り裂けそうなほど暴れている。何故なら今までセドリックだけを追いかけてきたので、シェリルには他の男性との接触などほとんどないからだ。沢山の異性に囲まれはしても、深い意味では純真無垢。その他大勢とする上っ面の駆け引きは知っていても、一対一で際どい状況になったことはない。

「女性は胸がときめくと、身体の内側から美しくなるのです。それだけではなく、より嫋《たお》やかに魅力的になってゆくのですよ。勿論、体形もそれに合わせて女性らしく変わってゆきます。ご存知ありませんでしたか？」

知らなかった。シェリルは思わずロイの言い分に聞き入ってしまったが、直後適当なことを述べているのではないかという疑惑も湧いた。ドキドキするだけで胸が大きくなるなんて、簡単なことがあるわけがない。そんな懐疑心《かいぎ》が顔に出ていたのか、彼はシェリルのおくれ毛をそっと撫《な》でた。

「当たり前ですが、ただ鼓動が乱れればいいという話ではありません。それなら、スポーツをして身体を酷使すればいいという理屈になってしまいますからね。重要なのは、それが異性によって与えられる刺激であることです」

「は……ぁ？」

分かったような分からないような話だが、シェリルはロイの手を振り払う気にはなれなかった。相変わらず首の後ろ側を弄られるのは擽ったいけれど、不愉快ではない。むしろあやされているようで気持ちがいいなんて、口が裂けても言う気はないが、何となく身を任せてしまった。

「マッサージも試したとおっしゃいましたね。それはご自分で？」

「と、当然ではありませんか」

場所が場所だけに他人になど任せられるはずがない。顔とはわけが違うのだ。それに、この小さな胸をシェリルは誰にも見られたくはなかった。

「では、それが失敗した原因かもしれませんね。僭越《せんえつ》ながら、私が代わりに施しましょうか。私にシェリル様の育乳《いくちち》を任せてみませんか？」

「いく……ちち……？」

聞き間違いだろうか。いや、幻聴かもしれない。この麗しい顔の男から、そんな言葉が出るはずはない。そもそも常識的にあり得ない。どちらにしても、自分は疲れているのだろう。

とんでもない台詞が耳に届き、逆にシェリルは冷静になった。剣呑《けんのん》な眼つきでロイを見上げ、毅然と背筋を伸ばす。

「結構です。そんな破廉恥《はれんち》な真似《まね》、できるわけがありません」

手助けだの何だのと言ってはいるが、要するにシェリルの胸を揉んでやろうと言っているのと何も変わらない。何たる侮辱。シェリルは後で厳重に抗議しようと決め、彼の身体を大きく避けて扉を目指した。

「怒っていらっしゃるのですか？」

「こんな扱いを受けて、立腹しない女がいるのならば、お眼にかかりたいくらいです」

冷静に告げたが、内心では腸《はらわた》が煮えくり返りそうだった。それもこれも、ロイに惑わされ信用しかけたり、少なからずときめいてしまったりしたことへの自己嫌悪が根底に燻っているからだ。忌々しい。

「残念ですね。シェリル様はもっと利口な計算ができる方かと思っていました。どうやら私が買い被りすぎていたようだ……所詮《しょせん》貴女も、目先の利益しか追えない浅はかな女ということですね」

それまで、どこか芝居じみていた彼の声音が、微かに硬くなったのを感じた。言葉に込められたロイの何らかの感情がシェリルの琴線《きんせん》に触れる。それはおそらく、偽りでも仮面でもない、彼の剝《む》き出しの本心だったからだろう。

「これ以上、私を貶《おとし》めるおつもりなら、こちらも容赦いたしませんよ」

振り返り、正面から対峙すれば、ロイは僅かに眼を見開いた。

「……いいですね。ただ嘆《なげ》くのではなく、そうやってまっすぐこちらに挑んで来る。貴女のような女性は初めて見ました。ですが、こと色恋に関してはその聡明さも曇ってしまわれるご様子ですね」

「失礼ですわ、バンクス様。貴方《あなた》が私の何をご存知だと言うの？」

「もしもシェリル様の想いが成就したとして、貴女の秘密はどう誤魔化すおつもりなのですか？　まさか一生セドリックに裸を見せないわけにはいかないでしょう。今はいくらでも偽ることが可能です。ですが将来は？　その辺りの計画はどうなっているのでしょうか」

「……！」

負けるもんかと臨戦態勢にあったシェリルは、ロイの指摘に凍りついた。正直に言うならば、何も考えていなかったからだ。

今まで、とにかくセドリックを振り向かせることで頭がいっぱいだった。そうすれば万事解決すると、先のことまでは思い及ばなかったのだ。確かに、結婚したいというボンヤリとした希望はある。年頃の乙女らしく夢も持っている。しかしそれは、物語に出てくる程度の現実味しか伴っていない。『形』に拘《こだわ》るあまり『中身』にまでは意識が通っておらず、その後の計画など皆無だったことをロイに突きつけられた。

「そのお顔。図星《ずぼし》ですか」

「……私ったら……迂闊だったわ……」

このまま上手くいっても、その先は断崖絶壁だ。むしろ、一度は手に入れた後でまたセドリックから拒絶されたらと思うと、震えるほどに恐ろしかった。その痛みは、六年前の比ではないだろう。今度こそ二度と立ち上がれないほどに、シェリルの心は切り裂かれるに決まっている。騙そうという意図があったのではない。しかし彼は信じてくれるだろうか。いや、『理想』と違うシェリルを受け入れてくれるのか。恥ずかしながら、ロイに言われて初めて具体的な未来を想像し、狼狽えた。

セドリックと結ばれることになれば、当然裸身を晒さねばならない。この、偽りを詰めこんだ劣等感の塊《かたまり》を。

シェリルは作り物の膨らみを見下ろし、見られたくないと心の底から思った。そんな姿を暴かれるくらいなら、いっそ死んだ方がいい。しかし、逃げ出せば今日までの努力が水の泡になってしまう。そうなれば、シェリルは誇りを取り戻すことができない。そう。セドリックを振り向かせることは、己の尊厳をかけた戦いでもあるのだから。

「わ、私……」

「――だったら、今の内に偽りを真実へ変えればいいのですよ」

「……え」

動揺し俯《うつむ》いている間に、ロイの手がシェリルの肩へと乗せられていた。その大きな感触に慄《おのの》いて、反射的に顔を上げる。すると、こちらを見下ろすアメシストの輝きにぶつかった。

「セドリックと駆け引きをしている間に嘘を真にしてしまえばいい。私なら、お手伝いできますよ。勿論、誰にも秘密で」

それは、あまりにも甘い誘惑だった。一見淫猥《いんわい》でありながら、奇妙なことにいやらしさは感じられない。むしろ、商談をしているような気分にさえなる、事務的なやりとり。そんな感想を抱いたシェリルの内心を読み取ったのか、ロイは真面目な顔で眼を細めた。

「これは一種の医療行為ですよ。誰だって傷痕は癒やそうとするし、怪我を負えば機能回復に努めるでしょう？　同じことです。医学の最先端を誇るウォーレンスではごく当たり前に行われています。ご存知ないのですか？　我が国はまだまだ発展途上と言わざるを得ませんね」

『治療』の一環だと彼は言う。そんな話は聞いたことがなかったし、シェリルの貧乳は病気でも何でもないが、解決できる問題を放置するのは怠慢《たいまん》だとまで言われてしまえば、受けて立たないわけにはいかなかった。基本的に、負けず嫌いなのだ。

「そ、存じておりますわ。でも、何故そんなことを……貴方の目的は何でしょうか」

「簡単には頷かない警戒心と、先に条件を確認する冷静さは好ましいですね。シェリル様のおっしゃる通り、私にも目的があります。私は今この国で事業の手を広げようとしていますが、所詮新参者です。出る杭《くい》は打たれると申しますし、既存の業界に喰いこむことは簡単にはいきません。そんな時有効なのが、情報や人脈なのです」

すっかり商売人の顔になったロイを見つめ、シェリルは瞬いた。

「それでは私など大してお役には立ちませんよ。我が家は男爵家でそこそこ裕福ですが、さほど高位の貴族ではありません」

「ですがシェリル様は社交界の宝と呼ばれている。当然、様々な話が貴女のもとには舞いこんでくるでしょう。女性の方が噂話には敏感ですし。どうですか、それらを私に教えていただくことは出来ませんか?」

「噂なんて……それこそ大したものでは」

口にできないような醜聞《しゅうぶん》が流れてくることもあるにはあるが、それをホイホイと他人に言いふらす趣味などシェリルにはない。そんな心情が表情に出ていたのか、ロイは「気楽に明かせる部分で構いません」と言った。知りたいのは、交友関係や流行らしい。

「それでしたら、ご協力できるかもしれません」

彼の思惑が分かり、シェリルの天秤《てんびん》は傾き始めた。『羞恥《しゅうち》』や『常識』が載った皿が緩やかに上がり始める。代わりに下がってゆくのは『理想の自分』だ。本来なら、こんな不謹慎な申し出を受けるべきではない。しかし、何をしても効果が出なかった胸が大きくなれば、シェリルはもっと自信が持てる。セドリックの愛も得て、ようやく過去の痛みを封印できる。喉から手が出るほど欲しかったものを眼の前に垂《た》らされて、背中を向けることは難しかった。それに、ロイが女性に興味がないのなら、ある意味安全。シェリルにとってこんなに都合のいい取引はない。

「けれど、本当によろしいのですか？　バンクス様はその……セドリック様を、お慕いしていらっしゃるのでは……？」

　これまでの会話の流れで言うと、ロイはシェリルとセドリックとの仲を応援してくれているようだが、彼は同性愛者で幼馴染を狙っているのではないか。シェリルは先ほど思いついた可能性を恐る恐る尋ねた。

「は、ぁ？」

　眼も口もポカンと開いたロイの手がシェリルの肩から滑り落ちる。そして微妙な沈黙の後、彼は震え出した。

「シェリル様、何故そんな話が出てくるのか理由をお伺いしても？　まさかとは思いますが、とんでもない妄言が流れているのではありませんよね？」

「あ、あの、私が勝手にそう感じただけです。勘違いでしたら申し訳ありません。でも……バンクス様は大勢の女性に囲まれていても、どこか冷めた眼をしていらしたから……それに、ご結婚するつもりはないと先ほどおっしゃっていましたよね」

　低くなった声音に、どうやらロイを怒らせてしまったと察し、シェリルは慌てて頭を振った。酔っ払いの妄想にすぎないものを愚かにも漏らしてしまうなんて、本当に今夜はどうかしている。

「……誤解です、シェリル様。訂正させてください。私には男色の気はありません。確かにセドリックとはウォーレンスで親しくさせてもらいましたが、友情以上の感情は持っていませんよ。当然ですが、彼の方も同じです」

　ほんの少し苛立ちが覗いた紫の瞳には、嘘が感じられなかった。宝石の輝きに射竦められ、シェリルは改めて謝罪する。場合によっては侮辱として制裁されても仕方ない。深々と頭をさげ、反省した。

「すみませんでした……」

「いいえ、分かっていただければいいのです。それに……まぁ原因はこちらにもありますから。まさか気づく者がいるとは思わなかった」

「はい？」

　後半が聞き取れず、シェリルは視線を上げた。すると眼が合った途端、ロイが微笑む。

「いいえ、ただの独り言です。それよりも、私が好きなのは異性だと証明するためにも最初のレッスンをいたしましょうか？」

「レッスン？」

「はい。どうぞ、存分にドキドキしてください」

　覆い被さる勢いで迫られて、シェリルは後退ったが、すぐに背中が壁についてしまった。いつの間にやら部屋の隅へと追い詰められていたらしい。無意識に退路を探るが、扉の位置を視界に収めた瞬間、ロイの腕によりシェリルは壁との隙間に閉じ込められた。

「ちょ……っ、ご冗談がすぎますわ」

「冗談ではありませんよ。ご安心ください、貴女の純潔を脅かすような真似まではいたしません」

ではその手前まではするのか。浮かんだ淫らな妄想に、シェリルは頬が上気するのを感じた。

ぐっと顔を寄せられて、彼の体温が伝わってくる。吐息が髪を擽り、あと少しで偽物とはいえ胸がロイの身体に押し潰されそうになった。こんな至近距離で異性と接したことがないシェリルは、頭の中が煮え滾《たぎ》りそうになる。

恥ずかしくて堪らないのに、瞬きさえ上手くできない。呼吸は乱れ、口から心臓が飛び出しそうだ。血潮《ちしお》が巡る音さえ聞こえそうな混乱の中、美しい紫色をただ見上げていた。

「あ、あの……」

「どんな駆け引き上手な女性かと思ったら、意外に純粋なのですね。これしきのことでその有様では、この先大丈夫でしょうか？」

「この先……？」

ロイの指先が、シェリルの顎を辿《たど》った。そして詰まった立て襟と肌の境目をつぅ……となぞる。たったそれだけなのに、ゾクゾクと愉悦が走った。

「そうですよ。まずは詰め物を取り除いてください。それとも、私がいたしましょうか？」

食まれた耳たぶから、卑猥な水音が奏《かな》でられる。おそらくわざとやっているのだろう。ぴちゃぴちゃという音に鼓膜を揺らされ、シェリルは眩暈に襲われた。

「ひゃ……」

「その声、素敵ですよ。ああ、後ろのボタンは外しにくいですよね？　私がお手伝いいたしましょう」

「えっ……」

壁と背中の間に手を差しこまれたせいで、彼の胸へ寄りかかる体勢になった。まるで抱き締められているかのような距離感に驚いて叫び出しそうになる。けれどそれよりも、手早くボタンを外された衝撃によりシェリルの頭は真っ白になった。

「女性は大変ですね。身体を締めつけなければ着られないような無理のある衣装を強要されるのだから」

などとロイは言いながら、コルセットまで緩めようとしてきた。思考が停止しかかっていたシェリルだが、流石にこれはまずいと立ち直る。

「そ、それは脱がなくても大丈夫です！」

ジタバタもがけば、思いのほかあっさりと彼から身体を離すことができた。完全に着崩れないよう両腕で前を押さえたが、背中のボタンはあらかた外されてしまったらしくスースーする。何という手際の良さだ。メイドのマリサだってここまでではない。

どうやらロイは女性嫌いどころか、相当の遊び人だと認識を改めた。そうでなければこんなに短時間で、しかも見えない状態の小さなボタンを外せるはずがない。シェリルは警戒心を剝き出しにして彼を睨みつけたが、やんわりと手首を取られて再び引き寄せられた。

「そんなに離れては、効果が薄まりますよ？　緊張しないで。今夜は軽く入門編ですから」

「で、でも――――」

さほど強い力で摑まれているわけではないが、何故か振り払えない。乱打する鼓動が煩《うるさ》くて堪らないのに、どうしてかロイの声だけは明瞭《めいりょう》に届いた。それも、彼は直接耳に注ぎ込むように喋るので、余計に胸が苦しくなる。このままでは壊れてしまうのではないかというほどに加速した心臓の音が、部屋に響き渡らないのが不思議なくらいだ。

上手く息が吸えないせいか頭が霞《かすみ》がかり、シェリルの判断力は確実に落ちていった。いや、ロイの悪魔的に美しい瞳に惑わされ、操られてゆく。彼の勧めに従って長椅子へと戻り、パッドを取り出してしまったのは、そのせいに違いない。ロイの言葉には人を従わせてしまう力があるのだ。そうに決まっている。決してシェリルが流されやすいせいではない――――たぶん。

「痛いことはしませんよ。楽にして」

大きな掌が、布越しにシェリルの胸を包み込む。と言っても、ささやかな膨らみはあっという間に覆われてしまった。こちらには触れられているという感覚が生々しくあるが、彼にとっては肉が薄いせいで揉み応えはないだろう。恥ずかしいのとロイの落胆した顔を見たくないのとで、シェリルは眼を瞑《つむ》って遣り過ごした。だが、額へのキスに促され目蓋《まぶた》を開く。

「とても、可愛らしい。まるで天使のようです。何やら神聖なものを穢す背徳的な心地がしてしまいますね。それに、形が素晴らしいですよ」

嘘やお世辞の感じられない物言いにシェリルは何度も瞬きした。そんなふうに褒めてもらえるとは思ってもみなかったからだ。

「……小さくて、すみません」

「何故謝るのですか？　大きさなんて問題ではないと私は思いますけど」

下から掬い上げられた乳肉が控えめな盛り上がりを作る。しかしそれは一瞬のことで、ロイが手を放せばたちまち元へと戻ってしまった。それでも幾度も繰り返されるうち、自分の手でマッサージをしている時とは違う感覚がこみ上げてくる。

何故か――――お腹の中がゾワゾワした。そして、どんどん身体が熱くなる。

「……ふ……っ」

痛いような気持ちいいような絶妙の強さで脇から鎖骨に向け斜め上へと寄せ上げられ揺

さぶられれば、普段意識したことのない場所が解されるのを感じた。そうすると、男性と二人っきりでとんでもないことをしているという緊張感も、次第に薄らいでゆく。ロイの欲望を感じさせない雰囲気がそうさせるのか、シェリルは緩く吐息を漏らして自然と身を任せた。下から上にも再び揺らされ、胸の頂《いただき》が纏ったままの服に擦れる。それが、何とも言えない感覚を連れてきた。

「や……」

「声が出そうなら、我慢しなくていい」

「恥ずかし……っ、ん、んッ」

それまでは掌全体で包まれていた胸が、突然鷲掴みにされ全体を捻られた。急な刺激の変化についてゆけず、思わずシェリルの唇から漏れた声は聞いたこともない艶を孕んでいた。それがまた居たたまれなくて、尚更全身から汗が噴き出す。見下ろせば、男性の手が服の上からであるとはいえ、しっかりと自分の乳房に触れている。そして顔を上げれば、ロイの眼差しとぶつかった。改めて突きつけられた現実に混乱し、油断しきっていた自分自身が信じられない気持ちになってくる。何故、一瞬でも気を抜いてしまったのだろう。

どこに視線を落ち着ければいいのかも分からずシェリルが瞳を泳がせると、その間にも身体を這《は》う男の手は大胆になっていった。

「だ、駄目……」

「ああ、すごくドキドキしていますね……」

時間にすればそれほど長いものではなかった。けれど、シェリルには永遠にも等しく感じられたし、一刻も早く終わればいいという願いと相反する思いがあったのは否《いな》めない。それだけ、ロイの施してくれたマッサージは気持ちよかったのだ。他者の熱がじんわりと伝わって、身体の内側から温められているようだった。だからこそ、いけないことをしていると薄々分かっていても、拒絶することが出来なかったのかもしれない。

「今夜はこれくらいにしておきましょう。でも、一日では効果が出ません。続けることが大切なのです。ですから、明日もお時間を取れますか？」

すっかり虚脱してしまったシェリルの身体を支え、ロイは開いた首筋にキスをした。服越しではない。直接肌に感じる柔らかな感触は淫らで、尚更背徳感を助長する。しかも、剝き出しの背中へ回された手が熱い。そこから発火しないのが不思議なほどに、触られている場所の全てが滾っていた。

「続ける……？」

「そうですよ。可能ならば毎日。それが無理でもできるだけ多く」

一度しただけで心臓は壊れてしまいそうなのに、これを何度も。考えただけでクラクラする。しかも彼は先刻『入門編』だと言っていなかったか。だとすれば、今後はどんなことをされるのだろう……

「日常では得られない動悸があるでしょう？　それこそが、シェリル様の胸を育ててくださいますよ」

ロイが凄絶《せいぜつ》な色香を滴らせて口角を上げた。呼吸を奪われるその笑みにシェリルは釘付けになり、言葉を失う。その時感じたのは、大きな恐怖と微かな期待だった。ひょっとして自分は、とんでもない契約を結んでしまったのではないだろうか……？

震えた身体の奥に灯る焔《ほのお》は、シェリルの知らない形をしていた。

翌日から本格的に始まった育乳レッスンは、予想の斜め上を行く座学《ざがく》から始まった。教師と生徒よろしく机に向かったシェリルの横へロイが腰かけ、会って早々に乳房の大きさを決める要因について説明されている。曰く、身体の中には眼には見えない物質があり、それを刺激することが大切だとか何とか……正直、難しすぎてシェリルには全ては理解できなかった。

「あの……これはどういうことでしょう」

場所はロイの経営する会社。それも社長室――つまりは彼の執務室だ。何故か今は、部屋の奥にある立派な椅子にシェリルが座っている。勿論それは、普段はロイが使っているものに他ならない。

「私もそれなりに忙しいので、なかなか纏まった時間は作れません。ですから、大変申し訳ありませんが休憩時間に合わせてシェリル様の方から足を運んでいただいたのです」

「それは先刻お聞きしました。多忙なバンクス様よりも、私の方が自由な時間を作りやすいのですから構いません。お聞きしたいのはそういうことではなくて……」

「ロイ」

「は？」

遮られ、不可解なままに左に座っている彼へと顔を向けた。本日のロイは夜会の時とは違い白いシャツと灰色のベスト、それに黒のズボンという軽装だった。フロック・コートも羽織ってはいない。ただ、細身のズボンは痩身《そうしん》で脚が長くなければ穿きこなせない代物だし、シャツの袖口を飾るカフスボタンは繊細な彫金が施され、控えめに宝石もあしらわれている。趣味のよさが窺え、着飾っているわけでもないのに、より一層彼を魅力的に見せていた。

「ロイと名前で呼んでください。いつまでも『バンクス様』ではよそよそしいでしょう？」

「ですが、親族でもない男性を馴れ馴れしくお呼びすることは……」

「雰囲気作りも重要なのですよ、シェリル様。それにセドリックのことは名前で呼んでいたでしょう？」

セドリックは幼馴染なので特別――と言いかけたが、爽やかな微笑みに負け、つられるままに頷いた。どうにも自分は、彼に弱い。普段であれば毅然と自己を保っていられるシェリルだが、弱みをすっかり握られているせいかロイに強く出ることは難しかった。操られるようにして、従ってしまうのだ。

「では、呼んでみてください」

「よ、用事もないのに人の名前を呼ぶことはできないわ」

せめてもの抵抗の言葉は、我ながら子供じみていると思わずにはいられなかった。屁理屈を捏《こ》ねているのは自覚した上で、全て思い通りにはなるまいと顔を背ける。しかしそんな反抗はすぐに彼の手によって封じられることとなってしまった。

「生意気な口ですね。塞《ふさ》いでしまいましょうか」

「塞……っ？」

それが手で押さえるとか猿轡《さるぐつわ》を嚙ませるなどという意味でないことは、鼻が触れそうなほどに寄せられた顔から察せられた。口づけされると直感したシェリルは大慌てで立ち上がろうとする。けれども背凭《せもた》れをロイにしっかり押さえつけられている上、重厚感のある椅子は簡単には動いてくれない。

「ひゃ……っ」

シェリルがガタンゴトンと騒がしくもがいても、一向に二人の距離は開かず、むしろ両脇の肘掛けに手をつかれて閉じ込められる形になった。

「あ、の……」

いくら彼から淫らな熱を感じなくても、この状況はよろしくない。これまで他の男性からの誘いならば軽く躱して危険を回避していたシェリルだが、どうにもロイが相手では調子が出ず、ただの小娘のように冷静さを失ってしまう。それもこれも、彼が人並外れて美しいからかもしれない。

「ふ……本当に、聞いていた人物像とは随分違いますね。安心してください。貴女が本気で嫌がることは決してしませんよ。ですが名前くらいは呼べるでしょう？　他人行儀なままでは効果が薄れる可能性もあります。たった二音です。さ、どうぞ。できなければ、言わざるを得ない状況に追いこんでしまいますよ？」

魔物めいた紫の瞳は、きっと不可思議な力を秘めているのだ。そうでなければ、これほどまでにシェリルが魅了されるとは思えなかった。ずっと見ていたいと願ってしまい、視線が絡めば勝手に鼓動が走り出す。制御できない心臓が今日も激しく打ち鳴らされた。

「でも……」

頬を撫でられ促されれば、震える喉を通過するのは掠れた呼気ばかり。きっと顔どころか全身が真っ赤に染まっている。艶事に慣れた様子のロイとは違い、シェリルは本や噂話から得たものを持っているにすぎない。体験を伴わない知識では、眼前で巻き起こる事態に対応できなかった。

されるがまま唇を指先で開かれて、肌が粟立つ。彼は声には出さずに『ロイ』と唇の形だけで告げてきた。つ……と横に引かれた爪の先が薄く開いた口内へ入ってしまいそうでドキドキする。言外に、そうされたくなければ早く名を呼べと要求されていた。雄弁な眼差しに炙られて、シェリルはか細い声を絞り出す。

「ロ、イ……様」

「もう一度」

出来の悪い教え子にするように反復を求められた。彼の親指はいつの間にかシェリルの唇から離れ、今は意味深に顎を艶めかしく彷徨っている。

「ロイ様……」

「よくできました。次回からもそう呼んでください。間違えたら罰があることをお忘れなく」

「罰……!?」

慌てふためくシェリルを尻目に、ロイは数枚の紙を机の上に並べた。その手つきは事務的で、先ほどまで危険な空気を作り上げていた者と同一人物とはとても思えない。実業家らしく表情を引き締めた彼の掌の上で、自分がすっかり転がされていることをシェリルは悟った。

——か、からかわれたのだわ……悔しい！

ロイといると、これまで築き上げてきた『完璧な女』がいとも容易く崩されそうになる。それが怖くて堪らないが、同時に今の自分が砂上の楼閣《ろうかく》であることも自覚していた。いくら他が完全であっても、ただ一点の貧乳という要因が計画に影を落としている。この、己だけではどうにもならない問題でこれまでの努力が無駄になるなどごめんだ。そんな理不尽を許していいはずはない。ならばシェリルが選ぶ道はただ一つ。ひとまず諸々の感情は封印して、ロイに従い結果を出すこと。これだけだ。

「……それにしても、セドリックから聞いたところによると、シェリル様とはもう何年もお会いしていなかったそうですが。その間ずっと彼を慕っていらしたのですか？」

「あの方が、私のことをお話しになったのですか？」

紙面に眼を落としていたシェリルは、その言葉に顔を上げた。そしてそのまま食い入るようにロイを見つめる。

セドリックが他人との会話の中でシェリルのことを語っていた。その事実に心が弾む。狙い通り気を引くことに成功したのだと、はしゃぎたくなるほど嬉しい。ワクワクとする本心をどうにか抑えつつ、眼力でロイに先を促した。

「……本当に、セドリックがお好きなんですね」

「それは……ええ、子供の頃からあの方は私にとって王子様でしたもの」

苦笑した彼に答え、シェリルの心は過去の記憶に飛んだ。

六歳年上のお兄さん。領地が隣り合っている上に、王都でのタウンハウスも近いという縁もあって、生まれた時から傍にいるのが当然だった。シェリルにも実の兄弟はいるが、彼らとはまた違う。何より、セドリックは子供の頃から利発で社交的、更に天使の如く可愛らしかった。そんな幼馴染が見る見るうちに美少年から美青年へと変わり、憧れない方がどうかしている。シェリルの心はたちまち、初めての恋で満たされた。

セドリックの後ろについて回って、他の子よりも特別扱いされれば舞い上がる。妹どころか弟だと見做されているなど露知らず、きっと彼も自分を思ってくれていると幸せな勘違いを膨らませていたあの頃。……思い出すだけで自己嫌悪に襲われた。

本気で好きだった分だけ傷ついて――このまま潰れてなるものかと奮起《ふんき》したのだ。

「王子様――確かに、彼はそんな雰囲気だ。明るくて人を魅了する。容姿も、並外れて優れていますし」

「そうなのですが、見た目だけの話ではありませんよ。セドリック様はとても優しいのです。私には四つ上の兄がいますが、比べものにならないわ。だって、蛙《かえる》を投げつけたりしないもの」

「蛙？」

「ええ、酷いと思いませんか？　何が楽しいのか知りませんけれど、兄は私の背中に大きな蛙を入れようとしたんですよ。信じられないわ！」

その時の怒りとおぞましさを思い出して、シェリルは語気を強めた。当時のシェリルは男勝りではあったが蛙や蛇《へび》は嫌いだと何度も言っていたのに、さも面白そうに仕掛けてきたのだ。そう言えばあの時は、他の子供たちも数人遊びに来ていたはず。男の子は皆、兄を囃《はや》し立てて歓声をあげていた。

「でもその際、セドリック様だけが助けてくれたのです。蛙を取り払って、泣いている私の涙も拭ってくださったわ。兄たちのことも、叱ってくれました」

思えばあの時、初めて淡い恋心を自覚したのかもしれない。自分を守ってくれる幼馴染が格好よく輝いて見えた。

「……どんな運命的な馴れ初めがあるのかと思えば……案外庶民的なお話ですね」

「し、失礼ですよ。現実なんて、そんなものでしょう。物語の世界ではありませんもの。けれど、そういう日常こそが愛おしい宝になるのではありませんか？」

笑いを堪えるロイを睨みつけ、シェリルはあの時のセドリックがどれだけ素敵だったかを力説した。しかし語れば語るほど、彼の身体が震えるのはどういうことだろう。口を押さえて目尻を潤《うる》ませながら顔を赤くしている。

「すみません。シェリル様ならば、きっと衝撃的な出会いや華やかな経験を沢山していると思いまして。まさか、キューピッドが蛙とは想像もしていませんでした」

「べ、別に蛙に引き合わせてもらったわけではありません」

その言い方ではまるで、あの忌まわしい緑の生き物に助けられたみたいではないか。とんでもない思い違いだ。シェリルがあの時どれだけ怖かったのか知りもしないで、と恨み言を述べたくなる。

「蛙以外にも、色々なことがあったのですよ！　例えば、転んだ私を助け起こして家までおぶってくれたり、木に登って下りられなくなったのを助けてくださったり……とにかく、私はずっとセドリック様だけを見てきたのです。だからどんな犠牲を払っても、あの方に選ばれたい。そのためにずっと努力を重ねてきました。化粧や美容は勿論、知識や教養も蓄えたし、できることは何でもしたわ！」

「シェリル様は、お淑《しと》やかで聡明、女性らしいと専らの噂でしたが、昔は随分やんちゃだったのですね。……それに、とても一途だ」

「あ……！」

勢いに任せて、言わなくてもいい恥ずかしい過去話をぶちまけてしまった。そのことに気がついて、大慌てで身体を引く。

しまった。つい地《じ》が出てしまった。隠すことには慣れていたはずなのに、自らバラしてどうする。

「あ、あの、この件はどうぞご内密に……」

「馬鹿にしているわけでも軽んじているわけでもありませんよ。ただ——シェリル様は想像以上に純粋で可愛らしい方なのだと認識しただけです」

「か、可愛い……」

胸の小ささを揶揄する意味ではなく、『可愛い』などと言われたのは初めてだった。『綺麗』だとか『美しい』はよくある。セドリックの趣味に合わせていたら、自然とそうなっていたのだ。男性に称賛されることには慣れていても、聞き慣れない褒め言葉はどこか気恥ずかしい。シェリルは頬が赤らむのを感じて、慌てて机の上の書面へ視線を落とした。赤面し、みっともなく狼狽える姿など見られたくはない。

そんな心情を汲み取ってくれたのか、ロイはからかうことはせず、並べられた紙を指し示した。

「読んでください。そこに、今後気をつけるべきことを書き出してみました」

「お忙しいのに、私のためにわざわざ？」

机の上に広げられた紙には、流麗な文字が並んでいた。時には絵を交えて丁寧に、胸を大きくする方法が書かれている。例えば、効率的な睡眠についてや食べ物、体操についてだ。勿論既に知っているものもあるが、中にはシェリルにとって初耳の内容もあった。流石は貿易大国であるウォーレンスに拠点を置き仕事をしていただけはある。

「中途半端は嫌いなのです。やるからには全力で取り組まないと。それに大したものではありません。書物から抜粋したり、聞いたことのあるものを纏めたりしただけですよ」

彼がどんな顔をして女性の胸に関する方策を書き出したのか、想像して微妙な気持ちにはなったが、シェリルはロイなりに真剣に取り組んでくれたらしいことには感謝を覚えた。多忙な中で、時間を作ってくれたことは事実だ。しかも昨日の今日。それは素直にありがたいと思う。

「ありがとうございます。ですが、バン……ロイ様の睡眠時間が削られていなければいいのですが」

ついファミリーネームを口にしそうになり、シェリルは慌てて言い直した。彼は片眉を上げたが、指摘してはこなかったのでセーフらしい。

「これくらい、何でもありません。しかし貴女は不思議な方ですね。こんな時に私の心配をするなんて」

「……？　何故です？　当たり前のことではありませんか」

自分のために働いてくれた人を気遣うのは当然だと思う。彼の真意を測りかねて、シェリルは首を傾げた。

「……まぁいいでしょう。それより、この中で既に試している方法は除外しましょう」

ペンを取り出したロイは、シェリルが「やったことがある」と言ったものを消してゆく。そして残ったものを見やすく纏め直してくれた。

「では、これを今日から実践してみてください。まずはひと月……それで効果が現れなければ、次の方法を試しましょう」

机の上を片づけ始めた彼に終わりの気配を嗅《か》ぎ取って、シェリルは立ち上がった。どうやら今日は、昨晩のようなレッスンはされないらしい。ほっと安堵しつつ、一抹の寂しさも感じる。

「では私はこれで。しかしそれは気の迷いであるとシェリルは封じ込めた。

「お待ちください。一番肝心なことがまだ済んでいませんよ」

淑女の礼をしたシェリルは、やんわり手首を拘束された。そのままグッと引き寄せられてよろめき、ロイの胸へと倒れ込む。

「きゃ……っ」

「言ったでしょう？　ドキドキすることが大切だと。しかし人は刺激に慣れるもの。昨日と同じかそれ以下の行為では駄目なのですよ。常に新しく、より鮮烈な刺激を与え続けないとね」

「え……」

彼の手が、今日も襟の詰まったドレスを着たシェリルの腰を撫で下ろした。官能的な触れ方は、先ほどまでとはまるで違う。油断していた分だけ無防備になっていた身体には、一際強烈に感じられた。

「や……ッ」

「大きな声を出すと、外に聞こえてしまいますよ？」

「……っ！」

この部屋に通される前、もう一つ別の部屋を通過してきた。そこには案内してくれた男性とメイドのマリサが控えているのを思い出し、シェリルは慌てて口を閉じる。いくらしっかりとした扉で閉ざされているとは言っても、完全に音が漏れないということはない。ただでさえ未婚の若い女が一人で異性と会うのは褒められた行為ではないのに、余計な噂が立っては困る。シェリルは今日、マリサを同行させてはいたがロイと会う理由が理由なので、控室に彼女を待たせていた。

「本日は前のリボンを外す作りなのですね。女性の服は色々あって面白い」

スルリと解かれ、胸元が開かれる。詰め物で盛り上がった部分を突かれれば、眩暈がしそうなほどに体温が上がった。

「だ、駄目です」

今日の服では、はだけられたら前にいるロイから胸が見えてしまう。何故こんなドレスを選んでしまったのだ……いや、準備したマリサに変えてもらわなかったのかと後悔しても、もう遅い。伸ばされる彼の手からどうにか逃れようと身を捩ったが、摑まれたままのリボンのせいで逆に胸元が引っ張られてしまった。

「……あッ」

まずい、と思った瞬間にはもう、緩んだ隙間からパッドが飛び出していた。ポトンと情けない音を立て、床に落ちた白い塊が何とも遣る瀬無い。居たたまれず無言になったシェリルは、ロイに嘲笑されるのを身を強張《こわば》らせて待った。けれども、いつまで経ってもその時は訪れない。逆に全く気にしていない様子で、ごく自然に詰め物を拾い上げた彼は、埃を払って机に置いてくれた。

「どうしますか？　ご自分で残りの詰め物を外されます？　それとも、私が取りましょうか」

昨晩と同じ質問だが、お互いの距離感が僅かに違う。流れる空気に微かな親密さが宿っており、それは秘密を共有する間柄ならではのものかもしれなかった。

「じ、自分でいたします」

既に『この行為をしない』という選択肢が自分の中から抜け落ちていることに気づくことなく、シェリルはロイに背中を向けてパッドを取り出した。夜会の時よりは控えめだが、本日は全部で四枚。秘密の上げ底がなくなってしまえば、悲しいほどの断崖絶壁が出現する。見下ろせば何の遮蔽物もなくスカートの膨らみまでがよく観察できた。

「……」

我ながら、何度見ても切ない光景だ。世の中の貴婦人たちはどうして皆豊満な肉体をしているのだろう。友人だって歩けば見事に揺れている。特にややぽっちゃりとした親友は、鎖骨の下、胸の付け根辺りが凝《こ》るのだと以前言っていた。

凝るとは何だ。付け根とはどの辺りを指すのだ。いまだかつてシェリルはそんな体験をしたことがない。しかし悲しい事実を暴露するわけにはいかないので、「よく分かるわ」と心にもない相槌を打った夜は、一人枕を涙で濡らしたものだ。……いや、今そんなことはどうでもいい。

「座って。そう、こちらを向いてください」

向かい合って腰かければ、どうにも心許なくて胸元を隠したくなってくる。パッドを取り出した後は再びぴっちり襟元まで服を直しているが、どうやら偽物の乳を作り上げる詰め物たちは、シェリルにとって武装にも等しいものらしい。言ってみれば、化粧もせずに人前に出ているのと同じ。武器を持たずに戦場に立っているようなものだ。

「……あまり、見ないでください……」

注がれる視線の熱さに目尻が熱くなる。それでもギリギリ耐えられるのは、ロイの眼差しに下卑た欲望が滲んでいないからだろう。今まで、シェリルに対して尊崇を抱く男もいれば、肉欲に塗れた下品な視線を向けてくる者もいた。だから、不本意ながら舐め回すような不快な視線には慣れている。それを、彼からは感じない。それ故に、安心できた。

「見ないと、ドキドキしないでしょう?」

唇ではなく、鼻先へ贈られたキスを合図に、ロイの手がシェリルの胸を覆った。円を描くように掌全体で揉み込まれ、小刻みに揺すられる。今日は脇だけでなく、背中からも肉を引き寄せられた。

「……んッ」

「痛いですか？」

「い、いいえ……」

痛くはない。だが背中に腕を回されれば、その分当然彼との距離が近くなる。眼前に迫るロイの胸からはとても芳しい香りがした。おそらくは彼のためだけに調合された香水だろう。爽やかでありながらどこか甘く、そして危険な匂い。ロイにぴったりだと思いつつ、惑わされる。その上喋るたびに上下する喉仏が官能的で、どこを見ていればいいのかシェリルには分からなくなってしまった。

眼と耳、そして鼻と肌から与えられる感覚。それら全てがロイで埋め尽くされた。静まり返った室内は、二人が立てる物音しかせず、僅かな衣擦れの音さえも酷く淫猥に響く。吐息が乱れ始めてしまったシェリルは、慌てて自分の口を塞いだ。

「もし声が出そうならば、我慢しなくてもいいですよ」

「我慢なんて……きゃ、ぁッ」

突然鋭い刺激が突き抜けて、シェリルは背筋を強張らせた。驚いて下を見れば、布越しでも分かるほどに頂が屹立《きつりつ》している。そこを、彼の親指がクリクリと弄った。

「ぁ、いやッ……」

「嫌だなんて嘘でしょう？　シェリル様はお胸の方が正直ですね」

ピンと弾かれれば、感じたことのない悦楽が駆け上がった。擽ったいのか痛いのか、あらゆる感覚がごちゃ混ぜになったもの。自分の身体なのに制御がきかず怖い。一つだけはっきりしているのは、そこには紛れもなく快楽が混在しているということだ。

「それ、嫌です……っ、マッサージとは違います」

尚も胸の飾りを集中的に嬲《なぶ》られて、そこはすっかり硬く充血してしまった。最早少し触れられるだけでも身体中が熱くなる。何より、お腹の奥がざわざわと落ち着かなかった。

「ええ、これは貴女に気持ちよくなってもらうためです。快感を得るのも、効果があるとされているらしいですから」

「快感……っ？」

「血が巡っていますね。その調子で頑張ってください」

何をどう頑張れと言うのか。ロイの指先に翻弄されて、シェリルは必死に声を噛み殺した。気を抜けば、おかしな吐息が漏れてしまいそうになるからやめて欲しい。それなのに、身体は彼に素直に従っていた。

不可思議な感覚に圧倒され、頭の中は煮え滾っている。思考が鈍り、ロイの腕を摑んでも強引に引き剝がすことはできなかった。ただ、抵抗とも呼べない弱々しさで添えているだけ。見方によっては、シェリルの方からもっと強請《ねだ》っているかのようだ。彼の指の腹で撫でられた箇所が痛いほどに熟《う》れ、ジンジンと熱を発する。そこから燃え始めるのではないかと心配するほど熱くて、全身が汗ばんでゆく。蓄積されるばかりの疼きが、やがて大きなうねりへと変わっていった。

「う、く……、ぁ……あっ」

それでも理性を掻き集めて耐え忍び、シェリルはゆるりと息を吐き出した。ロイが動きを止めて離れる気配がしたので、ようやく甘い責苦が終わったと思ったからだ。けれどもそれは、甘い考えだった。

「きゃ……!?」

一度距離を取った彼が、唐突に顔を近づけた。正確に言うならば、シェリルの胸に顔を埋め、あろうことか先刻まで散々弄っていた胸の頂を口に含んだのだ。

「バッ……バンクス様……ッ?」

「おや、呼び間違えましたね。これは罰が必要です」

いくら服を纏ったままでも、湿った口内の感覚は充分伝わってきた。しかも唇に挟まれたまま喋られたのだから堪らない。むず痒《がゆ》い刺激が、シェリルの身体を粟立たせた。

「そのまま話さないでください……!」

「約束を破った上に要求までしてくるとは、シェリル様は我が儘ですね。さて、どうして

くれましょうか」

楽し気な笑みを刷《は》いたロイの口元は、いつも通り紳士然としている。しかし冷めていた瞳の奥に微かに揺らぐのは、意地の悪い悪戯心だ。

「本日のレッスンはここまでにしようかと思っていましたが、せっかくなのでもう一段階進んでみますか。どうせ明日以降には通過する道ですから、安心してください」

「もう一段階って……」

紫の瞳が眇められた。ロイの頭を抱えるような体勢で見下ろせば、素早く胸元のリボンを解かれてしまう。

「……！」

パッドを失い服と身体の間に遊びがあるせいか、易々と男の手に侵入を許してしまった。衿ぐりから忍びこんだロイの指先が、何ものにも遮られずにシェリルの肌を這う。鎖骨を通過し、ささやかな膨らみへ到達するのに時間はかからなかった。生々しい掌の質感と直接的な熱に襲われて、思考は停止する。何が起こったのか分からないまま、頭と切り離された肉体は彼の蹂躙《じゅうりん》を止める術など持ち合わせてはいなかった。

「バンクス様……！」

「また間違えた。これは厳しい罰を与えねばなりません」

「ふ、ぁあっ！」

二本の指に挟まれた胸の飾りが捻られて、痛みを凌駕するざわめきが生まれた。先ほどまでとは比べものにならない強い刺激に涙が滲む。普段、人前で泣いたりしないシェリルだが、生理的なものは堪えようもなかった。

「こ、こんな……」

「怖がらないで。全身が真っ赤になっている。それで、いいんですよ」

よくできたと言わんばかりにもう片方の手で頭を撫でられ、シェリルは双方から与えられるかけ離れた感覚に混乱した。片や、教師か親が示す労りや称賛が込められ、片や淫らな遊戯《ゆうぎ》。どちらもロイの手によって生み出されているというのが、とても信じられない。

涙で滲む視界をシェリルは瞬きで振り払った。

「あ、バンク……ロイ様、手を抜いてください」

「今のは特別に聞かなかったことにして差し上げましょう。それよりもシェリル様こそ力を抜いてください。ここの緊張を解してやらねばならないそうです。私は男なのであまり意識したことはありませんが、女性は胸が凝ることもあるそうですね」

それは人並み以上に大きい者だけの特権だ。残念ながら、シェリルは体験したことが一度もない。しかし悲しい事実を告げる気にもなれず、卑猥な嬌声《きょうせい》がこぼれてしまいそうな唇を嚙み締めた。

「ん、ふぅ……んッ」

「ああ、傷になってしまいますよ。歯を立ててはいけません。噛むならば、こちらを」

「ふぐ……!?」

ロイの親指を口の中へ突っ込まれ、眼を白黒させながらシェリルは瞠目《どうもく》した。歯列を辿られ舌を擽られれば、何故か羞恥が込みあげる。まるで疑似的な口づけを交わしているかのような気恥ずかしさから逃れようとしても、我が物顔で口内を支配され、飲みこめなかった唾液が顎を伝っていく。更に奥歯を押さえられてしまえばもう、ロイの指を傷つけてしまうことが怖くて、シェリルは意識的に口を開けていることしかできない。結果、だらしなく開きっ放しになって彼に無言の許しを請うた。

「もうやめて欲しいという顔ですね」

シェリルは寄せた眉と、動かせる範囲で頷くことによって「そうだ」と告げたが、彼は嫣然《えんぜん》と微笑むだけで撥ねのけた。

「駄目です。これは罰だと言ったでしょう? ほら、ちゃんと見てください。ご自分が今、誰に何をされているのかを」

「ん、んん……っ」

自らの眼で、今どんな淫猥なことになっているかなど確認したくはない。明るい日差しの入りこむ仕事用の室内で、自分だけが上半身を乱されて、恋人でもない男性に胸を直接揉みしだかれている。そんな倒錯《とうさく》的な現実を直視する勇気は、シェリルにはなかった。今更ながら、何故こんな取引をしてしまったのかという疑問が湧いてくる。お酒のせい、秘密を知られた衝撃、そして本物の豊かな胸を手に入れられるかもしれないという甘言――それら全てに流されたのだ。

今からでも遅くはないから、全部なかったことにすべきなのかもしれない。そうすれば、ロイとは無関係になり、ふしだらなレッスンを重ねる必要もない。きっと彼は面白おかしくシェリルの秘密を吹聴したりはしないはずだ。しかし――

それでセドリックが振り向いてくれたとしても、未来は暗い。

もしかしたら、長年恋い焦がれ続けた幼馴染は、理想の女ではないシェリルに呆れ、自分を騙したのかと怒るかもしれない。それを考えるだけで恐怖に囚われ身が竦む。だから、シェリルに選べる道など最初からないのだ。

実際、弾けそうに高鳴っている心臓が、身体の隅々まで血を巡らせているのがはっきり感じられた。それが育乳に効果をもたらすならば、確実に良い方向へと向かっているだろう。シェリルは今、苦しいほどに狼狽していたが、それは決して嫌な昂《たか》ぶりではなかった。

「あ……！」

チラリと覗いた服の隙間から、白い乳房の頂に真っ赤な果実が実っているのが見えた。けれど次の瞬間にはロイの大きな手で包まれてしまう。自分のものであるはずのシェリルの胸は、今はまるで彼の所有物だ。思うまま形を変えられ、自在に官能を引き出される。

それに対して喘《あえ》ぐことしかできずに、シェリルはピクピクと肩を震わせた。

「ふ……ぅ、んッ」

「感度がいいのは素晴らしいことですよ。大きさなどよりも、よっぽど価値があると私は思います」

「……ぁッ、んん……！」

「いずれは、胸だけで達してしまいそうですね」

おそらくはわざと吹きかけられた吐息が耳朶を擽る。無防備な耳が、意地悪な風と言葉に嬲られた。

「いやらしいこと……っ、言わないでください……！」

「本当のことですよ。いやらしいのは、シェリル様の身体だ」

「……ゃ、ぁ、あ」

その後、ロイの秘書が扉をノックするまで、淫靡《いんび》なレッスンは続いたのだった。

3　秘密のレッスン

　シェリルは眼下に広がる光景に息を呑んだ。人も、行き交う馬車もとても小さく見える。町全体がまるで精巧な玩具《おもちゃ》のようで可愛らしい。思わず身を乗り出せば、眼の前を鳥が通過していった。

「きゃ……っ」

「そんなに身を乗り出しては危ないですよ。シェリル様は高所が怖くないのですね」

　やんわりと後ろに誘導され、シェリルは背後に立つロイを振り返った。

「怖くないわけではありませんが……物珍しくて、つい」

　最近王都に完成した時計塔は、国一番の高さを誇っている。一度は登ってみたいとシェリルは思っていたが、残念ながら予約をしなければいけない上に、淑女には好ましくないという風潮もあって足を踏み入れたことはなかった。それが今日突然「入場券が余っているので、行ってみませんか」とロイから誘われたのだ。勿論、一も二もなく飛びついた。

普通ならば男性と二人きりで出かけるなど及び腰になってしまうところだが、今回は特別だ。それに「同じ刺激ばかりでは効果が薄れてしまいます。たまには外に出て違うドキドキを味わってみませんか」という誘いに心を揺さぶられたせいもある。

「ロイ様のおっしゃったドキドキは、高所で感じる恐怖のことだったのですね」

「おや、別のものを期待していましたか？」

意味深な彼の微笑みに淫らな気配を感じて、シェリルは慌てて否定した。

「と、とんでもない。そんなつもりではありません」

「そんな、とはどんなつもりでしょうね」

意地の悪い質問に答える義務はないが、からかわれているのが面白くなくて、わざと冷ややかな視線を彼へ投げる。主導権を握られているようで憎らしい。女性として正しい反応は頬を赤らめ恥ずかしそうに俯くことだと知ってはいても、ロイには取り繕う必要がないので、シェリルが元来持つ勝気な部分も遠慮なく出せる。散々恥ずかしい姿を見られているのだから、今更演じようとは思わなかった。

「嫌な誘導尋問だわ。とても、皆さんが憧れている方の言葉とは思えませんね」

「言いますね。シェリル様以外には気を遣っていますから、大丈夫ですよ」

「私はどうでもいい存在という意味かしら？」

嫌味を交えているが、不愉快ではない。夜会で交わされる上っ面の会話ではなく、気の置けない仲間とのお喋りのようなやりとりはとても楽しかった。久し振りに思い切り笑った気がする。

「まさか。シェリル様にだけ、気を許せるという意味ですよ」

本気なのか冗談なのかは知らないが、悪い気はしない。シェリルはもう一度下を見下ろして歓声をあげた。

「ご覧になって、ロイ様！　あの建物、とても素敵ではありませんか？」

普段この高さから街並みを見下ろすことがないので、いつも眼にしているはずの景色さえ新鮮だった。十字架を抱いた教会のステンドグラスが光を受けて、荘厳に輝いている。石畳を挟んで建つのは商店だろうか。

「あ……あそこは、よく買い物に行くお店かしら」

「どこですか？」

隣に並んだロイに遠くを指し示し、シェリルは眼を細めた。

「ほら、あの大通りに面した赤い屋根の建物です。女性物の小物を多数扱っているのですが、趣味がいいものや、あそこでしか手に入らないものが揃っているので、こぢんまりとしていますけれど、貴族の御令嬢や奥方もお忍びで通っているんですよ」

以前あの店で、いつも最先端のドレスを身につけている伯爵夫人を見かけたこともある。

そう告げれば、ロイは興味深そうに頷いた。

「そのお話、もっと詳しく聞かせてください。今度、仕事で女性用の装飾品も取り扱う予定なのですが、私には正直難しくて……どれも同じに見えるのですよ。こればかりは、男が考えても分かりませんから、シェリル様から助言をいただきたいと思っていたのです」

彼から頼みごとをされるのは初めてで、シェリルは少なからず驚いた。しかし、最初からそういう約束だったと思い出し、快《こころよ》く了承する。

「はい。こんなことでよろしければ。具体的に何をお知りになりたいのでしょうか」

「やはり、次に流行りそうなものや、価格帯、それからお世辞抜きの率直な意見ですね」

仕事の顔になったロイは真剣な面持ちで、今にも筆記用具を出して書き留めんばかりの勢いで喰いついてくる。シェリルは押され気味になりながら、苦笑した。

「ロイ様はお仕事がお好きなんですね」

「嫌いではありませんよ。そうでなければ、人生の大半の時間を費やそうとは思いません。それに、何ごとも全力でこなさなければ意味がないでしょう。片手間でやって得られた結果なんて、さほどの価値があるとは思えませんから」

それは、シェリルがぼんやりと抱いていた考え方を、丸ごと言葉にされたようだった。だから瞠目してロイを見つめてしまう。

貴族社会では、あからさまに『頑張っている』のは好まれない。何かに真剣に取り組むことは、時に恥ずかしいとさえされる。金銭を得るために額に汗して働くのを卑しいことだと蔑むのと同じだ。シェリルには到底理解できないが、上流階級にはそう考える者が少なくなかった。領土から収入を得る以外に金銭を稼ぐなど下品なこと――という考えは時代とともにいつしか変わり、いつの間にか日々遊び暮らして贅沢をすることこそが美徳という教えにすり替わっている――子供の頃からそんなふうに教え込まれるから仕方ないけれど、シェリルにはどうにも受け入れ難く、嫌な慣習だと思っていた。けれども――ロイは違う。

――だから、私の努力も笑わずに聞いてくださったのかしら……

「勿論、大変なことは多々ありますけれどね。今でこそ成功していると言えなくもありませんが、ここまでくるにはそれなりに苦労もありました。その最たるものが、身分のある方々との折衝です。上手く立ち回らねば、私など簡単に潰されてしまいますから。でも、不平等を理由にしていても仕方ないでしょう？　生まれ持った財力や地位が劣っているからといって羨んでいるだけなら、何も始まりません」

「……そうですよね。何をしても無駄という言い訳をしているのと同じですもの……」

シェリルよりも元の顔立ちが優れている女性などいくらでもいる。神童と呼ばれるほどに才能に溢れる者も。強大な家の力を武器に、望むもの全てを手に入れる人もいるだろう。だから彼女らに勝つことはできないと諦めるのは簡単だし、とても楽だ。こういう理由で最初から差があるのだからと理由を述べて、自分を正当化できる。『私』は悪くない。むしろ可哀想だと憐れんで――その後に、いったい何が残るのだろう？

自己憐憫は心地いい麻薬に似ている。束の間、弱い自分が許されたような勘違いをもたらしてくれる。しかし、何一つ解決はしてくれない。

今まで、このような考えを抽くではあるが父親に語ったこともあった。しかし答えはいつも一緒。『そんなくだらないことを考察している暇があるのなら、刺繍の一つでも勉強したらどうだい？　馬鹿は困るが小賢しい女も男には嫌厭されるぞ？　女の幸せは、より良い相手に愛されることだろう』――たぶん、その考えは間違ってはいないし、父もシェリルの将来を案じていないわけではない。ただ培った常識が隔たりを生んでいるのだ。

シェリルは自分と似た価値観を持つロイを眩しく見つめた。彼と、もっと色々な話をしてみたい。どれほど有意義な時間になるだろう。考えただけで高揚してきた。

「シェリル様、もっと色々教えてください。他に人気のあるお店はありますか？」

「あ、はい。ここからでは見えないかもしれませんが、あの橋の向こう側にも……それから、最近できたパン屋さんでとても美味《おい》しい焼き菓子を扱っているそうです。何でも、一流のシェフにも引けを取らない味だとか」

それは時計塔のすぐ下に広がる商店街を抜け、王城寄りの通り沿いに開店した店らしい。指し示した方角は飲食店が固まっているのか、シェリルたちがいるここまでいい匂いが漂ってくる。その香りを吸い込んで、空腹感が刺激された。

「何か食べに行きましょうか」

「是非」

自分からお腹が空いたとは言い難かったので、ロイから切り出してくれて安心した。いつものシェリルならば見知らぬお店に入ることはないので、全て彼に任せることにする。

時計塔から下りて庶民的な店舗をいくつか通りすぎ、ロイが選んだのは清潔感のあるこぢんまりとした食堂だった。

「裏道に、こんなお店があったのですね」

「馬車では入れない小道ですからね。貴族の方は、まずいらっしゃらないでしょう」

歩いていても見落としてしまいそうな狭い間口を潜り、店の奥へと案内される。店内に他の客の姿はなく、大通りの喧騒から切り離されていてとても静かだった。

「落ち着いたお店ですね。私、こういったところに入るのは初めてなのでとても興味深いですわ。あれは何かしら？　あら、とても美味しそう……」

シェリルが好奇心を抑えきれずに左右を見れば、ロイは面白そうに片眉を上げた。

「普通のご令嬢は、こういった場所にお連れすると気分を害される方がほとんどですよ。それ以前に、時計塔に登りたいなんて言いません。シェリル様は変わっていますね。最初の印象からどんどん離れていく気がします」

「ご自分で誘っておいて、あんまりではありませんか？」

シェリルもはしゃいでいた自覚がある分バツが悪かったが、楽しいのだから仕方がない。それに、今更ロイを相手に格好をつける必要はあるまいと思い直し、存分に今日を満喫しようと決めた。

「本日は素敵な場所へ案内してくださり、ありがとうございます。私、とてもドキドキしました」

性的なものとは違う胸の高鳴りが、まだ尾を引いている。時計塔から見た景色を思い出してシェリルは満面の笑みを浮かべた。本当にいい経験だった。父やセドリックに知られたら、はしたないと咎《とが》められてしまいそうだが。

「ロイ様は私の知らないことを沢山ご存知なんですね。その一端に触れさせていただいただけで、世界が広がった気がします。私も、もっと色々なものを見てみたいわ」

それは嘘偽りのない本音だった。本来のシェリルは好奇心旺盛《おうせい》で活動的だ。屋敷に引き籠もっているよりも出歩いている方が好きだし、新しい物事に興味がある。しかし世間的には大人しく分別を弁《わきま》えた女性が好まれるから、淑女を演じているだけだ。この数年は『自分を磨く』という目標を得て邁進することで、鬱憤《うっぷん》を晴らしているとも言えた。

今日は束の間、あらゆるしがらみから解き放たれた気分で、羽が生えたように心が軽い。シェリルは久方ぶりに他人の目を気にしない一日をすごせた。

「まだ一日の終わりには早すぎますよ？　ここの料理は絶品なんです。家庭料理ですがシェリル様も満足すると思います。是非味わってください」

「それは期待してしまいますね」

シェリルにとって庶民の暮らしは非日常で、知らない世界を覗きこむようにワクワクする。硬い椅子や小さなテーブルも初めてだが、それさえもが冒険している気持ちになって楽しい。終始ご機嫌のまま、運ばれてきた料理も全て平らげた。普段は、体形や肌の調子を気にして食事を控えているが、今日は特別。明日からまた頑張ればいい。料理はどれも武骨な器に繊細とは言い難い盛りつけがされていたが、味は抜群で文句はなかった。

「――それにしても、ロイ様ならばいくらでも他の女性から話を聞くことができそうですけれど……」

シェリルと取引などしなくても、喜んで貴族社会の噂や秘密を語る者はいるだろう。先ほど話していた流行についてだって、シェリルよりも、もっとお洒落に敏感な人や仕立屋など本職の者に聞いた方が有益だ。不思議に思って問いかければ、彼は僅かに言い淀んだ。

「……そうですね。でも、なかなか信用に値する女性というのは少なくて」

遠回しに、女は信用できないと言われている気がした。そこに潜在的な拒絶を感じ取り、シェリルは瞳を細める。思い返してみれば、ロイは初めから他者との間に壁を作っていた。

それは、同じように仮面を被っているシェリルだから察せられた違和感だ。笑顔は時に、自身と他人を隔てる柵になる。表面だけを見せておいて、これ以上は踏みこむなという無言の威圧だ。線引きされた内側には、誰も立ち入らせない。

ロイは、特に女性にそういう対応をしているように見えた。

「……嫌いなのですか？」

女が、とは言いにくくて曖昧に問いかける。すると彼は困ったように苦笑した。

「もう一度断っておきますが、私は同性愛者ではありませんよ。そういう嗜好を否定するつもりはありませんが、私は違います。結婚を考えたことはないですけれど、それなりに異性とのお付き合いはしてきましたし」

以前と同じやりとりをし、束の間沈黙が落ちた。その言葉は、割り切った付き合いを好んでいるとも聞こえる。だが――

「誰も……信用していない、という意味に聞こえます」

だとすれば、悲しい。あまりにも寂しいと思う。敵とまでは言わなくても、信頼できない人々に囲まれて表面上の付き合いだけを繰り返すのは、想像以上に疲弊する。シェリルだって、決して表には出さないけれど、毎日疲れているのだ。外に出れば気を抜けないし、常に人の眼を気にしている。それは自分で選んだ道だから納得しているが、時にはありのままの自身を解放したくなることもある。言動一つひとつに気を遣い、『自分がどう思うか』よりも『他人がどう感じるか』を優先してきた。それはそれで物事を円滑に進められるが、不意に虚しくなることは過去に何度もあった。

ロイも、そうなのだろうか。シェリルの中で、仲間意識と言うよりは同情が先に湧いた。

――私にはマリサや友人という理解者がいる。たまには弱みを見せて愚痴《ぐち》を言うことくらいは許されてきた。――彼は、どうなのだろう。

「……こちらが信頼しなければ、相手から得られるはずはありませんね」

「……」

孤独の意味を知った気がする。夜会で見かけた彼は沢山の人に囲まれ、セドリックを始めとした友人も多いように見えた。けれど、それはあくまでもロイの一面でしかないのだ。シェリルだって、貧乳という事実は友人にも決して知られたくはないし、誰だって隠しておきたい秘密はある。きっと彼は、その範囲が人よりも広いのだ。仕方ないと分かっている――だが、無性に悲しかった。

「……私も、同じなのでしょうか。ロイ様に信用されていませんか？」

「いいえ。シェリル様は別です。そうでなければ、今こんな話を打ち明けませんよ。貴女には、ごまかしがきかないから」

初めて出会った時に見抜かれてしまいましたから――と言った彼は、晴れ晴れとした笑みを浮かべた。本物の笑顔にシェリルの胸が熱くなる。

「シェリル様は裏表のない、まっすぐな方です。そして、心配になるほど一所懸命だ。こんな私が応援したくなるほどね。――この料理、気に入りましたか？　おかわりなさいますか？」

突然話を変えられて、もうこの話題は終了なのだとシェリルには分かった。これ以上はロイの中で立ち入り禁止なのだ。理由は全く見えないけれど、彼は何か過去に嫌なことがあったのかもしれない。その傷が癒えず、他者から距離を取ることで自分自身を守っており、ロイの中心へ至る通行証書はそう簡単には手に入れられない。それを寂しく思うが、同時に誇らしくもあった。

たぶん、彼にとってはここまでの接近を許すのも最大限の譲歩なのだろう。『シェリルは別』そう言ってくれただけでも、今は充分だと思えた。今後、友人として少しずつ距離を詰められたらいい。何となく、ロイもそれを許してくれる予感がした。

「素晴らしかったです。こういった味付けは初めてでしたが、とても美味しかった。うちのコックにも作ってもらいたいくらい。でも、おかわりはいりません」

だからシェリルは変えられた話題へ自然に乗った。ロイもそんな機微《きび》を理解した上で、会話を続けてくれる。

「デザートも食べますか？」

「食べたいと言いたいところですが、流石にお腹がいっぱいです。ああでも残念だわ。

きっと美味しいに決まっていますもの。今夜は沢山運動しなくては、太ってしまうわ。でも心が満たされたので後悔はありません。……ロイ様、また連れてきていただけませんか？」

他の客が口にしている焼き菓子を横目で見て、シェリルは悔しそうに呟いた。

普段甘いものは控えているが、たまにはいいかと思ってしまうほどに食べてみたい。しかしもう限界だ。とてもお腹に入らない。無念に歯噛みしつつ、正面に座るロイへと視線を戻した。

「……ロイ様、どうされましたか？」

何かを言いたげに、彼がじっとこちらへ眼を向けている。その微妙な表情は何だろう。

「ああ、いいえ。……本当に日々印象が変わる方だと思って」

「先ほどもそんなことをおっしゃっていましたね。いったいロイ様は、最初私をどんな女だと思っていらしたのですか？」

シェリルについて流れている噂ならば、『高嶺の花』とか『理想の女』だ。そう思われるよう努力し演出してきたし、実際ロイも初めて夜会で顔を合わせた時似たような印象を抱いたと言ってくれた。それが変わったということは。

「粗が見えてきたとおっしゃりたいのかしら」

シェリルが完璧でないのはロイが一番よく知っている。勿論、胸の話だ。今日も服の下には沢山の詰め物がされていた。背中や脇から肉を集めても、谷間ができたことなどない。せっかく愉快な気分だったのに、シェリルは急に意気消沈してしまった。たかが胸ごとき――されど豊かな乳房に憧れる。男性の眼を意識しているだけではなく、それは女性にとって自信に繋がるものなのだ。

ないものねだりと言われてしまえば、それまで。大きければ万事解決とはいかないことも理解している。だが――シェリルは自分がもっと女性らしい象徴を備えていたらと思わずにはいられなかった。

「そんなことではありませんよ。むしろ逆です。……正直、生まれ持った容姿を武器にして、傅《かしず》かれることに慣れた令嬢なのかと思っていたのです。チヤホヤされることを当然と捉える貴族らしいお嬢様かとね。しかしそうではないと分かりました。シェリル様は努力家で、非常に謙虚だ。そして、身分に拘っておられない。尊敬しています」

初めて他者から頑張りを認められ、シェリルは言葉を失った。これまで、水面下でもがく足を見せないようにしてきたのだから当たり前なのだが、誰にもそんなことを言われた経験はない。初めから美しいと褒められ頭がいいと羨ましがられることはあっても、シェリルが陰でどれだけ汗を流して学んでいるかなど、慮ってくれる人はいなかった。最初から神にギフトを与えられた、恵まれた人だと称賛されるだけ。それでいいと自分でも思っていた。けれど今、ロイに言われた言葉がジワジワと胸に染みわたっている。

「そ、そんなことは……」

「しかもそういった裏側を他者に見せない。これはなかなかできることではありません。どうしても、誰かに言いふらしたくなってしまいますからね。自分はこんなに頑張っているのだから認められるべきだと」

一人黙々と努力するのは、時に辛い。結果が出なければ投げ出したくなる日もある。誰かに愚痴を言って慰めてもらいたいと願ったり、過程を評価して欲しいと望んだりすることは少なくない。けれど、シェリルが欲しいのは、あくまでも結果なのだ。いくら途中経過を認められても嬉しくはない。――そう考えていたが、今ロイが口にしてくれた言葉は、素直に胸に響いた。

「……褒めすぎ、です。誰だって少なからず頑張っているはずです。それを誇るのは、自己満足でしかありません」

「貴女のそういう毅然としたところ、私は好きですよ」

男性の口説き文句は聞き飽きているとシェリルは思っていた。もう何度、使い古された甘い言葉をかけられてきたか分からない。それこそ右から左に聞き流して、躱すことには慣れていると自認していた。それなのに、ロイの軽い一言を受け流すことができない。跳ねた鼓動が身体中を駆け巡り、煩いほどに鳴り響いていた。指先の震えを気取られたくなくて、膝の上でそっと拳を握る。伏せた睫毛の下で動揺に揺れる瞳を彷徨わせた。

「シェリル様はお美しいです。でもそれは、面の皮一枚の話ではありません。貴女の前向きな姿勢や、諦めない強い意志――そういったものが内面からシェリル様を輝かせているのだと思います。目標に向かって地道に進み続けるからこそ、人を惹きつけてやまないのでしょうね。女性らしいからと言って弱々しく嘆くだけで終わらせない……私の抱く印象が変わったというのは、そういう意味です」

「……！」

湧き上がるこの感情の名前は何だろう。たぶん、歓喜だとか感激だとか――とにかく喜びに相当するものだとは思う。だが、様々な波が一緒くたになって、ぴったりと嵌《は》まる言葉が見つけられない。溺れるほどに深いのに、どこまでも澄んでいる。そんな想いが奔流となって瞳から溢れそうになり、シェリルは眼を瞬いた。

今なら、分かる。ロイがくれた言葉こそ、自分が欲しかったものだと。外側だけではなく内面を見てもらいたかった。誰にも素を晒さないよう細心の注意を払いつつ、それでも覆い隠してきた柔らかな中心部に触れて欲しかった。シェリルそのものを受け入れてくれないかと、意識しないままに期待していたのだ。

こぼれてしまいそうな涙を堪え、シェリルはお腹に力を入れた。乱れる心を叱咤して、きちんと背筋を伸ばす。彼が褒めてくれたシェリル・クリフォードは、こんな人前で泣いたりはしないのだ。誇り高く己を律し、弱さを売り物にしたりはしない。

「ありがとうございます、ロイ様。けれど目指す場所に辿りつくには、まだ頑張りが足りないようです。もっと努力しなければなりませんね」

自分の胸元に当てた掌が感じるのは、人工的な柔らかさだ。早く作り物ではなく、本物の膨らみを味わいたい。決意も新たに、シェリルは気を引き締めた。

「ですから、以前も申し上げたでしょう。大きさなんて問題ではないのです。大切なのは感度ですよ。その点シェリル様は合格です」

俯いたシェリルに何を考えているのか悟ったらしいロイは、小声で囁いた。混み始め賑《にぎ》わい出した店内では、他の誰の耳にも届かなかっただろう。だが、際どい内容にシェリルの頬は赤く染まった。

「こ、こんな公衆の面前で……」

「では、他に人がいなければよろしいのですか？」

耳を掠めた吐息がひどく熱い。押さえた手も、溶けてしまいそうに発熱していた。

「不謹慎ですわ」

「これからもっと不謹慎なことをするのに？」

唐突に色香を漂わせるのはやめて欲しい。意味深に眇められた瞳が、妖しく輝く。シェリルの胸が痛いほどに高鳴ったのは、言うまでもない。息を呑んだ喉元に、ロイの指先が触れた。きっちりと結ばれたリボンを弄られてクラクラと眩暈がする。絡まり合った視線が距離をなくし、身動きできずに固まっていたシェリルの眼前まで彼が迫っていた。

「そろそろ、次の段階に進みましょうか？」

「次……？」

「はい。シェリル様お一人では、できないことを」

淫らな誘惑に乗せられて操られるように頷いたシェリルは、ロイに促されるまま立ち上がっていた。


辿りついたのは、貴族や裕福な者ご用達の宿だった。城と見紛う建物に豪華な内装。調度品はどれも高価なものだと一目で分かる。シェリルは初めて足を踏み入れたが、あまりの絢爛さに驚いてしまった。

クリフォード男爵家もそれなりに裕福で屋敷には貴重なものも飾られているが、それ以上かもしれない。趣味のいい小物や高名な画家の手による絵画もあり、ちょっとした展覧会にも引けを取らないだろう。時間があれば、一つひとつじっくり見たいところだ。

「ようこそいらっしゃいました、バンクス様。お部屋はいつもの最上階を」

「ありがとう」

支配人らしき男が深々と頭をさげ、ロイは軽く挨拶を交わした。そのさりげない様子に、シェリルは何度も彼がここを使っていることを知る。

「常連客なのですか？」

「以前、ウォーレンスからこちらに来る時は、だいたい定宿にしていましたから。今でも商談などで利用させていただいています」

何でもないことのように彼は語ったが、相当値が張るだろうことは、通された部屋を見て確信に変わった。大きなベッドは大人が三人はゆうに眠れそうだし、そんな大きなものを中央に据えても室内はまだ広々としている。金糸で刺繍が施されたソファは座り心地がよく、テーブルの四隅には彫刻が施され、敷かれた絨毯《じゅうたん》は足が沈みこみそうなほど毛足が長い。続きの間への扉の取っ手は全て黄金だった。

「すごい……」

シェリルは考えていたよりもロイがずっと成功を収めているのだと改めて思い知った。先祖からの爵位を漫然《まんぜん》と受け継いだのとはわけが違う。自分の才覚を駆使し、自らの力で上り詰めたのだ。そう実感すれば抑えきれない尊敬の念が溢れてくる。

「ロイ様は、素晴らしい方ですね」

「急にどうしたのですか」

苦笑する彼は、シェリルに腰かけるようソファを指し示した。丁度そこへ、お茶とお菓子を従業員が運んできてくれる。

「楽にしてください。ここは従業員教育も行き届いていますから、ご安心ください」

「え？」

ロイに言われ、シェリルは未婚の男女が宿に二人で出入りする意味にようやく思い至った。どうしてか、ここに来るまでそんな心配を微塵もしていなかった自分に驚いてしまう。今更ながら焦ったが、冷静なままの従業員が仕事を終え退室してゆくのを眼にし、ほっと息を吐き出した。

「私をからかっていらっしゃるのですか？」

「シェリル様があまりにも無防備に男の後をついてくるから、少し危機感を持った方がいいと忠告しようかと思いまして。他の男は、私ほど紳士ではありませんよ」

ニヤリと吊り上がった口の端が、彼が現状を面白がっていることを教えてくれた。

「ロイ様は、案外人が悪いですね」

「そんなこと、初めて言われました。これでも、人当たりはいい方だと思うのですが」

隣に座ったロイの重みで、ソファが沈む。思いのほか近い距離に驚いて強張ったシェリルの腰が引き寄せられた。

「それに、人が悪いというのは、もっととんでもないことを平気でする男のことですよ」

「きゃ……」

大きな手に、スルリと身体の線をなぞられた。服の上からの刺激にすぎないのに、官能的な触れ方であっという間に体内に火が点る。額、目蓋、鼻へと口づけられて吐息に炙られた。ロイの長い睫毛に擽られた頬が熱い。彼の指先が項を摩《さす》り、それだけでも疼きが蓄積されていってしまう。甘い声が喉を通過しシェリルの呼吸は乱れた。

「服を緩めてください」

その要求には既に慣れていた。シェリルはいつも通り後ろを向いて、リボンを解きボタンを外す。そしてパッドを取り出した。ここまでならば、いつもと同じ。ロイの手が服と肌の隙間に忍びこみ、淫猥な時間が終わるのを待てばいい。だが、今日は違った。

「駄目ですよ。今日はちゃんと脱いでください」

一瞬、意味が分からずシェリルは間の抜けた顔を晒してしまった。しかしそんな反応は想定内だったのか、彼は何でもないことのように同じ台詞を繰り返す。

「脱いでください。とりあえず、今日は上半身だけで結構です」

それでも呆然としたままのシェリルに痺《しび》れを切らしたのか、ロイは「仕方ありませんね」と呟き、胸元を押さえる手をやんわりと排除した。

「ちょ……!?」

「レッスンは次の段階に進みましょう。貴女は優秀な生徒ですから」

両腕からいとも簡単に袖が抜かれ、逃げる間もなく上半身を剝かれてしまった。外気に触れた肌に愕然とする。見下ろせば、白い乳房が二つ、慎ましやかに頂を尖らせていた。

「ロイ様……っ」

「恥ずかしいですか？　どんどん朱に染まっていきますね」

直接触られるのはもうこれで数度目だ。しかし、はっきりと見られるのは初めてだった。異性に裸を晒しているという現実を処理しきれず、混乱した頭が空回りしている。シェリルは息を食むばかりの唇を震わせ、身体中を戦慄《わなな》かせた。

「大丈夫ですか？　しっかり呼吸していらっしゃいますか」

そんなもの、やり方さえ忘れてしまった。そう抗議しようにも、何も言葉が出てこない。ただ、ロイの視線を感じて、その場所が熱くなる。おかげで今、自分のどこを見られているのかが如実に分かってしまった。彼のアメシストの輝きに炙られて焼き尽くされてしまうのではないかと不安になる。

こんなことは、結婚した男女にこそ許される行為だ。いや、そういう意味では、もっと前の段階からそうだった。ならば、線引きはどこだろう。まさか最初から間違っていたとは思いたくなくて、余計にシェリルの思考は真っ白に染まってしまった。

「あの……私……っ」

「綺麗ですね、シェリル様。こんなに滑らかで美しい肌は見たことがありません。どうすれば、これほどの透明感を得られるのですか？」

「あ……毎日、温めのお湯に腰まで浸かって……揉み解しもしていますから……」

思わず素直に答えてしまったのは、混乱の極致だったからに他ならない。何も考えられないからこそ、外部からの質問に反応してしまう。オウム返ししているのも同然な、反射でしかなかった。

「毎日ですか。それは大変ですね」

「いいえ、用意してくれるマリサの方が大変……あッ」

正面からロイの手に包まれた乳房が、ゆったり円を描くように動かされた。ささやかな肉だが視覚から与えられる情報は生々しいものがある。今までは服越しで見えなかったからいくらか緩和されていた衝撃が直に伝わり、暴力的にシェリルを揺さぶってきた。

どんなに小さいとは言っても、やはり乳房だ。女性的な膨らみを骨ばった手が這い回る非現実的な光景から逃避したくても、生み出される快楽がそれを許してはくれなかった。

掬い上げられ、小刻みに揺すられれば、頂がなお赤く色づく。淫らすぎるその色味は、熟れた果実に似ていた。つまりは、食べごろだと主張しているかのように。

「こ、こんな……」

「美味しそうですね」

「ひゃぅ……っ」

舐められるのもこれで数度目。だが当然ながらいつも布越しだった。しかし今日はロイの髪に肌を擽られながら、シェリルは自分の乳首に彼の舌が絡むのを呆然と見守った。

伸ばされた赤い舌に突かれ、転がされる。生温かい口内へ招き入れられ、吸い上げられれば、痛みと共にごまかしきれない快感があった。

「んんっ……」

「甘い匂いがします……シェリル様、ご自分の心臓が暴れているのが分かりますか？」

そんなこと、言われなくても重々承知していた。ロイの神秘的な瞳に見つめられれば、きっと誰だってその魔法にかかってしまう。心の奥底を覗きこむような不思議な色に惑わされ、厳重にかけたはずの鍵を開けたくなってしまうのだ。

「恥ずかしがらないで、見せつけてご覧なさい。手間暇かけて手に入れた、珠玉の肌でしょう？　誇らしげにすればいい」

「む、無理です……っ」

こんな行為は初めてだから、どこに手を置けばいいのかも、どんな顔をすればいいのかも分からない。ただロイの手に翻弄される。乳房と呼ぶにはなだらかすぎる丘を丹念に揉み込まれ、親指と人差し指の二本で頂を捏ねられ、ピリピリとしたむず痒さはたちどころに卑猥な疼きに書き換えられた。シェリルは背を丸めて彼を押し退けようとしたが、腕には力が入らない。むしろ、縋りつくようにして、全く乱れのないロイの服へとしがみついてしまった。

一つ言えるのは、嫌ではないということ。彼に触れられて昂ぶり、身体は間違いなく喜んでいる。そして心も。どちらが先で、どちらが引き摺られているのかは分からない。快楽を与えられた肉体が、単純にそれをくれる相手へ愛着を覚えただけかもしれない。それとも――

「でしたら、予行演習だと思えばいい。――いずれ、セドリックに愛される時の」

刹那、沸騰しそうになっていたシェリルの頭がスゥッと冷えた。それまではふきこぼれそうになっていた頭の中が、冷水をかけられたように冷静になる。この行為が愛情故ではなく、ただの取引に基づいたレッスンだと思い出し、心さえも凍え始めた。

「待って」

「嫌です」

いつもより強引な仕草でロイに体重をかけられ、姿勢を保てなくなったシェリルはソファへ押し倒されてしまった。仰向《あおむ》けに倒れ込み彼を見上げれば、ロイの向こうに天井が広がっている。初めての体勢に瞠目していると、額へ掠めるようなキスを落とされた。

「……美しいですね。……建前を、忘れそうになります」

「は……？」

尻すぼみに消えた語尾が聞き取れない。問い返そうとしたけれど、彼は答える気がないのかそのまま覆い被さってきた。ロイの体温を間近に感じ、自分のものではない服の感触に肌が粟立つ。まざまざと、シェリルだけが半裸にされていることを思い出し、羞恥に身体中が赤らんでしまった。

「見ないで……！」

恥ずかしくて堪らない。今までも数々卑猥なことをしてしまったが、その比ではなかった。ロイの視界に裸体で収まることが、こんなにも耐え難いとは。もしもこれが、他の男性だったらどうなのだろう。例えば――セドリックであったなら。

ずっと想いを寄せていた幼馴染の顔を思い出し、シェリルの胸はざわついた。

嫌だ、と思う。セドリックに見られたくない。それは、自信の持てない身体を晒したくないという気持ちがあるからだが、それ以外にも理由がある気がした。しかし上手く説明できない。更に言うなら、別の男性が問題外なのは間違いなく、だとすれば誰でも同じように嫌悪感があるということになってしまう。しかし、今ロイに対して感じている抵抗感とは、少し違うように思えた。

「……考えごとですか？　余裕ですね」

「え、……ひゃうッ」

放り出されていたシェリルの脚を、彼の膝が割り開いた。そのせいでスカートはずり上がり太腿までが露出してしまっている。あまりにも淫らな光景にシェリルの思考は一気に吹き飛んだ。

「ロイ様、お戯れがすぎます……！」

「遊戯は、本気になるから面白いのですよ」

今やシェリルの姿は、上半身は裸で下半身はスカートが捲《まく》れ上がっているというとんでもないことになっている。最早、中途半端に着ている方が淫猥な状態に思えた。しかものしかかっているロイには、一片の乱れもない。他者に見られれば身の破滅という状況で、シェリルはどうにか彼の身体の下から逃れようとあがいた。

「暴れないでください。無理やり押さえつけるのは私の趣味ではありません」

「でしたら……」

解放してくれと言いかけて、シェリルの言葉は喉奥で詰まってしまった。ロイの宝石に似た瞳の奥に、艶めいた光を見つけてしまったからだ。いつもどこか冷静で冷めたままだった彼が、興奮している。シェリルを求めるように潤んだ眼差しを注いでくる。そのことに驚いて――一瞬、動きを止めてしまった。

「酷いことは、しません」

彼を押し退けようとしていた手を取られ、指先に口づけられた。舌先で擽り、丁寧に爪の形を確かめる、疑似的なキス。ロイの舌が官能的に動く様から、シェリルは眼が離せなかった。まるで瞳を固定されたように、瞬きも忘れて自分の指が彼の口内へ迎え入れられるのを見守る。心臓が痛い。壊れそうなほど荒れ狂う鼓動が、薄い肉の下からシェリルの胸を叩いていた。ときめきと呼ぶには獰猛すぎて、眩暈がする。いくら呼吸しようと喘いでも、上手く酸素が取りこめずに息苦しさが募《つの》った。

「駄目……」

「大丈夫。だってほら、これまでで一番ドキドキしているでしょう？」

確かにとてつもなく動悸が激しい。そういう意味では大成功だと言えるだろう。しかし、物事には限度がある。これ以上ロイに何かされれば、シェリルはおかしくなってしまうのではないかと不安になった。

「でも、ここまでしなくても……」

「触られるだけでは、もう慣れてしまったのではないですか？　何も感じなくなれば、シェリル様がご自分で揉むのと変わりありませんよ」

慣れるはずなどなかったが、言われてみれば初めて触れ合った時より緊張感が薄れつつあったのは否めない。いつの間にか、彼との時間を心地よく感じ始め、胸の高鳴りは種類を変えていたかもしれない。それではいけないと、ロイは言いたいのだろうか。

「でも……」

「でもだってもありません。シェリル様は悠長に時間を使う余裕があるのですか？　今年ではなく、来年に勝負を先送りするおつもりですか？　その間に、セドリックは別の女性を選んでしまうかもしれませんよ」

「それは困ります！」

考えるだけで恐ろしい指摘をされ、シェリルは頭を振った。

そうだ。セドリックを狙う女性は他にもいるのだ。夜会での彼のモテぶりを思い出し、その可能性に思い至る。セドリック自身、女性の扱いには慣れていたではないか。つまり、それだけ不自由していないのだ。だとすれば、のんびりやっている暇はない。

「レッスンを、お願いします」

「……いい眼ですね。貴女のそういう切り替えの早さ、好きですよ」

睦言とは程遠い台詞を皮切りにして、ロイはシェリルに見せつけるようにしながら胸を揉みしだいた。仰向けに寝転んでいるせいで、尚更隆起の感じられない平たい場所だが、それでも快楽は拾ってしまう。頂を捏ねられ摘ままれれば、ゾクゾクとした愉悦が腰に広がった。視覚から与えられる刺激が強すぎてシェリルは眼を閉じ気を逸らす。しかし、そんな抵抗は易々と打ち破られることになる。

「……や、あッ」

脚の付け根から無視できない感覚を呼び起こされた。一度も経験したことがない疼きが下腹に溜まる。奇妙なむず痒さに慄いてシェリルが頭を起こせば、先ほどよりも更に捲れ上がったスカートの中心部に、ロイの膝が押しつけられていた。つまり、開いたシェリルの脚の間に陣取った彼が、秘めるべき場所にぐいぐいと膝を擦りつけているのだ。

「それ……ゃあっ」

小刻みに揺すられても、ゆったり上下に動かされても、甘ったるい声が漏れてしまう。まるで押し出されるように、シェリルはロイの動きに合わせて身悶《みもだ》え鳴いた。太腿がブルブルと震え、閉じることさえままならない。それ以前に彼が邪魔でどうにもならなかった。せめて甘美な責苦から逃れようとずり上がったシェリルの身体は、強引に引き戻される。そしてお仕置きと言わんばかりに胸の飾りを軽く噛まれた。

「きゃあっ」

「シェリル様は、本当に感度がいい」

「何を……ぁ、ああ……」

緩慢な動作で卑猥な園を押しあげられ、抗議の言葉は嬌声に埋もれてしまった。こんな行為がどうして気持ちいいのかも分からないまま、もどかしい愛撫に掻き乱される。胸へ触れる指先は繊細で、的確にシェリルを追い詰めた。対して、下肢に加えられるのは偶然ともわざとも取れる曖昧な接触だ。ロイにしてみれば、ついでに動かした膝によって、勝手にシェリルが快楽を得ているようなものだろう。そんな己の淫猥さに涙が滲んだ。

「こんな……嫌です」

「嫌？　ちゃんと濡れているのに？」

「ぬ、濡れ……？」

シェリルとて適齢期なのだから、男女のことに関して何も知らないわけではない。むしろ求婚者が後を絶たない分、色恋には詳しいかもしれない。しかしあくまでもそれは『未婚の令嬢』の域を越えない程度だ。具体的な行為の内容まで熟知しているわけではなく、快楽に対しては無防備だし、自分自身の反応に戸惑ってさえいた。

「そうです。女性は男を受け入れる態勢を整えるために、自ら蜜をこぼすのですよ。……こんなふうに」

「……あぁ⁉」

ロイの手がシェリルの不浄の場所へと触れた。そこからくちゅりと濡れた音が響き、同時に生まれた甘い戦慄《せんりつ》が脳天へと駆け上がる。膝で嬲られていたのとはまた違う鮮烈な淫悦が弾け、シェリルは髪を振り乱した。

「ロイ様、そこは……触ってはいけません」

ドロワーズ越しに探られた秘部には、布が張りついているのが感じられる。その湿り気が彼の言う『蜜』なのかと思うと、己の淫猥さに泣きたくなった。これではロイを受け入れたいと叫んでいるのも同然だ。そんなつもりはないと主張したところで、あまりにも説得力に乏しい。歓喜に震える身体は制御できず、シェリルは喜悦にも悲哀にもとれるすすり泣きを漏らした。

「ん、ぁ……あッ……」

「怯えなくても大丈夫ですよ。これは普通の反応で、むしろ何も感じない方が問題です。

そのまま快楽に身を委ねれば、きっとシェリル様の欲しいものが手に入りますよ」

「ほ、欲しいもの……？」

それは何だっただろうか。淫らな熱に浮かされた頭が霞み、思い出せない。シェリルは乱れる呼吸の下から必死に言葉を紡いだ。

「私の……望むものは……」

幼い頃の淡い恋。理想の自分。どれも追い求めてやまないものだが、本当にそれこそが最終目的だっただろうか。散漫になった思考は纏まらず、考える傍から砂糖菓子のように崩れてゆく。掻き集めた欠片は指の間から逃げ、元が何であったのかも曖昧に溶けてしまった。

「そう。ずっと努力して……どんな犠牲を払っても欲しいのでしょう？」

「……ぁ、ああっ」

下着の隙間から入りこんだロイの指先に肉の花弁が開かれて、奥に隠れていた花芯を突かれた。ほんの少し表面を撫でられただけなのに、全身の毛穴が開くような快楽が湧き起こる。あまりの衝撃にシェリルの爪先がソファの上を泳いだ。

今まで、胸を揉まれて身体が熱くなったり切なく体内が疼いたりしたことはある。しかしその比ではなかった。もっと暴力的な大波に呑まれて、息もできずに背をしならせる。そんなシェリルの反応に満足したのか、彼は更に大胆に手を動かした。

「あ……ぁ、ああ……だ、駄目っ……」

ぬちぬちと濡れた音が鼓膜を揺らす。明らかにその音は大きくなっていった。ロイもまたわざと音を立てているのか、空気を含ませるように掻き回すから堪らない。聞くに堪えない水音に耳から犯され、シェリルは強制的に熱を昂ぶらせられた。厄介なのは、恥ずかしいと思うほどに気持ちがよくて仕方ないことだ。ロイの動きに翻弄され、際限なく膨らむ淫靡な嵐が出口を求めて荒れ狂っている。発散の仕方を知らないシェリルは、躱す術も分からずに身体をくねらせた。

着ている方がいやらしいほど乱れた姿で、ソファの上で白い肉体を朱に染めている。それがどんなに淫猥に男の眼に映るのかなど考えもせず、大きく喘いだ胸を反らして甘く鳴いた。

「やぁ……っ、もう……！」

このままでは、きっとどこかが壊れてしまう。内側から焼き尽くされるような劫火《ごうか》が辛い。だからもう止めてくれという願いをこめて、シェリルはロイを見上げた。涙の膜が張った瞳を凝《こ》らし、どうにか彼と視線を合わせる。

「……っ、それは、反則だろう」

刹那、息を呑んだロイが口の端を歪めた。見たこともない彼の表情に驚いたのはシェリルの方だ。作り物ではない。かと言って、素が垣間見えたのともどこか違う。言ってみれば、仮面に走った想定外の亀裂。その証拠に、彼はすぐさま表情を切り替えると、いつも通りの余裕ある笑みを浮かべた。

「上手に達せられたら、今日のレッスンは終了です」

「あぁッ……ぁ、あ」

秘裂の入り口をなぞっていたロイの指先が、少しだけ泥濘《でいねい》へと沈んだ。同時に敏感な芽を押し潰されて、シェリルの目尻に溜まっていた涙がこぼれ落ちる。ゆっくり、けれど容赦なく内壁を擦られて、違和感よりも快楽を得てしまったことが信じられない。こんなふしだらなことは断固拒否するべきなのに、享受《きょうじゅ》してしまっているのはシェリル自身だ。理性とは裏腹に、下腹は波立ちながらこの先の果てを熱望していた。

「ん、ん……ゃ、ああっ……」

額に浮かんだ汗が、珠となって流れ落ちる。首筋に張りついてしまった髪が不快だったが、ロイはそれを横へ流してくれた。唇が触れ合いそうなほどに顔が近づく。

――キスされる……

期待か戸惑いか、シェリルが感じたものが何であったか判明する前に、彼の唇は優しく落ちた。ただし、シェリルの唇の端ギリギリの場所に。顎とは言えない。けれども頬とも呼べない微妙な場所。もしも僅かでも首を傾げれば、全く違う意味を持つ口づけに変わったのかもしれない。親愛、友情、挨拶、労り。キスには様々な種類がある。しかしその内のどれだったのかを問おうにも、シェリルは言葉を失ってしまった。

体内に侵入したロイの指が、一層激しく動き出したからだ。

「ぁ、あァッ……んあぁ……っ」

粘度のある水音が、清潔に整えられた豪奢な部屋で奏でられる。他に聞こえるのは、シェリル本人の卑猥な嬌声だけ。噛み殺そうとしても次々に溢れてしまう声が、不釣り合いにも響いていた。

今や胸の高鳴りは、恐ろしいほど速度を増している。飛び出さないのが不思議なくらい、全身に血を巡らせていた。

「ああ、ドキドキしていますね、シェリル様。きっと効果は絶大ですよ」

——効果……ああ、そうだ。私、胸を大きくするためにロイ様とこんな淫事に耽っていたのだっけ……

驚くことに、すっかり忘れていた。そうして、ガッカリしている自分に気がつく。身体だけは快楽を追って駆け上がっていったが、置き去りにされた心が落胆に沈んでゆく。

『欲しかったもの』とは何なのか、相変わらず曖昧なままシェリルはロイに向けて腕を伸ばした。宙を掻いた手が彼に受け止められたことに安堵するも、新たに生まれた澱が邪魔をして握り返すことが躊躇われる。だから、ロイの方から指を絡めてくれたことがとても嬉しかった。たとえそれが、教え子を導く教師としての思いやりでも。

――目的を達したら、ロイ様とはもうこんなふうに触れ合うことはないの……？

シェリルの胸が成長し、セドリックを振り向かせることができれば、全てお終い。喜ばしいはずの未来が、ひどく憂鬱に思えた。急に色をなくした世界が、空虚に横たわっているだけ。そこに、価値を見出すことは難しい。

「……あッ……ぁん、ああっ」

心と身体が乖離し、快楽に塗《まみ》れれば塗れるほど冷静になる部分があった。その欠片のようなシェリルの一部が、冷めた頭でロイに乱される自分を見つめている。浅ましく腰をくねらせ、まるで恋人同士のように指を絡ませ合って彼に導かれる己を。

ロイにとってシェリルは、貴族社会に喰いこむための足掛かり。シェリルにとってはセドリックを手に入れるための協力者。それだけだし、それで充分だった。なのに何故、傷ついた気分になるのだろう？　この行為に、別の理由が欲しいなんて、どうかしている。

「ロイ様……っ、怖い……！」

襲いくる未知の感覚に怯えてシェリルは彼に縋りついた。額をロイの胸元に擦りつけ、胸いっぱいに彼の香りを吸い込む。そうすると、恐怖が和らぐ気がするから不思議だ。

すっかり赤く充血した花芽を扱かれ、もう腿には力が入らない。反射でビクビクと痙攣《けいれん》する踵が、ひっきりなしにソファの背凭れを蹴《け》っていた。隘路を丹念に解されて、粘膜《ねんまく》を優しく撫でられる。時に強く掻かれて、緩急ある刺激に支配される。辛うじて残っていた理性は、いとも容易く呑みこまれてしまった。

「ぁあんっ……ぁ、あ、やだぁ……」

あらゆるものを剝ぎ取られ、無防備になったシェリルは子供のように泣きじゃくった。いつ以来か判然としないほどに、この数年は思い切り涙を流したことなどない。理由は、不細工になるからだ。泣けば、眼は腫《は》れるし顔も浮腫む。化粧は剝げ、場合によっては鼻水まで出てしまう。いいことなど一つもないではないか。ポロリと一粒くらいならば武器にもなるが、ワンワン泣けば、その分みっともなくなるだけだ。だから長年、自分に禁じてきた。しかし、今はそんなことを気にしていられない。

「おかしく、なっちゃう……！」

下腹の奥から、熱の塊が広がってゆく。異物感などとっくの昔に消え去り、今はひたすらに淫悦を生み出す場所を抉《えぐ》られて、シェリルは喘いだ。背中を仰け反らせれば、待っていましたとばかりにロイが胸の頂に食らいつく。

「ぁあッ」

舌で転がされ吸い上げられれば、痛みよりも感じたのは快楽だった。上と下から同時に与えられる嵐に翻弄され、逃げ道などどこにもない。もう考えることさえできずに、シェリルは本能のまま彼の名を呼び続けた。ロイだけが、頼ることのできる相手だったから。

「あ、アッ……ロイ様、ロイ様……っ」

「……ちっ……」

彼の舌打ちの意味は分からない。思考は圧倒的な大波に呑まれてしまった。肉壁を蹂躙する指が増やされて、苦しいほどに満たされる。お腹の側を擦りあげられた瞬間、シェリルは眼を見開いて痙攣した。

「あ……ああ――ッ」

気持ちがいいなんて、可愛らしい言葉では表しきれない。強張った全身が緩む間もなく、唇に笑みを刷いたロイが吐息を漏らした。

「ああ、ここですね。どうぞ、存分に味わってください」

「な、何を……」

トロトロとした蜜が尽きることなく花弁から滴り落ち、その滑りを纏った彼の指は難なくシェリルの内側奥へと侵入した。滑らかな動きで動き回り、触れられるとおかしくなってしまう場所を重点的に攻められる。ぐちゅぐちゅという濡れた音が奏でられた。

「や、あああッ……」

白い光が膨れ上がる。沸騰した湯がふきこぼれる寸前のようにシェリルも限界を訴えた。

「駄目、ぁッ、ああ……」

「達してしまいなさい。……私の手で」

耳朶に美声を吹きこまれた瞬間、シェリルの内側が戦慄いた。収縮する隘路が、ロイの

指を締めつける。まざまざと伝わるその形に、一層煽られ意識は飛ばされた。

「あぁぁ……ッ」

初めて知る、絶頂の快楽。一気に弾けた熱が全身を駆け巡った。余韻を楽しむように指を抜き差しされ、最後の一滴までも味わい尽くす。シェリルは重くなった四肢を投げ出して荒い呼吸を繰り返していた。

「とても上手にいけましたね」

「いく……?」

「はい。今のが達するというものです。……どうぞ、よく覚えていてください」

額と目蓋にキスされて、急激に眠気が襲ってきた。倦怠感に支配された肉体は、瞬きすることさえ煩わしい。シェリルはだらしなく胸を晒し、脚を開いた淫らな姿のままではいけないと分かっていても、どうにもならない暗闇に誘われた。

「後始末は私がしておきますよ。ですから、心配なさらずお休みください」

後始末とは何だろう。夢の中へ半歩迷いこんだシェリルは、働かない頭で考えた。痺れが残る下肢は冷たく濡れた感触がある。寝そべったせいで髪も乱れているかもしれない。淑女として、それは大問題だ。それでも、心地よいロイの腕に抱かれたまま、思考は脆く崩れ去っていった。

4　求婚された夜

朝の身支度の途中、シェリルの着替えを手伝ってくれていたマリサが、ふと手を止めた。

「お嬢様、何だか胸が大きくなっていらっしゃいませんか？　以前よりパッドを少なくしても大丈夫そうです」

「え」

言われて初めて、シェリルは鏡に映る姿を凝視した。正直、自分ではあまりよく分からない。だが、確かに何か違っている気もする。

「そ、そうかしら？」

「うーん、そろそろ月のものが来る頃でしたっけ……お嬢様は少し不順ですから、そのせいかもしれません」

夜会の夜から約ひと月がすぎた。その間、毎日ではないけれども可能な限りロイと会っている。勿論、彼にマッサージを受けるためだ。それ以外にもシェリルはロイが書き出してくれた方法を全て実践していた。もしや効果が現れ始めたのかと期待に胸が高鳴る。

「まさか太られました？」

「えッ」

不安げに呟くマリサに、せっかく浮き足立っていた気分は冷水を浴びせられた。しかし、その可能性もないとは言えない。ロイがシェリルは痩せすぎだと主張して、もう少し栄養価の高いものを食べるようにと指示されていたからだ。セドリックはほっそりした女性を好むが、それはやや不健康な部類に入るらしい。無理をして身体を壊しては意味がないと、今は理想と現実の狭間で揺れつつある。とは言え、あまり痩せていては胸も育たない。

「うぅん……ドレスがきつくなっているわけではありませんね。私の気のせいでしょうか？」

そう呟きつつ、マリサは左右の胸に一枚ずつパッドを仕込んだ。それは普段よりも少ない数だが、服を身につけてしまえば特に違和感はない。自然な丸みを描く胸を正面と左右から確認して、シェリルは僅かに高揚している自分に気がついた。

――効果が出てきているのだわ。そう言えば少し乳房が張っている感じもするもの。

こんな手応えは今までなかった。一度意識すればワクワクと興奮してくる。結果、美容のための体操にも力が入る。幅広い知識を身につけるための勉強も、ダンスの練習、刺繍や裁縫も、今まで以上に前向きな姿勢で取り組んだ。あらゆることがセドリックの『理想の女』に近づくものだと思えば、楽しくて仕方がない。

――ああ、一刻も早くこの成果を見て欲しいわ。私はもう、昔の色気の欠片もない色黒ガリガリの少女ではないの。沢山の男性を魅了する社交界の宝なのよ。唯一努力だけでは補えなかったこの胸さえ育ってくれたら、何の憂いもなくセドリック様を振り向かせてみせるわ……！

おそらく今頃、幼馴染は夜会で再会したシェリルにもう一度会いたくて堪らないはずだ。あの日から二度ほど別の会場でも顔を合わせたけれど、ほとんど会話もなく切り上げてしまった。勿論、それも計算の内だ。引き留めたがっている気配を背中にヒシヒシと感じつつ、シェリルは敢えて必要最低限の会話しかセドリックとは交わさなかった。むしろ彼とよく一緒にいるロイとばかり話をしている。ただしこちらは計算ではない。

これまで友人以外とは深く交流してこなかったシェリルだが、ロイとは気兼ねなく話ができる。それは、彼と秘密を共有しているという連帯感に似た感覚があるからかもしれない。言わば、戦友。共にいることが苦痛ではないし、逆に楽しい。それに今後の打ち合わせもある。だから会話が弾むし、『完璧なシェリル・クリフォード』を演じなくていい分、気が楽だった。

ウォーレンスで友人になったというセドリックとロイが、好敵手の関係でもあることも好都合だ。二人は傍目から見て仲がよさそうだが、折に触れロイがシェリルを褒めるとセドリックの眼の色が変わる。嫉妬してくれているならば、喜ばしい。そんな援護射撃をありがたく利用して、シェリルは尚更自分自身を幼馴染へと印象づけた。あとはもう機が熟すのを待つばかり。

そして、その機会は思いのほか早くやって来た。

社交界シーズンも中盤に差し掛かり、今夜は公爵家が取り仕切る特に大きな夜会がある。当然招待されている面々も選び抜かれた者ばかり。より良い結婚相手を見つけるために、ここに照準を合わせていた令嬢たちも多いはずだ。そこに、セドリックも参加すると連絡が入った。いや、正確には「シェリルも参加するのだよね？」という確認が彼から入ったのだ。これを僥倖《ぎょうこう》と言わずして、何と言うのだろう。セドリックは完全に自分を意識している。それも並々ならぬ興味を抱いているはずだ。

シェリルは以前買ったはいいが、高価すぎてなかなか封を切る勇気が持てなかった香油をたっぷり肌と髪に含ませ夜に備えた。最高の自分に仕上げ、セドリックの眼を惹きつけるのだ。それに――ロイも参加している可能性は高い。だとしたら、手は抜けない。ウエストを絞る体操にも精が出る。じっとしていると気持ちが高ぶってしまうので、普段以上に自分磨きに時間をかけ、勝負下着を身につけた。おかげで今夜のシェリルは一際輝いている。夜会会場に到着したときから集まる視線を笑顔で躱し、息を呑む男性たちの間を軽やかにすり抜けた。

「本日はお招きありがとうございます」

　ホストである公爵と夫人に挨拶を終えれば、我先にと話しかけてきたのは待ち望んだ幼馴染だった。

「シェリル！　今夜も美しいね。どうか一曲目のダンスのパートナーは僕に務めさせてくれないかい？」

「まぁ……」

　シェリルは扇で口元を隠し、ほくそ笑んだ。我ながら悪い笑みを浮かべていると思う。しかし、長年の夢が着々と叶っていっていることに喜びを隠しきれない。頑張ってきてよかったと心底思った。誰かとこの高揚を分かち合い、努力が実りつつあることを共有したくて堪らない。その時シェリルの脳裏に浮かんだのはロイの姿だった。

　己にとって一番の協力者であり導き手。最初は戸惑ったが、今は感謝でいっぱいだ。

　これまで、何をどうしても大きくならなかった胸が僅かひと月ほどで成長している気がする。それはそのままロイへの信頼に繋がっていた。彼の的確な助言に従えば、きっと憧れの巨乳もすぐそこだ。シェリルは、歩くたびに豊かな膨らみが上下に揺れ、大胆にドレスから谷間を見せつける自分の様を夢想した。きっと詰め物なんてもういらない。下を向いて眼に入るのは、ぷるんとした弾力のある双丘のはず。決して腹や爪先などではない。

「君ほど完璧な女性はお眼にかかったことがないよ……僕の理想が、そのまま形になったようだ……」

「お上手ですね」

謙遜しつつ、当然だとシェリルは鼻息荒く頭の中で頷く。セドリックがかつて口にした希望を全部取りこんで身につけたのだから、今更違うなどと言われては困るのだ。

「あら？　今夜はロイ様とご一緒ではないのですか？」

大抵共に行動している二人だったので、シェリルは無意識にセドリックの背後を探していた。いつもならば、一歩下がったところでアメシストの瞳を細めてくれているのに。

「……あいつなら、今夜は仕事の都合で少し遅れてくると言っていたよ。何だいシェリル、随分ロイと親しくなっているんだね？　この前もあいつとばかり話をしていたし、名前で呼び合っているし……まさか、今夜のダンスはロイと踊りたかった？」

嫉妬めいたセドリックの言い方に、シェリルは少なからず戸惑った。そんなつもりではなかったが、言われてみれば誤解を招いても仕方ないかもしれない。ただ自分としては、ロイにも褒めてもらいたかったのだ。彼の言葉は、他の誰の称賛よりも信じられる。自信に繋がり、尚更背筋を伸ばすことができる。そして、今夜ここまで漕ぎつけた努力を認めて欲しかった。

「嫌だわ、セドリック様。貴方のご友人ですもの、親しくさせていただいて当然です」

動揺を嚙み殺し、あくまでも大切な幼馴染繫がりだからだと言外に匂わせれば、セドリックは満更でもない顔をした。

「まぁ、ロイの事業は今飛ぶ鳥を落とす勢いだから、繫がりを深くして損はないからね。それよりもシェリル、僕と踊ってもらえるかな？」

「ええ、喜んで」

公爵夫妻が踊り終われば、招待客たちがパートナーの手を取って曲に身を任せる。勿論、シェリルとセドリックもその内の一組だった。会場にいる大半の者の眼が集中する。羨望や妬心《としん》、様々な感情の籠もった視線の中で、シェリルは優雅に足を運んだ。

「シェリルはすごいな。男たちは全員君を見ている」

「それを言うなら、セドリック様こそご令嬢の注目を集めていますわ」

話題の二人のダンスとあっては、注目するなと言う方が無理だろう。シェリルを誘いたい男も、セドリックと踊りたい女も沢山いるのだ。まして最初のダンスは二度目、三度目よりも重要な意味がある。

――ああ、何度この時を夢見たかしら……子供の頃からずっと憧れていたことが、ようやく現実になったんだわ……

感慨深く嚙み締めて、シェリルはセドリックのリードでクルリと回った。流石に多くの女性を魅了するだけあってとても上手い。が、やや強引な気もする。こちらに合わせてくれるのではなく、彼の思うままに振り回されている心地になった。ダンスが不得手な女性ならば、それはありがたいのかもしれない。彼の動きに身を任せていれば、それなりに上手く踊ることができるだろう。しかし、ダンスの練習だって手を抜かず、若干の自信があるシェリルにとっては、やや不満が残った。もう少し、自由に踊らせて欲しい。

「シェリル、とても上手だね。昔とは比べものにならないよ」

「……ありがとうございます」

こんなことで我を通しても仕方ないので、シェリルは従順にセドリックに合わせた。考え方を変えれば、男性らしく頼り甲斐があって素敵かもしれない。そう自分に言い聞かせる。

「もっと君と話がしたいな。この後、時間をもらえないか」

「ええ、是非。でも早々と抜け出すわけには参りませんわ」

やがて曲が終われば、待っていましたとばかりに二人とも次々とダンスの申し込みをされた。同じ人と複数回踊るのは、あまり好ましくないとされている。それが婚約者かその候補ならば普通だが、違うのならば避けるべきだ。名残惜しさを抱えつつ、シェリルはセドリックと離れて、別の男性とも踊った。しかし大変申し訳ないが、彼らの顔も話も全く頭には入ってこなかった。

何故なら、シェリルはセドリック――ではなくロイのことを考えていたからだ。

――まだいらっしゃらないのかしら……

意識はすっかり、会場の入り口へと吸い寄せられている。

――やっぱり、とてもお忙しいのね。それなのに、私のために色々調べてくれたり時間を作ったりしてくれていたのだわ……

感謝の念と共に、一刻も早く今夜の首尾について彼に報告したい気持ちが募った。セドリックがシェリルを見つめる瞳の奥には、ただの幼馴染以上の熱が宿っていたように思う。それが自分だけの勘違いや思い上がりではないとロイに保証して欲しい。そして今後のことも相談したい。彼と話がしたい。

ソワソワと気もそぞろになり、シェリルは無駄に男性と踊ることに疲れを覚えた。少しだけ休憩しようとテラスに出たところ、追って来ようとする男性の存在を感じ、慌てて物陰へと隠れる。興味もない見知らぬ相手と二人っきりになるなど、冗談じゃない。

「あれ？　どちらに行かれたのですか、シェリル様。かくれんぼなんて、お人が悪い」

キョロキョロと辺りを窺いながら庭園へと下りてゆく男を遣り過ごし、シェリルは深々と溜め息を吐いた。やっと一人になれた解放感から思いっきり伸びをする。夜の風が気持ちいい。アルコールで火照った身体が冷やされて、頭もスッキリした。会場から聞こえてくる喧騒《けんそう》は意識から追い出して、微かな虫の声に耳を傾ければ、モヤモヤとしていた心も凪《な》いでゆく。シェリルは暫くそのままボンヤリするつもりだったが、静寂は簡単に打ち破られてしまった。

「沢山の男性を手玉に取って、いい気なものですわね」

刺々しい声音が突然その場に響いた。シェリルが驚いて振り返れば、会場の光を背にした女性が、影のように立っている。顔は闇に沈んで全く窺えない。しかし髪型や服装から、まだ年若い娘だと察することができた。

「……どなた？」

シェリルとしては単純に、よく見えないから名を問うただけだった。しかし彼女は「お前など知らない」と馬鹿にされたと捉えたらしい。荒々しい足音を立て、こちらへ近づいてきた。

「……何よ！　いつも大勢侍らせておいて、それじゃ足りないって言うの!?　バンクス様やパーマストン様にまで色目を使って、いったい何人の男性を毒牙にかければ気が済むのよ！　この淫売！」

投げつけられた下品な言葉にシェリルは言葉を失った。これまで、女性から嫉妬を受けたことはある。謂《いわ》れのない悪口を囁かれたことも。しかし、普段からそつなく対応しているおかげで、あまり大事《おおごと》にはなっていなかった。同性に嫌われてしまえば、その分『理想の女』から遠ざかってしまう。だから、誰に対しても親切かつ公平に、悪意を持たれないようシェリルは行動してきたつもりだ。けれども今、眼前に迫る女性からは強い恨みと怒りが感じられた。

「私は色目を使ったことなどありませんわ」

「だったらどうしてヨハネス様が貴女を追って出ていくのよ！　貴女が誘ったのでしょう！　私見ていたのだから！」

「ヨハネス様……？」

それは誰だ。全く聞き覚えのない名前に首を傾げる。

「たった今、貴女がダンスを踊っていた方よ！　私の婚約者なのに、よくも……！」

苦々しく吐き捨てられて、そう言えば先ほどまでしつこく絡んでいた男がそんな名前を名乗っていたと思い出した。彼ならば、シェリルを探して今頃庭園を彷徨っているはずだ。

「そんなことはしておりません。お探しの方でしたら、夜風にあたっていらっしゃるのではないですか？　あちらの方向へ歩いていかれましたよ」

東屋へ繋がる小道を指し示したが、女性は更に眦《まなじり》を吊り上げただけだった。

「とぼけるつもり……？」

すっかり悋気《りんき》に駆られた女性は、シェリルの言葉など聞いていないらしい。ますます憤怒を漲らせ、鋭い眼差しでこちらを睨みつけた。

「許せないわ……」

「きゃッ」

それはあまりにも突然だった。素早く伸ばされた彼女の手が、結い上げられたシェリルの髪を摑む。そして引き千切る勢いで引っ張られた。

「痛いっ！」

おそらく数本は強引に抜かれてしまったと思う。どうにか女性の手を振り払おうとしたが、大きく引きずり回されるようにされて、涙が滲んだ。とにかく頭皮が痛い。

「この泥棒猫！」

「違……やめっ」

容赦のない暴力を初めて我が身に受けて、シェリルは混乱していた。冷静になれば女の力などたかが知れているのかもしれないが、無防備な髪を摑まれていては、反撃もままならない。顔を上げることさえ出来ないで、とにかく彼女の手首を摑んだ。

「放して！」

「煩いわねっ、何よこんな髪色珍しくもないじゃない。何故みんなチヤホヤするの？　顔だって化粧が上手いだけでしょう！」

引っ掻かれそうになって、慌てて避ける。シェリルは女性の長く伸ばされた爪を見て、ゾッとした。あんなもので抉られては、傷が残りかねない。拘束した手に力をこめて、どうにか自分から引き剝がした。同年代の女性との力比べならば負ける気はしない。こちらは毎日体形維持のために身体を鍛えているのだから、そんじょそこらの深窓の令嬢如きに後れを取るわけがなかった。

「何よ！　生意気ッ！」

しかしそんな反撃が余計に女性の逆鱗に触れてしまったらしい。顔を真っ赤にして怒りで歪んだ表情は、最早元の顔立ちが想像できない。悪魔の形相で襲いかかってくる女の動きは予想し難く、シェリルは躱し損なって胸倉を掴まれてしまった。

「いい加減にしてください！　騒ぎになれば、恥をかくのは貴女の方ですよ」

「その言い方が腹立たしいのよ！」

地団太を踏む女性は、力任せに腕を振り回した。当然掴まれたままのシェリルの胸元が引き裂かれる。

――――パッドが……！

何よりも先に詰め物の心配をしてしまった自分が情けないが、シェリルは慌てて破れた場所を片手で押さえ、暴れる女を鋭い眼光で威圧した。気圧された彼女は一歩後退る。

「あ、貴女が悪いのよ。余計な抵抗をするから……ふふん、いい気味だわ。淫乱な貴女にはお似合いよ！」

自分のしでかしたことに動揺しつつ、女は鼻を膨らませて嘲笑した。ふてぶてしいこの態度では、黙って見逃せば、どんな悪評をばらまかれるか分かったものではない。ガツンと釘を刺す必要がある。

シェリルは素早く踏みこむと、教養の一環として習っていた護身術でもって女性の手首を捻りあげた。実際に使うのは初めてであったが、思いのほか上手く決まって安堵する。

「きゃあアッ、何するのよ！」

「まずは謝罪を求めます」

別に賠償を要求するつもりはないが、無罪放免にしてやる気もない。大人なのだから、己の行動には責任を持ってもらう。シェリルは女性の背中側に回り、完全に彼女を制圧した。碌に屋敷から出ず、運動と言えば庭園を歩くくらいしかない令嬢に負けるわけがない。

「私は貴女の婚約者を誘惑などしておりません。最初にその点を訂正させていただきます。誤解を招いたのでしたら謝りますが、だからと言ってこんな暴力行為を許容するつもりはありません。素直に己の非を認めてくださるのなら、大事にはしませんが……」

最大限の譲歩をした提案だが、色恋に眼が眩《くら》んだ女性にとっては煩わしい言い訳にしか聞こえなかったらしい。思い切り首を捻って背後のシェリルを睨みつけ、唾を飛ばす勢いで喚き始めた。

「お黙りなさい！　何よ、ちょっとばかり綺麗だからって、どうせ苦労したこともないのでしょう！　何の努力もしたことのない貴女に、私の気持ちなんて分からないわよ！」

「……何ですって？」

多少の罵声《ばせい》は聞き流せる。だが、今のは絶対に許せない。シェリルは、怒りで醜《みにく》く歪んだ女性の顔をじっと見つめた。

今は見る影もないけれども、きっと平素は小作りで愛らしい顔立ちなのだろう。血走った眼も、普段は宝石のように澄んだ青だと思われる。ふっくらとした唇はそのままで魅力的だし、睫毛はふさふさと上を向いている。何よりも、豊かな胸が誇らしげに衿ぐりから覗いていた。

勿論、彼女だって容姿を磨く努力をしているだろう。ヨハネスとか言う婚約者を得るために並々ならぬ頑張りをみせたのかもしれない。けれども、シェリルの努力を軽んじていいということにはならない。

「聞き捨てなりませんね。貴女に私の何が分かるのですか」

思わずこぼれた本音は、取り繕ったものではない。グッと低くなったシェリルの声音に驚いたのか、女性はビクリと肩を揺らした。何も知らないくせに、と恨み言を言いたくなってしまう。だがそれはお門違いだ。シェリルの奮闘は至極個人的な理由からだし、それを理解してもらおうとは思っていない。言ってみれば、痛みや苦闘も自分だけのものだ。誰かと分かち合う気も同情も共感も必要ない。知っているのはシェリル一人で充分。それから――――ロイだけで。

「……とにかく、貴女がしたことは非常識です。婚約者やご両親の耳に入っても、同じような不貞腐れた態度でいられるのですか？　迷惑をかけていないと言い切れますか？」

あくまで冷静に言い募れば、彼女は体勢の不利と状況の不味さに気がついたらしい。先ほどまでの勢いはどこへやら、たちまち顔色が悪くなっていった。

「で、でも、元はと言えば貴女が……」

「ですから、誤解だと申し上げているでしょう？　疑うのでしたら直接貴女の婚約者に確かめてはいかがですか」

身なりから考えて、女性の家はそこそこ裕福と思われた。着ているドレスは流行最先端のものだし、身につけた装飾品は一級品。ならば、相手の男もみすみす逃したりはしないだろう。きっとご機嫌取りをして元の鞘に収まるはずだ。

「それとも貴女は、ご自分の婚約者が信用できないのですか？」

皮肉を織り交ぜれば、女性は瞳を揺らした。

「そんなことは……」

「まずは貴女が信じなくてどうするのですか。彼を理解し支えてあげられるのは、婚約者である貴女だけなのではないですか」

尤もらしいことを述べてはいるが、シェリルは問題のヨハネスについて顔も覚えていない。更に言うなら、今現在後ろ手に捩じ上げている令嬢がどこの誰かもよく分からない。

しかし、長年の友人か姉になったつもりで語りかけた。

「誰にも気の迷いはあります。結婚という大きな出来事を前に不安に駆られ、冷静でなくなる方もいらっしゃるでしょう。けれどそれも彼が貴女を愛するが故ではないですか？」

我ながら滅茶苦茶な論理だと鼻白んだが、不思議と女性は涙ぐみながら聞き入っていた。

何が琴線に触れたのかは不明だ。しかしこの機を逃すまいとシェリルは畳みかける。

「貴女も迷いを抱えているのでしょう？　ですがそれはお二人で手を取り合えば乗り越えられる問題です。それこそが夫婦になるための試練なのですよ！」

最早、自分で言っていて意味が分からない。だが、嫉妬に狂っていた女性の心は落ち着かせることができたらしい。今や小さく嗚咽しながら、彼女は「すみませんでした……」と謝罪を繰り返していた。

「わ、私ったら、とんでもないことを……」

「いいのですよ、理解していただければ。それよりも、しっかり愛する人を捕まえておいてくださいね」

二度とこちらに迷惑をかけないように、と心の中で続けたが、表面上シェリルの表情は慈愛に満ちていたことだろう。本音は破れてしまった胸元をどう処理しようかという問題でいっぱい……と言うか、それしか考えていない。とにかくこの場を収めて彼女を追い払わなくては。

「さ、早く彼を追った方がいいわ。早く！」

半ば突き飛ばす勢いで背中を押し、振り返って礼を述べようとする女性へシェリルは鷹揚に手を振った。当然ながら、裂けてしまった胸元はしっかり押さえこんだまま。彼女が見えなくなるまでは平静を装ったが、婚約者を追って角を曲がり生垣《いけがき》に女性の姿が消えた瞬間、膝から力が抜けてしまった。

何だかんだ言っても、恐ろしかった。常軌を逸した人間を相手にしたことはないし、恋というものは随分人を狂わせるらしい。今更ながら、無事でよかったと脚が震え出す。

「が、頑張ったわ私……」

見下ろせばドレスは着崩れ、夢中で気がつかなかったけれども、髪はグチャグチャだ。このままではとても会場には戻れない。さて、どうしよう。だが、いつまでも暗がりに佇んでいるわけにもいかない。

ひとまず立て直し不可能と思われる髪は解いてしまった。鏡がないから不安だけれども、みっともなくない程度に纏め直し応急処置を施す。夜会には不向きな地味な頭になってしまったが、ズタボロの状態よりはいいだろう。更に破れた胸元は扇で隠すことにした。だが、出てきたテラスから会場に戻れば、また足止めを食ってしまうかもしれない。誰か使用人に言づけて公爵夫人に助けを求めようか。それとも自分の馬車に向かってしまおうか。

シェリルが真剣に悩んでいると、突然声をかけられた。

「シェリル様、こんな所で何をなさっているのですか？」

「ロイ様」

それは、先ほどまで早く会いたいと思っていた相手だった。しかし、何ともタイミングが悪い。先刻までの完璧に綺麗なシェリルならばともかく、こんな酷い状態など見られたくはなかった。慌てて開いた扇で顔を隠したが、それでは当然ながら胸元がお留守になる。無残に破られたドレスを見たロイは、驚愕の声をあげた。

「何があったのですかっ……？」

彼は素早く上着を脱ぐと、それをシェリルに羽織らせてくれた。そしてそのまま肩を抱いて、落ち着いて腰をかけられるベンチまで誘導してくれる。

「怪我はないようですが……まさか、誰かに乱暴を……！」

珍しく感情を露わにしたロイの瞳に怒りの焔が揺らめいた。彼の強い語気に慄きつつ、とんでもない誤解をされていることに気がついて頭を振る。どうやらロイは、シェリルが暴漢に襲われたと思ったらしい。

「ち、違います。その……喧嘩、です」

女同士の取っ組み合いだと言うのは気恥ずかしくて、語尾が掠れた。それがまた彼の疑念に油を注いだのか、ますますロイの顔は険しくなる。

「シェリル様、私に話しにくいことでしたらすぐに別の者を呼びます。人目に触れないよう手配いたします。いえ、その前に医師に……」

「あの！　……本当に相手は女性なのです。少し行き違いがあって、私に婚約者を取られたと思われたようです」

そのせいでこんな有様になるほどの摑み合いをしたのかと呆れられてしまうかもしれない。気の強い女は嫌われるし、何よりも化粧も剝げかけた姿をロイに晒しているのが惨めだった。

「……は、それで……その相手の女性は？」

半信半疑の彼が戸惑いの声をあげる。シェリルは顔を上げる勇気が持てずに、俯いたまま経緯を説明した。休憩しようと外に出たら、見知らぬ女性に突然絡まれたことを。そして、自分一人で危機回避したことを。

「……助けを呼ぼうとは思わなかったのですか？　大きな声を出せば、誰かが気づいたかもしれないのに」

「人に見られれば、余計な噂が立ちますし、私にとってもあちらにとっても醜聞となります。甘い考えかもしれませんが、一人でどうにか解決できると思ったのです。だから大事にせず、自力で対応するべきだと思いました」

「……こんな目に遭《あ》ってまで、加害者を庇おうと思ったのですか？」

ロイの発した叱責とも呆れともつかない言葉に二の句が継げず、シェリルは押し黙った。やっぱり無謀だったのだろうか。よく考えれば、もっと酷い事態になっていた可能性もある。撃退できたのは運が良かっただけ。セドリックに誘われ浮かれてしまい、いつもより注意力が散漫になっていたのは否めない。

「貴女は女性なのだから、もっと男を頼ればいいじゃないですか。シェリル様が叫べば、いくらでも助けようと人が集まってくるでしょう」

「……他人に頼るのは、苦手です。自分でできることは自分でしないと」

か弱い女は男の一歩後ろに立って、守られ依存しているくらいが丁度いいとされている。馬鹿では困るが、聡すぎるのもよしとはされない。世間一般的に求められるのは、美しく聡明でありながら、夫や父親に従属する女だ。セドリックの理想も当然それに近いが、シェリルは根っこの部分で納得できていなかった。共に生きる伴侶ならば、時には意見のぶつかり合いも必要だと思う。対等であってこそより良い関係を築けるのではないのか。そのためには自我が必要だし、譲れない部分は当然出てくると思う。――勿論、セドリックにそんな面を見せるつもりはないけれども。

「貴女って人は……」

生意気だと罵《ののし》られるかと、シェリルは身構えた。よく父親にも「お前は一言多い」と注意されるのだ。外ではそんな気の強さは完全に隠しているが、何故かロイの前では正直に明かしてしまいたくなる。シェリルが首を竦ませ断罪の時を待つと、意外にも落とされたのは含み笑いだった。

「ふ……くくッ……やはりシェリル様は並の女ではありませんね。一筋縄ではいかない」

「ロイ様……？」

作り物ではない笑顔で、彼は笑っていた。おかしくて堪らないと全身で表現しながら腹を抱えている。耳殻を赤く染めて目尻に涙を浮かべる様は、普段のロイからは想像もつかない砕けた様子だった。

「あの」

「まさか、こんなに美しく女性らしい方が、逞しい本性を隠しているなんて思いませんでしたよ。男に頼ろうともせず、それどころか自分を傷つけた相手を気遣うとはね……」

言いながら彼は、シェリルの纏め損なった髪を撫でつけてくれた。自分だけではどうにもならなかった後ろの部分も手早く編みこんで直してくれる。

「……お上手ですね」

「昔、母の髪をよく弄っていましたから」

何でもないことのように語るが、器用に動くロイの指先がシェリルの首筋に触れるたび、落ち着かない気分になった。こんなふうに、男性に頭を触られるのは初めての経験だ。どこを見ていればいいのか分からず、視線を泳がせる。それでも不思議と居心地は悪くなくて、じっと黙ったまま彼の手に身を任せた。先に沈黙を破ったのは、ロイの方だ。

「――私は、女性と言うのは誰かに依存しなければ生きていけない生き物なのかと思っていました」

背中を向けているから、彼の表情は窺えない。しかし陰鬱に響いた言葉が皮肉とは思えず、シェリルは迷いつつ返事をした。

「そういう方も多いとは思いますが……社会的に、求められている役割がありますから。未婚の内は父親に従い、結婚すれば夫に従う。それこそが良い妻良い母親の姿ですもの」

一応はシェリルだってあるべき淑女の理想像を目指している。今夜は少し、失敗しただけで。

「役割……ですか」

「はい。いいとも悪いとも言い難いですが、違う生き方が困難なのは確かですね」

女は家庭に収まり、その中で幸せを築く者が一般的。しかし世の中には別の道を模索する者もいる。どちらが幸福なのかはシェリルには分からないし決められないけれど、誰かに隷属しなければ存在さえ認められない立場には疑問があった。

「……それでも私は、許されるならばしっかり自分自身の足で立ち、大切な人を支えられるようになりたいです。守られるだけの女ではなく、対等の人間として」

宵闇の中、ロイと二人きりという気安さから、シェリルは思わず本音を吐露してしまった。ピタリと彼の手が止まる。今度こそ本当に呆れられてしまったかと焦り振り返ろうとした刹那、再び動き出したロイの指先に阻まれてしまった。

気のせいか、彼の気配が僅かに変わった気がする。その変化がどんな意味を持つのかは不明だが、途切れた会話が心許なくシェリルは瞬きを繰り返した。ロイに失望されたくはない。何故か、強くそう思う。今からでも冗談だと笑い飛ばすべきだろうか。思い悩み俯いた先で、破れてだらしなく垂れさがった胸元の布が眼に入り、シェリルは尚更憂鬱になった。

「……みっともないですね、私……」

引き裂かれた服を押さえて、深く嘆息《たんそく》した。ロイにとっては何の意味もないだろうが、あともう少し早く来てくれれば、美しく着飾ったシェリルの姿を見てもらえたのに。

「みっともない？」

「だって、結局は一人でどうにかするどころか、ボロボロになってロイ様に迷惑をかけているのですもの」

その上身の程知らずな発言をして唖然《あぜん》とさせてしまった。穴があったら入りたい。シェリルは自己嫌悪に溺れてますます下を向いた。思えば、この数年は目的達成のために前だけを向いてがむしゃらに走り続けていたから、自分を振り返って反省することが少なかったかもしれない。これからはもっと謙虚に頑張ろう。先ほどのことだって、シェリルに驕りがあったから誤解を招いたとも考えられる。

「お手を煩わせて、申し訳ありませんでした……」

「貴女が謝る必要はないでしょう。それに——みっともなくなどありませんよ。これは

むしろ勲章でしょう？」

後頭部をポンと叩かれ、髪型を直し終わったことを告げられた。シェリルが怖々後ろに視線を向ければ、ロイが柔らかく微笑んでくれている。心の底からの、本物の笑顔で。

「シェリル様はご自分の才覚のみで窮地を脱したのでしょう？　それなら誇ってもいいはずです。言わば、名誉の負傷ですね。ドレスは公爵夫人に代わりのものを手配してもらえば大丈夫ですよ。私が伝えてきます」

想像していたものとは全く違う反応を返され、どうすればいいのか分からない。戸惑ったまま瞳を揺らせば、彼はシェリルの頬をそっと撫でた。

「貴女が怪我をしていなくて、本当によかった」

掌から伝わる温度が、強張った心を和らげてくれる。思い返せば、いつだってそうだった。淑女の仮面を被りいつも張りつめたシェリルをロイは戸惑わせ、しっかり編み上げた作り物の『シェリル・クリフォード』を簡単に解してしまうのだ。幼い頃と同じ、勝気で貧相なままのシェリルに戻されてしまう。それは恐ろしいことなのに――彼といる時間はいつだって心地よかった。本気で嫌だったら、とっくの昔に避けている。そうしなかったのは、ロイとすごす時が嫌いではなかったからだ。

いやらしいことをされても、意地悪な言動でからかわれても、不快だったことはない。いつしか、卑猥な遊戯さえシェリルはすっかり受け入れてしまっていた。

「……万が一、貴女に何かあれば、セドリックに申し訳が立ちませんからね」

「……！」

幼馴染の名を出され、シェリルの意識は凍りついた。唐突に現実を思い出す。

そうだ。最初からそういう関係でしかないのに、いつから線引きを誤っていたのだろう。

いつの間にか、シェリルの深い部分にロイがいる。誰にも明け渡したことのない、心の奥に――

言葉に詰まったのをどう解釈したのか、彼は皮肉とも取れる微笑を浮かべた。

「シェリル様は、大切な友人の花嫁候補ですからね。傅かれることに慣れた普通の令嬢よりも、頑張っている貴女に、是非射止めてもらいたいです」

全面的に応援していると告げられ、返事ができない。そんなシェリルの耳殻を撫で、ロイは静かに続ける。

「彼はいい奴ですよ。幼馴染のシェリル様はよくご存知だと思いますが。家柄は申し分ないし、人当たりがよく勤勉だ。加えてあの容姿ですから、きっと妻の座を射止めようとする女性は多いでしょう。けれど、シェリル様ほどセドリックを想い、向上心と前向きさを持ち合わせている方は、きっといない」

「……私の願いが叶っても、私たちいい友人でいられますよね……？」

付き合い方は変わるだろうが、気安く話せる関係は変わらないはずだ。同性の友達よりも近しく感じる彼を失いたくなくて、シェリルは喉を震わせた。

「……それはどうでしょう？　自分の妻が別の男と親しくしていては、誰だって面白くはないと思います。きっと貴女の想いが成就した時が、私たちの別れですね」

「え……」

予想もしていなかった答えに、シェリルは愕然とした。しかし、考えてみれば当然だ。今のこの状況の方が歪《いびつ》であり、本来であれば神に認められた夫婦にしか許されない行為を重ねている方がおかしいのだから。

「で、でも、ロイ様はセドリック様のご友人でもあるわけですし」

「だからこそ、疑われるような真似はできませんよ」

あくまでも幼馴染を挟んだ関係であると強調され、シェリルは言葉に詰まった。考えるまでもなく当たり前なのに、どうしても心が納得してくれない。頭ではロイの言うことが正しいと理解しつつ頷くことはできなかった。

「それに、シェリル様は勘違いなさっているようですが、私と彼は友人と言うよりもライバルと呼んだ方が適切な気がします。私個人はセドリックを嫌ってはいませんけれど、彼からは敵対心を感じることが多いのですよ。だから尚更、これ以上疎まれたくはありません」

困ったように眉尻をさげるロイは小さく溜め息を吐いた。

「セドリックの家は、貴族社会で大きな地位を築いているでしょう？　生臭い話ですが、私は仕事のためにも上手く付き合っていきたいと望んでいます。勿論、友人としてもね。だから、彼にはシェリル様のように聡明で思慮深く、努力家のよい妻を娶って欲しいと思っているんです。――……私が、これ以上不釣り合いなことを考える前に」

言外に、シェリル自身に興味があるわけではなく、利用しただけと突き放された心地がして、ロイの後半の言葉は聞き取れなかった。呆然としたまま、彼を見つめる。逸らされた瞳は、相変わらず美しい紫色。それなのに、今夜は色味がくすんで見えた。本心を隠すように伏せられた目蓋に覆われて、シェリルからはロイの内面は窺うこともできない。それは、出会ったばかりの彼から感じた本質的な拒絶だ。

ロイの心の奥深い場所、柔らかな所へは誰も踏み込むことができないのだと知り、シェリルは張り巡らされた柵の前でただ立ち竦む。

この一か月の間に、随分距離が縮んだと思っていた。肉体的な接触だけではなく、色々な話をして素のままの姿を垣間見せ、それを許容し合ったと感じていたのはシェリルだけだったのだろうか。独りよがりな思いこみで浮かれていただけなのか。違うと思いたい。確かに通じ合い、積み重ねた二人だけの時間があったと信じたかった。

「……私は、貴方の足掛かりとして……」

利用されたのか、という言葉は喉に絡んで出てこなかった。その件を責めるのはお門違いだ。最初からロイは交換条件を提示してくれていたのに、勝手な解釈を加えたのはシェリルの方。期待し踏みこみたくなってしまったのも、そう。

「……頑張って、セドリックを射止めてください。私は、友人としてその手伝いを全力でします。だから――」

その先を口にはせず、ロイはシェリルの涙袋に触れた。皮膚の薄いそこは、彼の指先の形をはっきり伝えてくる。先刻は逸らされた眼差しが、しっかりシェリルに据えられていた。何かを語ろうとする強い視線に炙られて、呼吸は止まる。微かに吹いていた夜風も、その動きを潜めたようだった。

触れられた場所が、ひどく熱い。頬だけでなく、髪までもが発熱している気がした。それどころか、過去の接触を思い出した身体全体が甘く疼き出す。不可思議な感覚に戸惑い、シェリルの喉が震えたその時――

「そこで何をしている?」

尖った問いかけに空気が張りつめた。シェリルが声のした方向を見れば、庭園の小道に立ったセドリックが鋭くこちらを睨みつけていた。

「シェリルが見当たらないから探していれば……こんな暗がりでどういうつもりだ?」

怒りも露わな幼馴染は、大股で二人のもとに近づいてきた。そしてそのままの勢いで座っていたシェリルの腕を取り、強引に立ち上がらせる。

「痛……ッ」

何の気遣いもなく摑まれた腕が痛い。しかし剝き出しの癇癪を前にして上手く言葉が出てこず、されるがままセドリックに引き寄せられていた。

「非常識だとは思わないのか」

セドリックはシェリルとロイを交互に見おろし、硬い声音で問い詰めた。彼は二人の仲を勘繰っているらしい。しかもシェリルの胸元が裂かれているのを確認したせいで、尚更顔色を変えた。

「ロイ、貴様……！」

「やれやれ、シェリル様が大切なのは分かりますが、彼女の名誉のためにも誤解しないでくださいね？」

冷静さを崩さず、穏やかに両手を広げたロイに励まされ、動揺していたシェリルもようやく自分を取り戻した。セドリックに捕らわれた腕を取り戻し、毅然と彼を見つめる。そして、ロイにしたのと同じ説明をした。

「――ですから、ロイ様は私を助けてくださったのです」

「滅相もない。私は完全に出遅れて、全てシェリル様がご自分でされたことですよ」

全てを話し終わると、セドリックは苦虫を嚙み潰したように喉奥で唸った。そして不愉快そうに吐き捨てる。

「……みっともない。意地を張って助けを求めないから、こんなことになるんだ。女性は男に守られていればいいのに」

忌々しそうに破れたドレスから眼を逸らし、シェリルが羽織っていたロイの上着を剝ぎ取った。投げつける勢いで持ち主に返した後、セドリックはシェリルの手首を摑んで歩き出す。

「セドリック様……！」

「ロイ、彼女のことは僕が面倒をみる。シェリルを助けてくれてありがとう。でもここからは、僕の役目だ」

「……そうだな。シェリル様もその方が安心されるだろう。それじゃあ、私はこれで」

「待ってください、ロイ様！」

突き返された上着を着たロイは、さっさと背を向けてしまった。遠ざかる背中を、シェリルは複雑な気持ちで見送る。引き留めたいような、謝りたいような名状し難い感情がいくつも生まれた。それなのに、実際どうすればいいのか分からないまま、ロイの姿は屋敷の中へと消えていってしまった。

「酷いわ、セドリック様。ロイ様は私を心配して付き添ってくださっただけなのに……」

「君は無防備すぎる。そんな格好で男と二人薄暗い場所にいて、何もなかったと言っても説得力はないぞ」

　それはシェリルだけではなく、ロイに対する侮辱でもあった。確かに彼は手が早いところもあるけれど、基本的には紳士だ。女性の同意を得ずに淫らな真似をする人ではない。そう主張しようとしたが、乱暴に引かれた手首がまた痛んだ。

「……！」

「だが、僕は信じてやる。シェリルはそんなふしだらな女ではないと知っているからな」

　恩着せがましい言い方には引っかかりを覚えるけれど、それでもこれ以上セドリックを怒らせたくなくてシェリルは口を噤んだ。幼馴染はロイの言う通り彼に敵対心を燃やしているようだが、ロイはセドリックに友情を感じているらしい。ならば、二人の関係を壊したくもない。だから、僅かな不満は呑みこんで頭をさげる。セドリックが自分の名誉を案じてくれているのは本当だろうから。

「……ありがとうございます」

「分かればいい。念のため言っておくが、あいつには忘れられない女がいる。下手にのめりこんで泣くことになるのはシェリルの方だぞ」

「……え」

　動揺したのは何故なのか、シェリルは自分でも分からなかった。ただ、キリキリと痛む場所がある。その意味を考えようとしても、靄《もや》がかかったようで判然としない。

　ロイにはたった一人、既に選んだ相手がいるから、他の女性とは距離を置いているのだろうか。それとも――

空回りする頭は、結論など導き出せなかった。むしろ解答に至りたくないとさえ思ってしまう。答えが出れば、きっとシェリルは傷つく予感がし、強引に思考を振り払った。

破れた胸元を掻き合わせ、寒々しい心地をごまかす。シェリルはセドリックの指示で彼の腕に身を預けて問題の場所を扇で隠し、公爵夫人に用意してもらった客室へと移動した。

幸い、誰にも見咎められずに済んでホッとする。あとは着替えて早々に帰ってしまおう。せっかくのセドリックからの誘いは断ることになってしまったが、シェリルはガッカリするよりも精神的に疲れてしまっていた。今夜は色々なことがありすぎて、もうゆっくりしたい。

「これに着替えるといい。公爵夫人からお借りしてきた。何があったのかと、とても心配されていたが僕が上手く取り成しておいたから安心するといい」

「色々と、すみませんでした」

立ち去るセドリックから鮮やかな青のドレスを渡されて、入れ替わりに着付けを手伝うメイドたちが入室してきた。だが、服を広げた瞬間、シェリルは硬直してしまった。何故なら、そのドレスは大胆に衿ぐりが開いたデザインだったからだ。

「こ、これは……」

「まずは脱ぐのをお手伝いいたします」

「ま、待って！」

よく考えれば、マリサ以外に着替えを手伝われるのも困る。いくら躾の行き届いた公爵家の使用人でも、人の口には戸が立てられないものだ。どこから噂が広まるか、分かったものではない。もしもシェリルの胸が偽物だと知れれば、とんだ物笑いの種になる可能性だってあるではないか。

「どうされましたか？　何かお気に召さないことでも？」

ドレスを変えてくれ――とは言えない。それはあまりにも失礼だし、理由を問われれば困ってしまうからだ。言い淀んだシェリルは、懸命に頭を巡らせた。

「わ、私、普段は一人で着替えをしているので、こんなに大勢に囲まれては緊張してしまいます。あの、ですから途中までは自分でいたしますので、最後の仕上げだけ手伝ってはいただけないでしょうか。幸いコルセットはこのままで大丈夫ですから」

「はぁ……」

不思議そうに首を傾げるメイドたちを説き伏せて、半ば無理やり部屋から出てもらった。呼んだら来てくれとは告げたが、叶うならば二度と来て欲しくはない。そんな許されない願いを隠したまま、シェリルは頭を抱えた。

「どうしたらいいの……」

着るだけならば、問題なく一人でできる。しかし問題はその後だ。このドレスのデザインでは、どれだけ詰め物を追加しても、シェリルには着こなせない。パッド如きでは埋められない隔たりがある。隠せる部分ならばいくらでもごまかしはきくが、乳房の上部がほぼ丸出しでは無理だ。小細工はきかないし、そもそも本日所持しているパッドは今身につけている四枚だけ。とても太刀打ちできるわけがない。

絶望的な気分でシェリルはその場に座り込んだ。いっそこの破れたドレスのまま帰ってしまおうか。馬車まで辿りつければ、何とかなる。しかし万が一、人目に触れたら？

セドリックや公爵夫人にもどう説明すればいい？

考えれば考えるほど深みに嵌まって逃げ出したくなってくる。クリフォード家に連絡してもらい、マリサに来てもらおうか……それも、どう言い訳すれば不自然ではないだろう。結局いい案など何も浮かばず、刻々と時間だけがすぎてゆく。

仕方なくシェリルは今着ているものを脱いで、青いドレスに袖を通してみた。ひょっとしたら、思いのほか大丈夫かもしれないという一縷の望みにかけたのだ。心配するよりも、やってみた方が何とかなる場合もある。そう思い、姿見で確認してみて、シェリルは意識を手放しそうになった。

あまりにも、似合わない。いや、胸がパカパカだ。可哀想になるほどそこだけ遊びがあって、何か装着すべき部品を忘れているのではと疑いたくなる。そう言えば、公爵夫人は相当な巨乳の持ち主な上、露出度が高い服装を好まれる方だった。彼女のワードローブの中では、この青いドレスはまだ地味な方と言えるかもしれない。つまり、別の服を用意してもらったとしても、窮状は変わらないことを意味していた。

「こ、これではとても人前には出られないわ……」

むしろ破れたドレスよりも、胸元が危うい。少しでも身を屈めれば、全開してしまいそうで恐ろしい。幸い丈やウエストはピッタリなのだが、それがまたシェリルの切なさを刺激した。

「どうせ小さいわよ！」

悪態を吐いたシェリルの耳に、コンコンという物音が届いたのはその時だった。驚いてそちらを向けば、「開けても大丈夫でしょうか？」という声が扉の向こうからかけられる。すぐに「駄目」だと言えなかったのは、声の主が予想外の人物だったからだ。

「ロイ様……？」

今、この場にいるはずのない人物に驚き、シェリルは細くドアを開けた。ただし胸元はしっかり隠して。

「着替えの途中に申し訳ありません。今晩のシェリル様は、少し風邪気味だとおっしゃっていたでしょう？　ですから、身体を冷やさない方がいいかと思って、公爵夫人からこちらをお借りしてきました」

開いた隙間から差し入れられたのは、美しい刺繍の施されたショールだった。呆然としたシェリルの手にそれを押しつけ、ロイは柔らかく紫色の瞳を細める。

「しっかり首周りを覆った方がいいですよ。女性の身体は、繊細ですから」

「あ……」

体調が悪いなどとは言った覚えがない。シェリルはロイがさりげなく周りにショールを巻く理由を説明してくれているのだと気がつき、言葉を失った。手渡された布は薄手で軽く、かつ華やかなもので青いドレスに合わせてもおかしくはない。早急に馬車へと戻るだけならば、問題ないだろう。それに風邪気味という前提があれば、途中で帰宅しても奇異には思われない。彼の心遣いに胸が熱くなった。

「ありがとう……ございます」

「いいえ、お気になさらず。出過ぎた真似をして申し訳ありません」

どこまでも控えめなロイの言動に涙がこぼれそうになったが、彼の背後に不機嫌そうに立つセドリックを見つけ、シェリルは慌てて表情を引き締めた。ここで泣いたりすれば、余計誤解させてしまうかもしれない。

「もう着替え終わります。一度扉を閉めさせていただきますね」

一息に言い切ってドアを閉じ、シェリルは大慌てで鏡の前へ移動した。手早くパッドとショールを調整して、傍目には問題ないのを確認する。それから潤みかかっていた両眼を掌で押さえて呼吸を整えた。

上手く言葉にならない感情が、胸の中に渦巻いている。それらは複雑すぎて整理しきれず、わけのわからない感情に衝き動かされて、シェリルは冷たい鏡面を指でなぞった。ロイが持ってきてくれたショールの輪郭を鏡越しに辿り、爪を立てる。当たり前だが滑るだけで傷もつかなければ引っかかるわけでもない。見えていても直接触れられないもどかしさは、今の気持ちによく似ている。しかし、それが何なのかが理解できない。

ロイは、シェリルの意地や努力を嘲笑ったりはしなかった。無謀だと叱責もせず、認めてくれた。たぶん、自分はそれが嬉しいのだ。

対して、みっともないとセドリックは言った。シェリル自身、その自覚はあったし、そう罵られても仕方ないとは思っている。だが、面と向かって吐き捨てられれば、やはり傷ついた。全く違う二人の反応に、欲しかったのは前者だと認めざるを得ない。自分は、きっと誰かに受け入れてもらいたかった。いや、誰でもいいわけではない。相手は――

そこまで考えた時、再びノックの音がして思考は断ち切られた。今度は少し荒々しく響いた後、セドリックの声が聞こえた。

「大丈夫かい、シェリル。手伝いが必要なら、そう言ってくれ」

「あ……もう終わりました。お待たせして申し訳ありません」

幸い借りたドレスは着脱が簡単なもので、シェリル一人でも問題なく着られた。一応メイドに細部を直してもらい、騒ぎにしたくないから、このまま帰路につくことを伝言してもらう。

「僕が送っていくよ」

「ありがとうございます、セドリック様」

彼の申し出は喜ばしいことなのに、何故かシェリルの気持ちは晴れなかった。眼の端で探してしまうのは、薄茶の髪とアメシストの瞳を持ったただ一人の人。だがロイの姿は見えなかった。夜会会場に戻ってしまったのだろう。きっと今頃は、他の令嬢の手を取って踊っているはずだ。

「……？」

ツキンと痛んだのは胸の奥。六年前、幼馴染の言葉で粉々に砕かれた場所と同じところが痛い。その原因に首を傾げながらシェリルはセドリックと共に会場を後にした。

「――今夜は、本当に肝を冷やしたよ。もう無茶はしないで欲しいな」

「……はい、申し訳ありません」

クリフォード家の馬車へ一緒に乗り込んだセドリックは、溜め息交じりにそう漏らした。疲れた横顔のまま、視線だけをちらりとこちらに寄越す。

「もっと反省して欲しい。僕は心底心配したんだから」

「……はい」

シェリルは襟元を覆うショールを握り締め、俯いた。先ほどから何度このやりとりが繰り返されたか知れやしない。それでも言い足りないらしいセドリックは憤懣やるかたなしという風情で息を吐いた。

「僕はシェリルが風邪気味だなんて聞いていなかった」

「あ、その……今夜は少し冷えますから」

「ロイには話したんだな」

嘘なのだから話すも何もあったものではないが、シェリルは辻褄を合わせるために頷いた。それを横目で見たセドリックは、ますます機嫌を下降させる。

「随分打ち解けたのだな。ひょっとして、結婚でも申し込まれたのか？」

「まさか……！」

想定外の台詞に驚いてシェリルは顔を上げた。ロイとはそんな関係ではないし、そもそも彼は自分に対し女性としての興味など微塵も持っていない。だからこそ、あんな提案ができたのだ。そう考えて、シェリルは一層憂鬱になった。

「ふん……まぁ、いくら財を築いているとしても所詮は成り上がりの男。君の父上であるクリフォード男爵が許しはすまい」

「そんな言い方は……」

身分を笠に着た物言いが不快で、シェリルは眉を顰めた。ロイは一代で財を成した立派な人だ。共にウォーレンスですごしたセドリックならば、よく知っているはず。それなのにあまりにも酷い言い草に撤回を求めようとしたシェリルはしかし、直後に言葉を失うことになる。

「僕ならば歓迎されるだろうけれど。シェリル、僕との結婚を考えてくれないか」

「……え？」

ずっと夢見ていた瞬間。欲しかった言葉。セドリックに選ばれて、熱の籠った瞳で見つめられることに憧れていた。今まさにそれが叶っている。手を握る初恋の人が、真摯な態度でシェリルに愛を囁いていた。

「君が好きなんだ。素晴らしい人……これから先の人生を、僕と共に生きてくれないだろうか？」

「セドリック様……」

だが、喜びはなかった。戸惑いだけが降り積もり、シェリルに頷くことを許さない。

「嬉しい」と一言口にすれば、長年の夢が実現する。そう理解していてなお、瞬きすらできずに彼を凝視していた。

「急すぎたかな？　だけど、今夜申し込もうと決めていたんだ。シェリルにだって悪い話じゃないよね？　クリフォード男爵も賛成してくれるに決まっている」

おそらくその通りだろう。シェリルの父親は、手放しで祝福するはずだ。パーマストン家は階級こそ子爵だが、広く豊かな領地を有し、王家の覚えもめでたい。セドリック自身優秀で、婚姻を結べば大きな後ろ盾になるのは間違いなく、その上親同士は昔からの知り合い。幼い頃から息子同然に可愛がっていた相手だ。本気にはしていなかっただろうが、娘がセドリックに告白した時だってその場にいた。反対する要素がない。

「待って、待ってくださいセドリック様」

「婚約してくれるね？」

断られるとは微塵も思っていないのか、彼はシェリルの手にキスを落とした。そして、上目遣いに瞳を細める。

「幸せにするよ。これからは僕が君を守る。今夜のようなことからも全部ね。シェリルは安心して僕の後ろにいればいい」

好きな人にそう言われ、嬉しくない女性はきっといない。けれど、シェリルの胸は少しもときめかなかった。奇妙なほど冷静なまま、セドリックの整った顔立ちを見返す。ロイといる時にはいつも簡単に跳ねる鼓動が、不思議と平素な速度を保っていた。それは、混乱しすぎて現実が処理しきれないだけなのか。分からないまま、ゆるりと頭を振った。

「……少しだけ、考える時間をください」

その時シェリルの頭の中に響いていたのは、ロイには『忘れられない女がいる』というセドリックの言葉だけだった。

5　本当に欲しいのは

自室のベッドに横たわり、シェリルはぼんやりと天井を見上げていた。本来なら浮き立っていてもおかしくないはずの心情が、ぐちゃぐちゃに乱れている。考えようとする端から、向き合うことを拒絶するように不快な靄が立ちこめて、思考を遮断してしまうのだ。

原因は、勿論分かっている。

セドリックの告白が耳の奥に今も残っていた。一言一句間違わずに再生される言葉に、シェリルは強く眼を閉じる。そうしていれば、何もかも夢であったとごまかせる気がするからだ。

先日の夜会の夜、シェリルを送ってくれた彼はそのまま帰っていった。父親であるクリフォード男爵に挨拶をすると言い出さなくて本当によかったと思う。もしも会わせていれば、セドリックはきっと結婚の話を持ち出しただろう。父は、大喜びで受諾したに違いない。

　——そうなることを、目指していたはずなのに……

　何故、自分は今安堵しているのか。全く分からない。目的を達成するために長い時を費やして努力を重ねていたはずだ。見通せない己の心を持て余しつつ、シェリルは重くのしかかる問題を解決しようと試みた。だが、すぐに失敗して、思考は同じ場所に戻ってきてしまう。逃避であると分かっていても、問題の本質に立ち向かう勇気が持てなかった。

　昨日、セドリックから求婚されたことをロイに話した。

　場所は、彼の会社。約束をしていなかったので心配だったが、面識のある秘書がすんなりと通してくれて助かった。短い時間なら、との条件付きではあったが、シェリルは夜会の帰り道での出来事を全て打ち明けた。——幼馴染がロイのことを評した言葉だけは伏せたけれども。

　どんな表情を浮かべればいいのか判然とせず、結局シェリルは俯いたままだったので、彼がどんな顔で聞いていたのかは分からない。けれど、ロイの声はどこまでも平板だった。

『……へぇ。それはおめでとうございます。では、私はもうお役御免ですね』

　本心が感じられない声音と共に贈られた、祝いの言葉。それを遮るようにシェリルは頭を上げた。

『ま、まだ本決まりではありません。私の胸だって、あまり大きくなったとは……』

『大丈夫、ちゃんと成長していますよ。実際に触って確かめている私が言うのですから、確実です』

『ですが、充分とは言えません！』

憧れの体形には程遠い。これからもロイの協力が必要だとシェリルは言い募った。そうしなければ、彼とのか細い繫がりは簡単に途切れてしまう。離れたくないと、強く思う。ロイに傍にいて欲しい。頑張ったと認めてくれ、同じ価値観を持つ彼とすごす時間は、贅沢で何ものにも代えがたいものだったのだ。

『ここから先は、私にはお手伝いできません。セドリックに恨まれてしまいます。ただでさえ、私たちの関係を誤解して嫉妬していたのを覚えていらっしゃるでしょう？……愛されていますね、シェリル様。今後は、彼が私以上のときめきを貴女に与えてくれますよ。そうすれば、おのずと胸も成長します』

やんわりと告げられる拒絶。取り縋る隙もなくロイは終わりを宣言した。それでも諦めきれないシェリルは、向かいに座る彼を見据えた。

『ですが、私のロイ様への協力は不充分です。とても、私がしていただいたことへの見返りとしてつり合っているとは思えません』

貴族社会の情報が欲しいとロイは言っていたが、今までシェリルが流した噂話などたかが知れている。とても仕事に活かせるような内容ではあるまい。だとすれば、この取引は成立しているとは言い難くなる。

『お言葉ですが、シェリル様。貴女とのレッスンは、私も楽しませていただいたのでおあいこですよ』

『……！』

含みのあるいやらしい物言いに、シェリルの頬は朱に染まった。だが、わざとこちらを辱めるような言い方は彼らしくない。それにシェリルだって、たったあれだけの行為では男性が満足しないことくらいは理解していた。それに何より――ロイからは圧倒的に欲が感じられなかった。最後に触れ合った日――時計塔に登り、外で食事をとったあの日を除いて、彼はいつも冷静な部分を残していた。いくらシェリルが乱れても、煽られることも溺れることもなかったではないか。それで楽しんでいたなどと言えるだろうか。

『嘘を、吐かないでください』

『嘘など、言いませんよ。……ですから、最後に優秀な教え子へ忠告して差し上げます。セドリックは頭が空っぽの女性は好みませんが、聡明すぎて自我が強い女性も好きではない。シェリル様の良いところは、己をしっかり持ち目標を明確にして行動できることですが、少しだけ隠した方が賢明かもしれません。――私は、好きですけどね』

呟かれた語尾は曖昧で、上手く聞き取れなかった。シェリルはもっと何かを言おうとしたが、その前にロイは立ち上がった。

『大変申し訳ありませんが、本日は立て込んでいます。――いいえ、もうここへは来ない方がいい。シェリル様はセドリックの妻となられる方ですから。……おめでとうございます。心より、お祝い申し上げます』

いかにも作り物めいた笑みに押し出され、シェリルは部屋を追い出された。あまりにもあっけない幕切れ。これで本当に終わりなのかと、問いただす暇も与えられなかった。この程度の関係だったのだろうか。もっと何かが通じ合っていたと思うのは、シェリルの幻想にすぎなかったのか。あっさり手を放された心地で、胸が痛い。

あれ以来、考えるべきはセドリックの申し出だと理解していても、思い浮かぶのはロイのことばかりだ。別れ際、扉の閉まる直前に垣間見えた彼の顔。

仮面の剝がれ落ちた無表情。あんなロイを眼にしたのは初めてだった。怖いのに、一瞬で囚われた。あの神秘的な紫の瞳に吸い寄せられ、シェリルは呼吸も忘れてしまった。

それなのに、もう個人的に会うことはないなんて。

ぐぅっと潰されるような、それでいて鋭い針でチクチクと刺されるような、名状し難い痛苦に苛まれる。シェリルは勝手に溢れる涙を拭う気力もなく眼を閉じた。

――ロイ様に、会いたい。

昨日顔は合わせたけれど、言いたいことはほとんど伝えられなかった。そもそも報告ならば、手紙でもよかったはずだ。ロイの忙しさは知っているし、約束もないのに職場に押しかけるなど、普段のシェリルならば絶対にしない礼を欠いた行動だった。それでも、どうしても彼の顔を見て話をしたかった理由は――ロイの反応を知りたかったから。本当に聞いて欲しかったのは、セドリックから結婚を申し込まれた喜びなどではなかった。

――私……あの方のことを……

幼い頃、純粋にセドリックに憧れていた気持ちは、完全に死んだわけではない。だが、全く同じかと問われると、違うと答えざるをえない。形を変え、意地や執着が入り混じった複雑なものへと変化していた。けれども、今シェリルの胸に灯っているこの熱は、かつて抱いたものと似ている。ただし、向ける相手が変わっていた。

眼を閉じて、最初に思い浮かぶ人。その存在が常に頭の片隅を占めている人。声が聞きたくて、居場所を探ってしまう会いたくて仕方ない相手。それらはいつの間にか幼馴染ではなくなっていた。いつからだろう。シェリルにとって眼が追ってしまうのは、ロイになっている。

――もう一度、きちんとお会いしたい。

そして、正直な気持ちを聞いてもらいたかった。彼には大切な人がいるらしく、自分に脈がないのは承知しているが、それでも燻る想いを吐露しなければ、きっと前に進めなくなってしまう。これで終わりだなんてあまりにも中途半端で酷い。区切りをつけたいと思うのはシェリルの勝手でも、今まで協力してくれたロイにだって、多少は責任があると思う。

「……そうよ、じゃあさよならなんて、簡単に割り切れないわ」

上半身を起こしたシェリルは、痛みを訴える胸を見下ろした。やはり、以前より少しだけ大きくなっている。これがロイのおかげなら、それは間違いなく散々ときめいたからだ。たぶん、セドリックを思うだけでは得られなかった高鳴りが、よい影響をもたらしたのだろう。だとすれば、今後もロイが相手でなければ意味がない。

「会いにいこう。そうよ、行動こそが私の長所じゃない」

夫や父親という、庇護してくれる男性の帰りを待つだけの女にはなりたくない。世間に求められている女性像と違っても、シェリルはシェリルだ。今まで、他人が作った型に嵌まろうとするから疲れていたのだろう。それは、本当に自分の意志でなりたい理想像とは違うものだったから。

一度決めてしまえば楽になり、シェリルは勢いよく立ち上がった。マリサを呼んで手早く準備を整え、ロイの屋敷へと向かう。

「こんな時間に、お一人で!? とんでもない、私も参ります！」

と言うメイドを説き伏せ、どうにか一人で馬車に乗り込んだ。供もつけずに夕刻屋敷を抜け出すなど暴挙に等しいが、もう一刻たりともじっとしていられなかったのだ。シェリルは父と母をごまかしてくれとマリサに頼みこみ、先日開封したばかりの最高級香油一瓶で交渉は成立した。

そうして今、シェリルはロイの屋敷に到着している。

「……こんな時間に、どういうおつもりですか」

憮然とした彼は、けれどもシェリルを追い返そうとはせずに応接室へと迎え入れてくれた。

「私のメイドにも、同じように言われました。でも、どうしても今日の内に話しておきたいと思ったのです」

しっかり顎を上げ、視線を合わせて丁寧に告げた。そんなシェリルの真剣さが伝わったのか、ロイは溜め息を吐きつつ向かいの椅子に腰かける。初めて通されたその部屋は、実用的ながら趣味のよい家具で統一されていた。壁際に置かれたキャビネットの上には小物が飾られ、壁には彼の家族と思われる肖像画がかかっている。絨毯の毛足は長く、見事な模様で踏んでしまうのが勿体ないほどだった。

「……どんなお話ですか？　いや、それよりもセドリックはこのことを知っているんですか」

「……ロイ様、酔ってらっしゃいますか？」

いつになく気だるげな彼からは、濃厚なアルコールの香りがした。ただし顔色は普段通りだし、足取りも危ういところはない。呂律もしっかりしており、近づかなければ気づかなかっただろう。

「……いけませんか？　私だって、飲みたい時くらいはありますよ。今日は休みですし、昨日は……嫌なことがありましたからね」

ロイはゆったりと脚を組み替えたが、シェリルは彼の言葉に引っかかりを覚えた。『昨日』嫌なことがあり『今日』は休みだから飲んでいる。それはいい。だが、今は日の沈みかかった刻限だ。普通、憂さを晴らすためならば、嫌なことのあったその日に飲まないだろうか。まして、翌日が休みだと言うならば。

「まさか……朝から飲んでいらっしゃるのですか……？」

「正確には、昨夜からですね」

「ええ？」

いったい何時から酒を呷っていたのかは分からないが、相当長い時間飲んでいたらしいことは想像できた。シェリルは驚いて身を乗り出す。すると、尚更酒精が色濃く香った。こちらまで酩酊してしまいそうな濃度に、思わず怯む。

「身体に悪いですよ。どうしてそんな……」

「ご心配なく。私はあまり酔いが回らないたちなのです。それでも今回は色々煩わしいことを忘れるためにかなりの量を摂取したのですが……それでも駄目なようで、残念です」

「何をおっしゃっているんですか。いくら何でも限度があります。――そんなに、お辛いことがあったのですか？」

　ロイを苦しめていることが心配で、シェリルは自分の要件は後回しにしようと決めた。いつもあれだけ冷静で己を律している理性的な人が、これほど打ちのめされるなど、いったい何があったのだろう。それも昨日だと言うなら、シェリルが帰った後だろうか。仕事上のことかもしれない。だとしたら聞いてはいけないかと思いつつ、彼を慰めたいという欲求に負けた。

「私では何の手助けにもなれないとは思いますが……よろしければ話してみてください。口にするだけで、楽になることもありますよ」

　ロイが自分にしてくれたように、吐き出させてもらえるだけで心が救われることもある。再び身を乗り出したシェリルは、テーブル越しに彼の手を握り締めた。平素よりも熱く感じるのは、彼が酔っているからだろうか。

「今度は、私がロイ様を助けます」

　正面からじっと見つめれば、彼は苦しげに瞳を逸らした。その行き先を追い、シェリルはロイの手を握ったまま立ち上がって彼の前に移動する。

「貴方らしくもない。何故、逃げようとなさるのですか。ちゃんと私を見てください」

「……らしい？　私らしいとは何です？　シェリル様が私の何をご存知なんですか？」

　急に低くなった声には苛立ちが含まれており、剣呑な色を孕んだ眼差しが、ヒタリとシェリルに据えられる。いつもより闇が濃くなったアメシストに、シェリルの身体が震えた。

「知り合いに毛が生えた程度の、浅い付き合いでしょう。それで理解している振りをされるのは、不愉快です」

仮面をかなぐり捨てたロイは刺々しい雰囲気を纏い、冷えた気配を漂わせている。本来ならば、怖いと怯えたかもしれない。だがシェリルはどこか嬉しかった。彼が他者には見せない、ひた隠しにしてきた部分を自分にだけ晒してくれた心地がしたからだ。それが信頼でなくて何なのだろう。今自分は、ロイが張り巡らせた柵の内側に立っている。

「確かに、私たちは出会って間がありません。でも、大切なのは時間ではないと思います。少なくとも私は……ロイ様になら、恥ずかしいところを見られても構わないと……そう思っていました」

多少なりとも自信がある綺麗な所だけではなく、劣等感の塊である裏側も醜い部分も全て曝《さら》け出したからこそ、心の距離が取り払われた気がする。それは、幼い頃から知っている、幼馴染のセドリックにはできなかった。誰しも、好きな相手には自分のいい面だけを見て欲しいと願うのかもしれない。けれど同時に、そうではない悪いところも、受け入れてもらいたい願望を抱いてしまう。シェリルは、ロイと出会って初めて、それを知った。

「……恥ずかしいところ……ね。もしかしてシェリル様は、結婚前に遊んでおきたくなったのですか？　私とのレッスンを、殊の外お気に召したんでしょうか」
蔑む言葉は、演技じみていた。シェリルを怒らせて決定的な決別を促すように煽ってい
るのだと、分かる。どうして彼がそこまでするのかは理解できなくても、ロイが何かに怯
えていることだけは伝わってきた。その証拠に彼の手は小刻みに震えている。シェリルは
振り払われない事実に勇気を得て、指を絡めた。
「……ロイ様、貴方は何をそんなに恐れていらっしゃるのですか？」
以前彼は、女性を信用できないという趣旨の話をしていた。そこに、起因するのか。忘
れられない女性との間に、何かがあったのか。
「私は、貴方を絶対に裏切りませんよ」
「……そんなこと、口ではどう言っても、より良い条件を提示されれば、簡単に心変わり
するくせに。シェリル様も、結婚相手としてセドリックの持つ財力や地位を一度も考慮し
なかったということはないでしょう」
「は……？　そんなもの、考えたこともありません」
想定外なところから飛んできた罵りに、返せたのは間の抜けた返事だけだった。
貴族の娘としてはどうかと思うが、本当にシェリルは打算的な眼で幼馴染を見たことは
なかった。そういった条件よりもセドリック自身しか見ていなかったし、むしろ計算で選
ぶのならば、シェリルにはもっといい相手だっていたのだ。過去には、伯爵の嫡男や、王

家に縁のある者から申し込まれそうになったこともあった。正式に求婚されてしまうと厄介なので、その都度上手く躱してはいたけれども。

「私、地位や財力には特に拘りません。他にもっと大切なものがあります」

「綺麗ごとは結構です。それよりも、早く帰ってください。婚約者のいる女性の醜聞に巻きこまれるのは御免です」

「婚約者なんていません！」

まだセドリックに返事はしていないと言うと、ロイは呆然とシェリルを見つめた。眼の縁が、うっすら朱に染まっている。耳朶も普段より赤い。アルコールの匂いが強くなり、間近で向き合って、彼が案外酔っていることにようやく気がついた。どうやらあまり表に出ないたちらしいが、注意深く観察すれば瞳が若干充血している。寝不足もあるだろう。何と言っても、昨晩から飲み続けているのだから。

「もう……妙に絡んでくると思いました……ロイ様、飲みすぎるのはよくないですよ。今夜はもう寝てください。私、出直してまいります」

本当は今日中に話したかったが、無理そうだと諦めた。後日——できれば明日にでも足を運ぼう。その間に自分の頭も整理しようとシェリルは決めた。

「——出直す必要はありません」

「え」

離れかけた身体を引き戻される。体勢を崩したシェリルは、そのままロイの胸の中へと倒れ込んだ。

「……きゃっ」

「何故、セドリックからの結婚の申し出を受けていないのですか？　ずっとそのために努力してきたのでしょう？」

「それは――――」

気がついてしまったからだ。過去に囚われた感情よりも、今はロイの方が自分の中で大きな存在になっていると。

好きだと、告げてもいいだろうか。他に愛する人がいる彼には迷惑にしかならないと思うけれど、口にしてしまいたい。暫しの逡巡をどう解釈したのか、苛立たしげに顔を歪めたロイがシェリルを拘束する腕に力をこめた。

「痛……っ」

「……私が……どんな思いで――――」

「ロイ様……？」

ぐるりと視界が回転する。浮遊感に慄いた直後、シェリルはソファの上で仰向けに寝そべっていた。

「……？」

意味が分からずに瞠目する。瞬きも忘れて見上げた先には、神々しいまでに美しい紫色の光が揺れていた。その奥にあるのは渇望。濁りのない色味に囚われて、シェリルは呼吸を奪われた。

「……ん、ぅッ」

挨拶ではない、生まれて初めての親密なキスは、お酒の味がした。シェリルが好んで嗜む甘く軽いものではない。アルコール度数の高いそれは、ロイの口内に残る少量でも、ピリリと舌を焼いた。そして、一気に身体の熱を昂ぶらせる。

「……ふっ、んん……ッ」

強引に侵入してきた彼の舌が、シェリルの歯列をなぞり上顎を擽る。擽ったい刺激は、瞬く間に愉悦へと変わった。ゾクゾクとした痺れが、背筋を駆け上る。驚いて引っ込んでしまったシェリルの舌は優しく促され、吸い上げられた。

以前、唇へのキスはしないと彼は言っていた。ロイは約束をきちんと守る人だと知っているだけに、それを破ってくれたことが堪らなく嬉しい。恋人や夫婦のような濃厚な口づけを交わし、一度離れたと思えばまた貪られる。何度も繰り返す内、息苦しくてシェリルは大きく喘いだ。

「……は、いやらしい顔ですね」

「それは……ロイ様が……ッ」

口の端を拭う彼には滴るほどの色香がある。酒精のせいだけではなく酩酊しそうなその香気に、シェリルは眩暈を覚えた。先ほどから、壊れてしまいそうなほど心臓は暴れている。未だかつてない『男』を感じさせるロイに、どうしようもなくときめいていた。

「……ええ、私のせいですね。ですから逃げる機会を差し上げます。このまま私を突き飛ばしてお帰りください。そうすれば追いません。金輪際、二人きりでお会いすることもないでしょう。今までのことは全て忘れます。ですからシェリル様も――」

「そんな……嫌です！」

どうして突然こんな真似をされるのかは分からない。それでも、ここで彼の手を振り切り逃げ出せば、きっともう二度と戻れないだろうことは理解できた。ロイはそうなるよう仕向けているのだ。シェリルの方から離れてゆけと言わんばかりに。

「……貴方の忘れられない人と、何かあったのですか」

「……そんな相手、いませんよ。シェリル様は随分ロマンチストでいらっしゃる。私をあまりいい人間だとは思わない方がいい。前にも言ったでしょう？　セドリックとは単純な友人関係ではないと……私にも打算はあるんですよ。いつも身分差をちらつかせる彼を、心のどこかで負かしてやりたいと思っていました。例えば、セドリックの大切な想い人を汚してやりたい――とかね」

嘘か真か、読み取るには判断材料が少なすぎる。だが、逃げ道を示しながらも強くシェリルの腕を摑む彼を、信じたかった。だから――

「私……帰りません」

眼を合わせ、一音ずつはっきり告げた。こんなふうに追い払われるなど不本意だ。話し合い、シェリルの気持ちを拒絶するためならば納得できるが、全てが一方的で受け入れられない。それならいっそ、嫌いだとはっきり言って欲しかった。

「……後悔しても知りませんよ」

「……！」

ロイの手が、シェリルの脇腹を通って胸に触れた。それはある意味慣れた接触だが、今日は何かが違う。いつも以上に卑猥な動きで、ささやかな膨らみを揉み込まれた。

「ロイ様……！」

「脚を、開いて」

従う必要のない命令。しかし酔った彼の熱に感染したのか、シェリルは従順に膝を緩めていた。本音では、こうなることを期待していたからかもしれない。ロイが何を思い、何に憤っているのかは判然としないし、常識的にいけないとは分かっているが、嫌ではなかった。むしろ彼に触れられて、心も身体も歓喜している。乱れた呼吸は期待を孕み、汗ばむ肌は赤く色づいていた。

「最後の忠告です。今ならまだ――逃がしてあげられます」

言葉とは裏腹に、彼の声は激しく飢えを訴えていた。眼も指先も、シェリルが欲しいと叫んでいる。自惚れかもしれないが、確かにそう感じられた。だから、構わないと思った。

「私は、逃げません」

言葉を補強するように、シェリルはロイのシャツを摑んだ。心臓の音が煩く乱打している。至近距離で感じる彼の気配が、どうしようもなく興奮を掻き立てた。そう言えば、同じくらいの近さでセドリックにエスコートされ踊った時には、心はとても冷静だったことを思い出す。凪いだ心情は幼馴染を観察する余裕さえ持ち合わせていたのに。

――ああ、やっぱり私はロイ様のことが……

自覚すれば尚更、身体の熱が噴きあがった。まだ何もされていないのに、下肢には蕩け出す感覚がある。

「……ッ、誘ったのは、貴女だ」

熱の籠った瞳に見おろされ、劣情に炙られた。もしも別の男性が相手なら、シェリルは嫌悪感しか抱けなかったかもしれない。それ以前に、とんでもないレッスンと取引を持ち掛けられた時点で断固お断りしただろう。考えてみれば最初から、心の奥底では傾いていたのではないか。近い価値観を持ち、シェリル自身を認めてくれ、同じように仮面も被るこの人へ。

「……んっ……」

甘いと言うより切羽詰まったキスを繰り返し、角度を変えて呼吸を奪い合う。こんなに長時間他者と唇を合わせたことがないシェリルは、あっという間に酸欠に陥ってしまった。

「く、苦しいです……ロイ様……っ」

彼の背中を叩いて抗議したが、滲んだ涙や赤く熟んだ頬が、余計ロイを煽ってしまったらしい。シェリルの身体を這い回る彼の手がより大胆な動きに変わり、スカートの裾をたくし上げられた。そちらに気を取られている内に上半身はボタンを外され、緩められる。

ロイは、慣れた手つきでシェリルから詰め物を取り除いた。

「ご、ごめんなさい……」

「前もそうでしたが、何故謝るのですか?」

「だって、色気も何もない……」

女として、男性にパッドを外してもらうというのは屈辱以外の何ものでもない。しかも、その命綱がなくなれば、残されるのはガッカリさせること間違いなしのなだらかな丘だ。仰向けに寝そべっているのだから尚更酷く、横に流れるほど肉がないというのも、泣けてくる。

「色気なら、充分ありますよ。今も、あてられすぎておかしくなりそうなのに」

「……!」

取り出した白い塊を唇に寄せ、ロイは妖艶に舌を這わせた。直接自分の身体を舐められたわけでもないのに、疑似的な愛撫を施されたようで余計に恥ずかしい。シェリルが羞恥から眼を逸らせば、晒された首筋を同じように彼の舌が擽った。

「あ……っ」

「前よりも、詰め物の数が減っていますね。それに身体つきは全体的に柔らかくなって、ずっと触れていたくなる……」

ちゅ、ちゅ、と濡れた音が移動するたびに肌を強く吸い上げられた。点々と咲く赤い花。これまでにない行為に驚いて身を捩れば、咎めるように軽く歯を立てられる。

「い、痛っ……」

「私が、育てた身体です」

「その言い方は、いやらしいです」

「当然です。いやらしいことをするつもりですから」

掻き上げられた髪の隙間から降り注ぐ紫色の眼光にゾクゾクした。シェリルの芯が潤んで、期待に喉が鳴る。ロイの掌に覆われた下で、全力疾走直後のように鼓動が暴れていた。当然彼は気がついているだろう。汗ばんだ肌も全て暴かれている。何もかも、ロイの瞳に犯されていた。

「シェリル様……」

最後の砦であった下着も脱がされ、一糸纏わぬ姿にされてしまえば迂闊に身じろぎするのも躊躇われる。シェリルは両腕を交差させて真っ赤になった顔を隠そうとしたが、あえなく彼の手で押し開かれ頭上へと張りつけられてしまった。

「見せてください」

「だって、恥ずかしい……」

「それがいいのでしょう?」

これはレッスンの続きなのかと混乱する台詞を吐かれ、それでも触れられる手の熱さにかつてとの差異を感じた。肌に赤い痕を残すのも、これまでにないことだ。ならば何らかの心境の変化がロイの中であったのだと、期待してしまいたくなる。

やや乱暴に脱ぎ捨てられた彼のシャツが床へ落ち、シェリルは初めてロイの身体を眼にした。驚きでおかしな声を出さなかった自分を、褒めてやりたい。

引き締まった腹は見事に割れ、細いと思っていた腕にはしっかりとした筋肉が乗っている。神々を模した彫刻よりも均整の取れた肉体が、そこにはあった。女性にはない硬い肌と骨格が、生々しく性差を突きつけてくる。彼を美しいとずっと感じていたが、到底そんな表現では収まりきらなかった。

「綺麗……」

「それは、こちらの台詞です。シェリル様は、どんな女神にも負けないほどにお美しい」

緩やかな吐息を漏らしながら、彼は言った。宝物に触れるように恭しく指先で辿られ、もどかしい感覚がシェリルの肌を粟立たせる。

「い、一応それなりに時間とお金がかかっていますから」

「そういう意味ではありませんよ。見た目だけの話ではなく、目標を達成するために努力を怠らない内面こそが魅力的だと言いたいのです」

どうしてロイは、いつもシェリルが欲しい言葉をくれるのだろう。

浸透してゆく内容が、じわじわと温もりに変わる。大切な思い出として色褪せぬよう、シェリルは心の中で一番取り出しやすい場所にこの思い出を据えた。ふと気がつけば、もう何年もセドリックで埋め尽くされていたそこが、ロイとのものへと置き換えられている。

圧倒的に数は少ないはずなのに、右を見ても左を見ても、あるのはアメシストの輝きを持った人ばかりだ。

初めて出会った日の醜態。そこからのレッスン。楽しい会話と一緒に見た時計塔からの景色。気取らない食事。どれもがそれぞれ煌めいている。何気ないやりとりでさえ、捨てていいものは一つもなかった。

「……力を抜いて……」

太腿が開かれ、秘められた場所を空気が撫でる。過去、触られたことはあっても、直接見られたことのない場所へ、燃えるような熱を感じた。視線にはきっと温度がある。そう確信するほど、焦がされないのが不思議なくらい発熱していた。

「本当に、悪いことをしている気分になる。――いや、間違いなく悪事だな……友人の想い人を奪い取ろうとしているのだから」

「それは……」

少しでも、ロイが自分に心を傾けてくれていると期待していいのか。そう問いかけようとしたシェリルはしかし、鮮烈な快楽に呑まれて悲鳴をあげた。

「ひゃ……ッ、ぁあっ」

脚の付け根に押し当てられたロイの指が、ゆったりと入り口を上下する。縁を撫でられているだけなのに、腰から力が抜けてしまった。ヌルリと滑る感触が、充分に蜜をこぼしていることを告げてくる。それだけでも堪らないが、花芽を指が掠めた瞬間、今度はシェリルの手足が強張った。

「やぁ……ッ!」

「ここ、やっぱり気持ちがいいですか？　もっと可愛がって差し上げます」

「ん、ぁあ……、は、恥ずかしいことを聞かないで……っ」

ぬちぬちと卑猥な音が奏でられるたびに堪えられない愉悦が湧き起こる。厄介なのは、淫らな熱が消えることなく、下腹にどんどん蓄積されてゆくことだ。

「あ、あ……」

「シェリル様は、頑固なところがありますね。そういうところも嫌いではありませんが……これに関しては素直になってもらいたいです」

「え……きゃあッ!?」

両脚を抱えこまれて持ち上げられ、腰が浮いた。そうすると卑猥な園が赤裸々に晒されてしまう。隠すものなど何もなく、あり得ない場所を凝視され、シェリルは慌てふためいて暴れた。

「こ、こ、こんなっ、放してください！」

今までの比ではない羞恥が全身を支配する。不浄の場所を覗きこまれるなど考えてもみなかった。結婚した夫婦であっても、聞いたことがない。――いや、人様の閨での事情など定かではないが、少なくともシェリルは知らなかった。まして無防備でみっともなくされるがままの状態は、威厳も誇りもあったものではない。いくら何でも、これは無理だと抵抗した。

「暴れないで。貴女に、痛い思いをさせたくないだけだから」

「……ん、ゃ、んんーッ」

大きく開かされた自分の脚の間に、ロイが顔を埋めた。それだけでも現実放棄してしまいたいほど衝撃的なのに、続いて与えられた快感にシェリルの思考は弾けた。

敏感な蕾《つぼみ》を彼の赤い舌に嬲られる。ほんの僅か、ヌルリと舐めあげられただけで、腰が抜けるかと思った。シェリルの跳ねた踵がロイの肩を蹴ってしまう。するとお仕置きとばかりに今度は唇で甘噛みされた。

「ゃ……ぁ、ああっ」

全身から噴き出した汗が幾筋も流れ落ちる。シェリルの薄い胸が忙しく上下し呼吸を促すが、吸い込む方法を忘れてしまったかのように上手くいかなかった。そんな息苦しささえ糧《かて》にして、淫らな熱はますます大きくなってゆく。

「それ……っ、駄目……あぁっ、ん、ゃあ……ッ」

生温かい口内に含まれてしまえば、成す術もなく弄《もてあそ》ばれてしまった。シェリルの花芯はキャンディを転がすようにロイの思うさま舐《ねぶ》られ、髪を振り乱して制止を懇願しても聞き入れてはもらえない。むしろ弱点を晒してしまったのか、尚更執拗に攻めたてられた。

「ひ、ぁ……ああッ……あ、ゃぁあ……っ」

覚えのある何かがせり上がってくる感覚に怯え、シェリルは彼の頭を遠ざけようと手を伸ばした。しかし思惑とは裏腹に、薄茶の髪へ指を絡めるだけで終わってしまう。うねる腰は引くどころか逆にロイへと押しつけるかの如く浮き上がり、自分の身体なのに何一つ思い通りに制御できなかった。

ただ、気持ちがよくておかしくなる。

「ん、……ん、ふ……ぁぁ」

さらさらと指の間をすり抜ける彼の髪は触り心地がよい。当初の目的も忘れ、シェリル

は何度も指で梳いた。まるで『もっと』と懇願しているみたいだ。肌を赤く染め、全身を戦慄かせて、歓喜の声をあげる。愉悦が絶え間なく湧いて、理性はどんどん喰い荒らされていった。

ロイにどんな思惑があってこうしているのかは分からない。彼の気持ちも、語ってくれない心の内も、シェリルには全く見えなかった。もしかしたら、ただ遊ばれているだけなのかもしれないし、貴族社会に喰いこむために利用されているのかもしれない。さもなければ、単純な友人関係ではないセドリックに対しての牽制なのかもしれない。

それでも、今シェリルを求め欲してくれるこの腕を信じたいと思った。ロイの中には潜在的に女性への不信感があるのを、会話の端々に感じる。おそらく気のせいではないだろう。結婚する気もないと語っていた人に、何かを期待するのは無意味だとも思う。しかしそれが何だと言うのか。今、この瞬間以上に大切なものなどきっとない。この機会を逃せば二度と触れ合うことは叶わず、後悔することだけは確信できた。

「好き……です……ロイ様……っ」

掠れた告白は、彼の耳には届かなかったかもしれない。けれど、それでもいい。本心を口にできた喜びで、シェリルは満たされた。六年前から、一度も言えなかった言葉。悲しみや恐怖の記憶と混じり合ってしまった一言は、忌まわしいものへと成り下がってしまった。本当はとても大切で美しいものなのに、耳に残る嘲笑がずっと忘れられず、呪いのようにシェリルを縛り続けていたのだ。

でも、今なら言える。ようやく自然に吐き出すことができた心情に、喉が震えた。

乗り越えることができたのは、ロイのおかげ。彼がシェリルに自信と誇りを取り戻させてくれた。いくら外見を磨いても、本質的なところまでは変えられない。植えつけられた劣等感を払拭させるには至らず、裏返してみれば、努力も屈折した心理故の頑張りにすぎない。だがロイは、結果ではなくその過程を認めてくれた。前を向くシェリルを褒め、ありのままの自分を受け入れてくれた。それがどれだけ嬉しかったことか。

本当に欲しいものは、ここにある。

「あ……！」

張りつめた快楽が限界に達した。ロイに花芯を吸い上げられて、淡い痛みは瞬く間に快感へと上書きされる。大きな波に呑みこまれ、シェリルは手足を強張らせた。

「ああ……ぁあーッ……」

ビクビクと痙攣した腿はしっかりと抱えられたまま、小刻みに震えた。溢れた蜜をじゅるっと吸われ、恥ずかしいのと気持ちいいのが一緒くたに混じり合う。彼はわざと音を立てているのか、鼓膜からも攻められている気分に苛まれた。

「……ぁ、ふ……」

「甘いな。美味くもない酒よりもずっといい」

濡れた口元を拭う仕草がいやらしくて、シェリルは見惚れてしまった。ロイの行動、視線、言葉の一つひとつに胸が締めつけられてしまう。いつもは丁寧な口調を崩さない彼が、少しだけ乱暴に喋るのも、堪らなく心臓を高鳴らせた。

「ロイ、様……」

「もう時間切れですよ、シェリル様。今更嫌だと泣かれても、引き返せません」

そんなつもりは微塵もなく、シェリルは虚脱していた右手をどうにか持ち上げた。そしてロイの背中へと回す。

「……嫌では、ありません」

「……」

ふしだらだと呆れられているだろうか。簡単な女だと軽蔑されるのも怖い。けれど至近距離で見つめ合ったロイの瞳には、そんな感情が浮かんでいなくて安堵する。もっと別の何かが揺れていた気はするが、経験の乏しいシェリルには読み取れなかった。

切なげに歪んだ彼の顔が傾げられ、キスを請われているのだけが何故か分かる。拒む理由はないので、今度はシェリルから口づけた。相変わらず強いアルコールの匂いに溺れ、頭の芯がクラクラする。それがまた大胆さに拍車をかけた。

押しつけるだけだった拙いキスは、たちまち深いものへと変わる。微かに開かれた唇に誘われて、おずおずと舌を伸ばせば、待っていましたと搦め捕られた。粘膜を擦り合わせ体温を共有するのが心地いい。普通の親しさでは得られない、特別な一体感に陶然《とうぜん》とした。

「ふ……は、ぅ」

「もうキスが上手くなっている。シェリル様はすぐに上達しますね。本当に教え甲斐がある」

ちゅくちゅくと濡れた音を響かせて、夢中で貪り合った。その隙に再び開かれた脚の付け根へ、硬いものが擦りつけられる。それが何であるかなど、考えるまでもない。いくら経験のないシェリルだって、そこまで愚かでも無知でもない。ただ、想像以上の質量を感じて、思わず怯んでしまった。

「怖いですか？　でも、先ほども言った通り、手遅れです。諦めなさい」

反射的に腰を引けば、強引に引き戻されていた。丸みのある切っ先が花弁を上下に擦る。すっかり膨れ上がって存在を主張している花芽を掠めるたび、シェリルは小さな悲鳴を漏らした。

「……ぁっ、あ、あ……」

ぬるぬるとよく滑るのは、自分自身から溢れた蜜が滴るほどに下肢を濡らしているからだ。何かを急き立てるように腹の奥が切なく疼く。たっぷりと潤滑液を纏ったロイの屹立が、ゆっくり泥濘に沈められた。

「……ぃ、っつ……」

「息を、吐いて」

限界まで引き伸ばされた入り口が激痛に引き裂かれる。こんな時なのに、頭を撫でられたことがひどく嬉しかった。狭隘な道をこじ開けつつ侵入する昂ぶりが、無垢な場所を蹂躙する。傷口を無理やり広げられるような痛苦に襲われ、涙が滲んだ。

「む、り……です。壊れ……ッ」

真っ二つに引き裂かれるのではないか、さもなければ内側から焼き尽くされるのではないかと思う。それほどに苦しくて辛い。到底受け入れられないと頭を振っても、ロイは許してはくれず、容赦なく腰を進めた。

「……ぅ、あ……ッ」

「ゆっくりしても辛いだけだから……先に謝ります。シェリル様」

「……いッ、ん、んんーっ」

お酒の匂いが濃くなった、と感じた瞬間口づけられていた。擦り合わされる舌の心地よさに意識を奪われる。うっとりとして力が抜けた刹那、体重を乗せた彼が一息にシェリルを貫いた。

「……ぐっ……」

悲鳴は、ロイの口内へと吐き出された。見開いた視界は、涙の膜で霞んでいる。それでも、美しい紫水晶の輝きだけははっきり捉えられた。初めて出会った時から、惹きつけられてやまない神秘的な色彩。最初は冷め切っていた色が、今日は激しく欲望に燃えている。それだけで、シェリルは自分が彼にとって唯一無二の存在になれた気がした。

たとえ勘違いでも構わない。今だけでも求められていると思えば、どんな痛みにだって耐えられる。

「……は、全部、入った。よく頑張りましたね」

頬や目蓋にキスされて、涙の痕も丁寧に舐めとられた。ロイにそうされるだけで、不思議と激痛は引いてゆく。今もズキズキと下腹は痛むが、労られる気持ちよさにシェリルの天秤は傾いていた。滴る汗が降り注ぐ。彼のものだと思えば、それさえも愛おしい。不快感など一つもなく、シェリルは強張っていた指で、ロイの眼にかかっていた髪を後ろへ流した。

何の隔たりもなくなった瞳で見つめ合う。いつだって彼を誰よりも綺麗だと思っていたが、今日がその中でも一番魅力的かもしれない。欲を露わにし、凄絶な色香を隠そうともしていない。作り物ではない、本物のロイ。今この時だけは、シェリルだけのもの。

どれだけの時間、そのままじっとしていたのか。やがて彼は深く息を吐き出し、申し訳なさそうにシェリルへ問いかけた。

「……動いても、いいでしょうか？　流石にこれ以上は、辛い」

「は、はい」

先ほどまでの痛みは少しだけマシになり、ロイは馴染むまでじっとしていてくれたのだと思い至った。男性にとっては相当の忍耐を要するのか、悩ましげに眉根を寄せつつこちらを気遣ってくれる彼が愛おしい。相変わらず異物感は凄まじいが、死んでしまいそうなほどには辛くない。だからシェリルは怖々と頷いた。

「ゆっくり、する」

「んっ、……ぅ、あ……あ」

それでもやっぱり痛い。引き抜かれ、押しこまれるだけで、内壁は削り取られるように擦られ、圧迫感に慄いた。快楽はどこにもなく、あるのは耐えるべき激痛だけ。だがシェリルは「やめてくれ」とだけは決して懇願しなかった。

逞しい胸に抱き寄せられて、肌にも、体内にもロイを感じる。こんなに近くで他者と熱を分け合ったことはない。愛しい人と互いに溶け合い一つになれた気がした。

「辛かったら、爪や歯を立てても構わない」

艶を孕む声に、彼が快楽を得ているのが分かった。眉間に寄せられた皺は、苦痛からではない。堪えるように詰めた息も、汗ばんだ身体も全て、悦楽を享受してくれているからだ。その上で、シェリルを労って動いてくれている。だったら、もう充分だと思えた。

「大丈夫……」

強がって浮かべた笑みはお見通しなのか、苦笑が返された。「こんな時まで、頑張らなくてもいいのに」と呟かれ、臍の辺りを撫でられる。その皮膚の下に埋まるロイの存在が生々しく意識され、シェリルは自分の内側が潤むのが分かった。とぷりと溢れる花蜜がもっと奥へと彼を誘いこむ。誰にも許したことのない最奥まで満たされたいと、本能が願っていた。

「本気で辛かったら、ちゃんと言ってください」

つい先刻、もう時間切れだとか諦めろと告げたのに、ロイは優しい。本人も苦しいだろうに、きちんと逃げ道を残し、シェリルを心配してくれる。何だかそれがおかしくて、声を出して笑ってしまった。

「ふ……あはは……いったいどちらが本当なのですか」

人当たりがいいと思えば、根底では他者を拒絶している。かと思えば、救いの手を差し伸べる。突き放そうとしたり引き留めたり。仮面の下に、ロイはどんな素顔を隠しているのか想像して、シェリルは両腿で彼の腰を挟んだ。微かにでも、距離が縮んだと信じたい。物理的なことではなく、心の在処《ありか》が。

「それは、こちらの台詞です」

「……っく」

ゆるりと引き抜かれた剛直に痛みがぶり返す。けれど同時に花芯を摘まれ、シェリルは背をしならせた。遠退いていた快楽が再び火力を得て、むしろ先ほどよりも大きく膨れ上がる。ロイの指先からぬるぬると逃げる敏感な場所を捏ね回され、瞬く間に淫悦の階段を駆け上った。

「あっ、ぁあ……ゃ、あッ」

ぐち、ぐちと響く音がいやらしい。掻き回され、はしたない水音が響く。合間に肌のぶつかる乾いた打擲音《ちょうちゃく》が交ざり、シェリルの羞恥心を煽った。けれども、そんなことを気にする余裕は揺さぶられる律動が激しくなるにつれて薄れ、理性は完全に食い潰される。

「ぁあっ……ぅあ、ァあッ……ひ、ゃぁあ……っ」

開きっ放しになったシェリルの口からは、途切れることなく嬌声が漏れ、唾液がこぼれた。だらしないと戒める普段の自分はもういない。ロイがくれる淫靡な感覚に溺れ、彼にももっと感じて欲しかった。同じ快楽を共有したくて、無意識に下腹に力がこもる。すると、一瞬動きを止めたロイが、恨めしそうにシェリルを睨んだ。

「……嫌になるくらい、飲みこみがいい。でも、そういう悪戯はいりません。今は大人しく鳴いていてください」

「悪戯なんて……」

したつもりはない。けれど少しだけ不機嫌になった彼の表情が新鮮で、食い入るように見つめてしまった。今日一日で、どれだけ新しいロイを発見したか知れない。いや、まだ出会って日が浅い彼には、シェリルの知らない面がきっと沢山ある。そう思うと、尚更陰路が切なく疼いた。

「……っ、まったく、いけない人だな。努力家なのも考えものですね」

掠れた声音が、シェリルの腰を震わせる。ロイの耳に心地のよい声を聞いているだけで、きゅうきゅうと肉洞が収縮した。眼を瞑り、呼吸を整えた彼はシェリルの太腿を抱え直し、口の端を上げる。終わりに向けた合図は、膝に落とされたキスだった。

「覚悟してください。もう、余裕はありませんから」

涼やかな言い回しとは裏腹に、滴る汗と情欲には冷静さは微塵もなかった。唸るような声を喉奥で堪えたロイが、激しく腰を叩きつける。肌がぶつかる音に眩暈がした。

「……ぁ、あっ」

大きく開かれて無防備になった場所を抉られる。行き止まりの壁をこじ開けるように突かれ苦しいのに、密着したロイの叢《くさむら》に卑猥な蕾が擦られて、とてつもない淫悦が駆け抜けた。苦痛と悦楽の相反する感覚が入り混じり、シェリルの眦から新たな涙がこぼれる。

彼の背中へと回した掌に、躍動する筋肉の感触が伝わってきた。汗ばむ肌は火照り、汗が降り注ぐ。何ものも受け入れたことのなかった体内が蹂躙され、痺れに似た感覚が溜まっていった。攪拌《かくはん》される水音が淫靡な音色で部屋を埋め尽くせば、シェリルは喘ぎながら喉を晒した。

「ひ、ぁあ……も、もうッ」

「ええ、貴女があまりに魅力的だから……私も限界です」

「あ、……ぁッ、ああ」

打ちつけられる速度が一段と速くなり、シェリルの視界は上下に乱れた。今や痛みよりも愉悦が凌駕し、弾ける感覚が迫ってくる。これまでにも数度ロイに導かれて達していたが、それらを大きく超える波に呑まれる予感がした。

「あ……きちゃう……怖いッ……ぁあっ」

「眼を開いて、シェリル」

「……！」

初めて名前を呼び捨てにされた驚きに、恐怖も躊躇いも吹き飛んでいた。見開いた視界の中に、彼だけが映っている。他の誰よりも綺麗で、本音を明かしてくれない愛しい人が。

「大丈夫。何も怖くない」

そんな一言で、シェリルの怯えは払拭された。やはり自分にとってロイは特別なのだ。別の人ではここまで心を預けられないし、預けて欲しいとも思わない。彼だから、何気ない言葉も意味を持つ。

「そのまま、感じて。私を」

「ぁ……あ、ん、ぁッ」

一際強く穿《うが》たれて、シェリルの頭は真っ白に染まった。息もできずに手足が突っ張り、

爪先が丸まる。ビクンっと跳ねた身体は、ロイに抱き締められていた。

「……っく」

胎の奥へ熱液が注がれる。その刺激にすら、二度三度と全身を戦慄かせた。自分では触れることのできない場所まで、彼が到達している。己のものであるはずの肉体が、ロイの所有物になった気がした。その印として受けた白濁が、シェリルの内側へと染み込んでゆくのが、どうしようもなく嬉しい。

「……ぁ、ぁ……」

「シェリル……」

降りかかる、酒気混じりの呼吸。香りを追って、口づけを交わした。こんなにも近くで絡まり合っているから、シェリルも酔ってしまったのかもしれない。激しい倦怠感に襲われて、シェリルはロイの腕の中で意識を失った。

6　そして嵐がやってくる

「大変申し訳ありません。本日ロイ様は多忙につきお時間が取れないそうです」

申し訳なさそうに頭をさげた秘書は、気遣わしげにシェリルを窺った。弁えている彼は無駄口など叩かないが、自分の主とシェリルの間に何かがあったのは察しているらしい。

初めて肌を重ねた日から一週間。あれ以来、一度もロイとは会っていない。意識を手放していたのは僅かな時間で、シェリルが目覚めた時、彼はぐっすりと眠っていた。思ったよりも、ずっと酔いが回っていたらしい。全く起きる気配のないロイを残し、シェリルは帰路についた。

本当ならば彼が目覚めるまで傍にいたかったけれども、そうそう遅く帰るわけにはいかない。貴族令嬢という立場で軽々しく振る舞うことはできないし、残してきたマリサも心配だった。万が一シェリルが深夜まで戻らないとなれば、責任感の強い彼女は探しに来てしまうかもしれない。それは、流石に困る。未婚の男女が必要以上に親しくしていることは褒められたものではないし、セドリックとのことが解決していないのに。

シェリルは幼馴染とも、夜会の夜から会っていなかった。求婚を断るのなら、早い方がいいのは理解している。しかし、手紙でやりとりするのは不誠実な気がして、面と向かって伝えたいと思っていた。だが、予定が合わずなかなかその機会が得られないのだ。そうこうする内に、もう一週間も経ってしまった。

「……ほんの少しでもいいのです。待たせていただいてよろしいでしょうか？」

そして、ロイには面会を断られ続けている。当然ながら、レッスンも打ち止めになったまま、宙ぶらりんで放置されていた。

彼が忙しいのは知っているし、予定も聞かず押しかけて来たのはシェリルの方だ。しかし手紙を書いても事務的に返され続ければ、もう直接会いにくるしかない。ロイの邸宅ではなく、仕事場に足を運んだのは、彼が最近家には帰らずに社内で寝泊まりしていると聞いたからだ。それほど忙しい中、面会を求めるのは気が引けたが、もう待ってはいられない。

「それは……お待ちいただいても、無駄に終わってしまう可能性が……」

「それでも、構いません」

遠回しに断ろうとする秘書の言葉を遮り、シェリルは毅然と言い放った。今日こそは、絶対にロイと話をしたい。避けられている理由を、彼の口からきちんと聞きたかった。

——幸せ、だったのに。

ロイに抱かれ、夢見心地だった。これで彼の全てを手に入れたと思えるほど単純ではないけれど、少なくとも距離は縮まったと信じていた。シェリルの何かを受け入れてくれたからこそ、ロイはああいう行動に出たのではないのか。

だが実際には、あれ以来彼はシェリルから逃げるように連絡も断っている。

——流されただけだとか、遊びというのなら、はっきり言って欲しい。せめてご自分の口から告げるのが、誠意というものではないの？

怒り半分に、拳を握り締める。残りの半分は、不安から。

本当にそう言われれば、シェリルは傷つくだろう。二度と立ち直れないほどに打ちのめされて、今度こそ前を向く気力は湧いてこないかもしれない。その可能性を考えると、身が竦んで動けなくなるほど怖い。けれど、今まで己の眼で見てきたロイは、そんな人ではないと信じている。

彼がシェリルに見せてくれた顔は一部にすぎないだろうが、いくつかは脆い芯の部分に繋がっていたと思う。今すべきことは、疑心に囚われることではなく、手繰り寄せたい未来のためにあがくことだ。だからシェリルは自分を叱咤してロイに会いに来た。

「一日中でも、待ちます」

「……分かりました。では、こちらでお待ちください」

結局折れた秘書に案内され、部屋のソファに腰かけて、ひたすらシェリルは待った。時間にすればさほど経過していないのかもしれないが、気分としては何時間もすぎた気がする。することもなく、話し相手もいない状況で、じっと下を向いていた。せめてもの救いは、人目につかない場所へ通してもらえたことだ。この上見せ物のように視線に晒されては、精神的に耐えられなかったかもしれない。

そうして正午が近くなった頃――ロイはようやくシェリルの前に現れた。

「……強情ですね、貴女は」

「お互い様だと思います」

いつも通りきちんとした彼の格好には寸分の乱れもないが、どこか疲れた様子が滲み出ていた。それは優れない顔色や色濃い隈、翳った紫の瞳に。思い悩むほど、シェリルとの間に起きたことを後悔しているのかと心に暗雲が立ちこめる。

気まずい沈黙の後、ロイはシェリルの向かいに腰を下ろした。どうにか話を聞いてくれるつもりにはなったらしい。そのことに心底安堵して、シェリルは大きく息を吸い込んだ。

「お久しぶりです」

「……一週間ぶりですね。セドリックとの婚約報告ですか?」

「は?」

どう問いただそうかと思考を巡らせていたシェリルは、想定外の方向から飛んできた質問に眼を見開いた。

彼は、いったい何を言っているのだろう？　ロイに身体を許しながら、セドリックの申し出を受け入れるようなふしだらな女だとシェリルを思っているのだろうか。意味が分からなくて言葉を失えば、勝手に納得したらしいロイは険しい表情を浮かべた。

「わざわざ、ありがとうございます。ですが、金輪際お一人での訪問はご遠慮いただけますか？　謂れのない噂が立って傷を負うのは、シェリル様の方ですよ」

「ちょ……待ってください！」

微妙に噛み合わない会話に据わりの悪さを覚えた。どうにも同じ舞台に立っている気がしない。確かに二人で顔をつき合わせて話しているはずなのに、言うなれば前提条件が違っているような……まるで、セドリックから結婚を申し込まれたと明かした直後の会話がそのまま続いているみたいだ。

「私は、セドリック様からのお話をお受けする気はありません！」

「は？」

今度は、ロイの方が呆ける番だった。

「あ、あんまりですロイ様。一週間前のことをなかったことにしたいと言うならば、はっきりおっしゃってください。セドリック様に押しつけようとするなんて酷すぎます。私のことが煩わしいのなら、ご自分の口で宣言してください！」

普段、冷静であることを心がけてはいるが、今回は到底無理だった。ロイに対する失望は勿論、そんな不誠実な彼でも好きだと想う自分自身の気持ちも持て余し、シェリルは机を叩きながら身を乗り出した。

別に責任を取って欲しいなんて被害者面するつもりはない。あれはシェリル自身が望んだ結果でもあり、大切な思い出だ。それなのに、当事者であるロイに穢されるとは思わなかった。いや、彼は忘却の彼方に追いやろうとしているのだ。しかもシェリルの側から押しかけなければ、このままうやむやにするつもりだったのだろう。何よりも、それが許せなかった。

「私を抱いたのは間違いだったとお思いなら、それでも構いません。でも私は絶対に忘れません。忘れられません……！」

宝物を汚された気がした。大切に箱の中へとしまって、一番いい場所に置いたのに、ぐちゃぐちゃに壊されてしまった。悔しくて、涙がボロボロとこぼれる。もう、不細工になっても関係ない。化粧が剝げたって構うものか。思いっきり泣いてやる。

シェリルは目いっぱい息を吸い込むために肺を震わせた。

「――今、何とおっしゃいました……？　まさか私が、シェリル様を……？」

「まさかですって？　私が嘘を吐いているとお思いですか？」

この期に及んで白を切るつもりなのか、ロイのアメシストが激しく揺れる。

「シェリル様がそんなことをなさらないのは、よく知っています。でも……っ」

最初は罵ってやろうかとシェリルは勢い込んだが、彼のあまりの狼狽ぶりに、逆に頭が冷えてきた。何か、おかしい。相変わらず、噛み合っていない。

「ロイ様？」

「待って、待ってください。……え、あれは夢ではなかったということか……？」

「は……ぁ？」

不可解な呟きを漏らしたロイの顔色が蒼白になる。そして彼は髪を掻き毟《むし》った。

「そんなはずはない……いや、でも」

「あの、ロイ様……？」

正直、少し怖かった。視線を泳がせていたロイがウロウロと室内を歩き回り、落ち着きなく立ったり座ったりを繰り返す。更には合間に意味不明な独り言が挟まれた。

「だってあれは……そもそもシェリル様は……まさか」

「ひ!?」

突然立ち止まった彼が、長い脚でこちらとの距離を詰めてきた。ロイは背が高いので、見下ろされると相当な威圧感がある。シェリルの腰が引けた瞬間、彼はその場に跪いた。

「……私が、シェリル様を襲ったのでしょうか」

「はぁあ？」

嘘でも冗談でもないのは、ロイの真剣な眼差しが教えてくれた。不安に揺れた虹彩は、責任逃れなどではなく、心底シェリルの身を案じているように感じられる。その証拠に彼は触れようとはしてこない。シェリルを怯えさせないためか、適切な距離を保ち、身を低く屈めてこちらを見上げてくる。

「……そうなのですね。セドリックとの結婚が決まった貴女を、私が無理やり……あれは夢だと、私の願望が見せた幻だと思っていたのに……」

「え、え、どういうことですか」

勝手に納得して頷くロイは、悲壮な表情で瞳を逸らした。そしてそのまま首を垂れる。

「私は何ということを……貴女にどう償えばいいのか……」

「ロイ様、話が全く見えません」

今日、自分が何をしにここへ来たのかも忘れて、シェリルは混乱の極致に達していた。さっぱり意味が分からない。想定していたのとはまるで違う展開に、頭がついていかなかった。

「シェリル様にとっては辛い記憶でしょうから、皆まで語らなくても大丈夫です。勿論、私のことは望むように罰してください。貴女の言うように償います。セドリックとの間にひびが入らないよう、最大限のことをすると約束します。……まさか、いくら酔って記憶をなくしていたとしても、友人の想い人を襲うなんて……私は決して自分を許せない。最低のくそ野郎だ……ッ」

「酔って……記憶をなくした……？」

その言葉で、ようやく意味が繋がった。バラバラだった全体図の欠片が、ピタリと嵌まる。見えてきたのは、ある意味とても残酷な完成図だ。

ロイは、シェリルを抱いたことを覚えていない。それどころか、セドリックとの結婚に向けて歩き出していると勘違いしている。

――結局、彼にとって私はその程度の相手なの……？

特別だと思ったのは自分だけ。ただの戯れに意味を見出そうとしたのも、全て。

「申し訳ありません。随分飲んだのは覚えているのですが、途中から記憶が全くなくて……そんなこと、言い訳にもなりませんね。シェリル様の気の済むよう裁いてください。訴えてくださっても――ああ、それでは貴女の今後に傷がつく……一生をかけて、償います。許して欲しいなんておこがましいことは言いません。――でも、どうしてこんな大切なことを忘れたりするんだっ……」

「大、切……？」

打ちのめされていたシェリルの心に、一筋の光が落ちた。その輝きを追って、顔を上げる。

「……すみません。シェリル様にとっては、加害者が覚えているなど悪夢以外の何ものでもありませんよね。でも私にとっては、なくしてはいけない宝物に等しい――」

「それは、どういう――」

微かな期待が首を擡《もた》げ、言葉の続きを促した。ドクドクと胸が高鳴る。だが直後、ドタバタという足音に緊迫した空気は砕かれてしまった。

「ロイ！　会いたかったわ！」

けたたましく扉を開けて飛びこんできたのは、銀色の髪にグレーの瞳を持った、妖精のような女性だった。年の頃はシェリルよりもやや上か。二十歳は越えているだろうが、どこかあどけなくとても可愛らしい容姿をしている。身体つきは華奢で、折れそうなほどに腰も首も細かった。

「マグノリア……？」

「そうよ！　貴方がこの国に帰ってきたと聞いたから、いつ私に会いに来てくれるかとずっと待っていたのに……全然顔を見せてくれないんだもの。仕方ないから、私の方から足を運んであげたのよ。ねぇ、嬉しいでしょう？」

一息にまくし立てた女性――マグノリアは、シェリルには眼もくれずにロイへと歩み寄った。そして片膝をついたままだった彼を、強引に立ち上がらせる。

「何年振りかしら。私、ロイを忘れた日は一日もなかったんだから」

彼女が涙ぐみつつロイの手を握った瞬間、既婚を示す指輪が煌めいた。シェリルは二人の関係が分からず、呆然と見守ることしかできない。ただ、名前で呼び合う彼らには、シェリルの知らない積み重ねた時間があることだけは伝わってきた。

「申し訳ありません。こちらのご婦人が自分たちは特別な間柄だから通せと……」

後ろから追いかけてきた秘書が平謝りで告げる。それを見たロイは深々と溜め息を吐き――抱きつこうとするマグノリアを引き剝がした。

「誤解を招く言い方はやめてください。アリス夫人。私たちはただの幼馴染でしょう」

「そんな言い方、酷いわ。もしかして、まだ怒っているの？　私が貴方との婚約を破棄してあの人に嫁いだことを……でも仕方なかったのよ！　ロイだって知っているでしょう？あの頃は私の両親も病気がちで、弟たちの教育費だって馬鹿にならないし、長女である私が何とかしないと……」

「ええ、賢明なご判断だと思いますよ。当時の私では、貴女のご実家を支えられるほどの財力はありませんでしたから」

「……！」

では、彼女はロイの元婚約者なのか。呆然としたままシェリルはマグノリアを凝視した。

改めて見ても、整った容貌を持つ二人はお似合いだった。並び立つと、そうしているのが自然に思える。このまま夫婦と名乗っても、違和感はないだろう。ロイの紫色の瞳とマグノリアの銀髪はどちらも神秘的で、まるで物語の登場人物のように美しかった。

「……あら、この方は？」

今初めてシェリルの存在に気がついたのか、彼女は無邪気な笑顔をロイへと向けた。笑うと一層幼く見え、可憐な魅力が溢れ出る。無垢な少女がそのまま大人になったようなマグノリアは、間近で見ても化粧をほとんどしていなかった。もともと色白で滑らかな肌なのか、首筋までも美しい。大きな瞳を縁取るのは豊かな睫毛。唇は赤く艶やかで、細身なのに胸は豊満にドレスを押しあげていた。声も鈴を転がすように愛らしい。生まれた時から、神に祝福を受けた人。シェリルとは違い、生来の贈り物を備えている人だ。

「こちらは、シェリル・クリフォード様。男爵令嬢でいらっしゃる」

「まぁ！　貴族の方なの？　すごいわロイ、そんな方ともお付き合いがあるのね」

興奮した面持ちのマグノリアは、固まったままのシェリルと視線を合わせた。そして隣に腰かけ、素早く手を握ってくる。

「初めまして、クリフォード様。シェリル様とお呼びしてもいいかしら？　私はロイの幼馴染で元婚約者のマグノリア・アリスと申します。以後、お見知りおきを。私たち家の都合で泣く泣く別れなければなりませんでしたが、心はいつでも彼だけを想っていたわ。この辛さ、同じ女性なら理解していただけますよね？」

口を挟む隙もなく言いたいことを言い切った彼女は、満足気に立ち上がった。再びロイに向き直り、同じ勢いで喋り続ける。

「今日はお客様がいらしていたのね。仕方ないから出直してくるわ。こういう擦れ違いが、私たちの運命なのかしら？　貴方の家に行ったら、ここにいると聞かされたからきたのに……残念。でも、次はゆっくり語り合いましょう？　昔みたいに」

「貴女のご主人に不貞を疑われ決闘を申し込まれたくないので、お断りします。こちらには、特に話すこともありませんから」

取り付く島もない拒絶だが、マグノリアには伝わらなかったらしい。「素直じゃないんだから！」と楽しそうに笑い、優雅に裾を翻す。

「とりあえず、私は失礼いたします。シェリル様、お邪魔して申し訳ありませんでした。ロイ、元気そうで安心したわ。近い内に会いに来てね、絶対よ」

嵐のようなマグノリアの訪問は、登場と同じで唐突に終わりを告げた。残されたシェリルは放心状態、ロイはむっつりと黙りこんでいる。ただ互いの中にしこりに似たものが居座っていた。

「……賑やかな、方ですね。あの、ロイ様の婚約者でいらしたのですか？」

「――――元、ですよ。とっくの昔に解消して、彼女は別の男に嫁いでいます」

冷気を感じる硬い声音に、シェリルは悟った。口調だけならば、とても落ち着いたものだったかもしれない。けれど、ロイの押し殺された気配に滲むのは、嫌悪や諦念。切り捨てられない負の感情が微かに垣間見えていた。

──ロイ様の根底にある女性不信は、もしかしてあの方の……？

忘れられない女性というのはひょっとして。

聞くのは躊躇われる。あまりにも私的なことだし、踏みこんでも許されるほど自分たちの関係が築けているとは確信できなかった。それでも無視することなどできなくて、視線で問いかけてしまう。

「──……彼女とは、親が決めた許婚《いいなずけ》でした。生まれた時から言い聞かせられていたので、当然そうなるのだろうと疑問も持っていませんでしたよ。両家の仕事上でも、意味のある縁組でしたし」

溜め息を吐き出した後、ロイは語り始めた。長くなるからと再び腰かけて、一度窓の外へと逃がした視線をシェリルへ戻す。それは、何かを決意した証しのようだった。

「でも、彼女が十六になった頃、私の実家が傾いたのです。父が急死し会社を引き継いだばかりで右も左も分からない若輩者に余裕はありませんでした。経済的にも心情的にも……マグノリアは、不安だったのでしょう」

自然にこぼれた呼び名に、シェリルの胸は痛んだ。ロイにとって彼女は、自分にとってのセドリックと同じなのだろう。恋愛感情かどうかは別にしても、特別な相手。過去の思い出の中に、高い頻度で存在している。言わば、いるのが当然な存在。

「どういうやりとりが具体的にあったのかは知りません。とにかく彼女は突然婚約を破棄し――当時青年実業家として名高かったアリス氏のもとに嫁ぎました。……私には、一切の相談もなく」

それは、手酷い裏切りに思えた。幼い頃から共に育った二人の間に、男女の感情があったのかは分からない。――いや、今のロイを見る限り、少なくとも彼の方には何某《なにがし》かの情があったのだろう。いつかは自分の妻になる相手としてマグノリアを意識していたに違いない。そんな少女があっさりと彼の手を放し、別の男性へと走った。理由はおそらく、将来の不安や金銭的なもの。

「……話し合いは、なされなかったのですか」

いくら親が決めた結婚だとしても、支え合うことが必要だと思う。まして相手が辛い時ならば、尚更。仮に別離を選ぶのならば、両者が納得する形に持って行くのが大切ではないのか。人として、大人として。友人や恋人としても。

「マグノリアは、良くも悪くも守られ頼らねば生きてゆけない女性です。自分の足で立ち、自ら咲き誇るのではなく、別の誰かが作った安全な場所で輝く、温室の花。そういう女性に庇護欲をそそられる者も、少なくないでしょう。実際、昔の私はそうでした。か弱く甘え上手な彼女を可愛く思っていました。でも、今では逆に男に依存する女性に嫌悪感があるのです」

それは、負った傷が深すぎるから。

今よりも若かったロイにとって、父親を亡くし婚約者に捨てられた衝撃は計り知れないものがあっただろう。女性不信になってもおかしくないと思う。むしろ、変わらずにいる方が難しい。

「ロイ様は……今でもあの方のことを……？」

「冗談でもやめてください。そんな気持ちは、欠片もありませんよ。むしろ、相手の財産や地位に眼の色を変える女性は苦手です」

そっけなく彼は吐き出したが、嫌いという感情は好意とあまりにもよく似ている。方向性が違うだけで、根源は同じ。意識している時点で、囚われていることに変わりはない。

「……だから、いつも冷めた眼をされていたのですね」

「気づいたのはシェリル様だけですよ。これでも、完璧に隠していると思っていたのに。貴女だけは、いとも簡単に私の仮面の奥を覗いてしまう」

「……私も、同じだからだと思います」

どこか似ていたから、人当たりの良さの裏側へ眼がいってしまった。

「尤も、マグノリアのことだけが原因ではありません。私の母も、同じような女性でした。傲慢で多情な父に隷属し、怒鳴られても殴られても、口答え一つしない人でしたよ。私はそれも一種の愛情故なのかと思っていましたが、父の葬儀の後とんだ勘違いだったと気づかされました」

一度そこで区切った彼は、僅かな逡巡を見せた。シェリルは急かそうとはせず、言い淀むロイが続けるのを静かに待つ。きっとこの先の話は、彼にとって喋りにくい内容なのだろう。内面に関わる繊細な問題であると同時に、家族の話だ。他人であるシェリルには話せないと判断されても仕方ない。けれど、ロイは額に当てた手で顔を半分隠し、語り始めた。

「……母は、嗤《わら》っていました。これでやっと解放されると。大嫌いで憎い夫が死んでくれて、清々したと……」

晴れ晴れと言い放ったロイの母親は、その後さっさと荷物を纏めて別宅に移ったという。夫そっくりの息子の顔は見たくない。これからは自由に生きるのだと、高らかに宣言して。

「そんな……」

「でも、私にも責任はあります。母が苦しんでいることに鈍感すぎた。もっと気を配り助けなければならない立場だったのに……結局、私も父と同じで甘えていたのです。母を犠牲にして成り立つ家族でしかなかったのだから、見捨てられても仕方ない」

シェリルは自嘲を浮かべるロイを抱き締めたいと、唐突に思った。それには、二人の間にあるテーブルが邪魔だ。立ち上がって迂回すればいいが、萎えたシェリルの足には力が入らなかった。彼の内面に触れ、上手く言葉が出てこない。慰めたいのに、気の利いた一言も思いつかず黙りこむ。

父親を失い、傾いた事業の重荷を背負い、母親からは疎まれて、婚約者にも裏切られ……考えただけで吐き気がする。言葉では言い尽くせないほどの辛酸を舐めたことだろう。

「そんなこんなで、私も流石に色々なことが嫌になってしまって……当時住んでいた家は売り払い、父の事業を整理して、ウォーレンスに拠点を移しました。……そう言えば聞こえはいいですが、要は逃げ出したのです。こんな薄情な自分は、結婚などするべきじゃない。きっと父と同じ過ちを犯す。信じることもできない女性を愛するなどできやしない。そう考えてずっと誰にも心を許すつもりはなかったのに……」

不意にロイが顔を上げ、シェリルと視線が絡んだ。じっと注がれる眼差しの熱さに、呼吸が止まる。瞬きさえ忘れて、シェリルはアメシストの輝きに見惚れた。

束の間、落ちた沈黙が室内を支配し、僅かでも身じろぎすれば、何かが変わってしまう恐怖に苛まれる。それがいいことなのか悪いことなのかも分からないまま、瞳だけが忙しく互いを探った。相手の中に、望む答えを追い求める。期待と不安は常に表裏一体で、容易に入れ替わってしまうから厄介だ。明確な返事が欲しいと願った次の瞬間には、曖昧な返答を望んでいる。複雑な心境の中、シェリルはロイを見つめ続けた。その時――

「あの……そろそろ次のお約束が……」

控えめなノックの後にかけられた秘書の言葉によって、不思議な空気は瓦解した。結局、シェリルが今日足を運んだ目的はほとんど果たされてはいない。突然やってきたマグノリアに引っ掻き回され、あえなく時間切れとなってしまった。

「……出直してまいります。あの、ロイ様。次のお約束はしていただけますか？」

「はい。私も、ゆっくりとお話ししなければなりません。幸い、明日は休みです。最近根を詰めて仕事に没頭していましたから、丸一日時間を空けられます。……私の屋敷にいらっしゃいますか？　もしもお嫌なら――」

どうやら彼はまだ、自分が酔ってシェリルを襲ったと疑っているらしい。気遣わしげにこちらを窺う視線が何だかおかしくて、訂正は後日にしようと決めた。ちょっとした意趣返しだ。シェリルにとっては忘れ得ぬ初めてのことを、あっさりと忘却の彼方に追いやったロイへのささやかな復讐。精々、思い悩んで苦しめばいい。

「では、また明日。午後にお邪魔いたします」

余韻を残す会釈も忘れず、シェリルは取り戻した余裕の笑みで背を向けた。

翌日、約束通りシェリルがロイの自宅を訪ねると、そこにはマグノリアが既にくつろいで座っていた。淡いブルーのドレスに白いレースやフリルをあしらった装いは可憐で、とても人妻とは思えない。大きく開いた胸元だけが、少女めいた彼女の雰囲気とは対照的に妖艶な部分を強調していた。

「え……？」

「シェリル様、こんにちは。あら、ロイにご用事？」

まるで自分の家のように振る舞う彼女は、ふっくらとした唇を綻ばせる。

「え、あの……約束が」

「まぁ、そうなのですか。奇遇ですね。私もロイと今日会う約束をしたのですよ？」

「アリス夫人、貴女とお会いする約束をした覚えはありません」

優雅に微笑んでいたマグノリアへ、ロイの冷ややかな声がかけられた。憮然とした様子で、応接室へと入ってくる。

「え？　何故？　昨日ゆっくり語り合おうと言ったじゃない。今日はそのつもりで休日にしたのでしょう？　でも私、夕方から別の予定があるの。行き違っては申し訳ないから、こちらからわざわざお伺いしたのよ？」

さも当然と言いたげなマグノリアは愛らしく小首を傾げた。女のシェリルから見ても、守ってあげたいと思ってしまうほど細く白い首筋が晒される。

「それは貴女の一方的な思いこみです。私は今日これから、こちらのクリフォード様と大切な話があるのです」

「素敵。私もシェリル様とはお話ししてみたかったの。ご一緒してもよろしいかしら」

「いいはずがないでしょう……お引き取りください」

ロイがきっぱりと告げれば、マグノリアはたちまち涙ぐんだ。そしてシェリルへと縋ってくる。

「酷いわ……やっぱりロイったら、昔のことを怒っているのね。ねぇ、シェリル様からも何か言ってやってください。女は家長には逆らえないものですもの。私だってあの時どんなに辛かったか……一番可哀想なのは私でしょう？　シェリル様なら、ご理解いただけますよね？」

昨日会ったばかりの彼女に頼られても、正直どうすればいいのか分からなかった。マグノリアの言うことには納得できる。しかし、共感できるかどうかは別問題だ。

「あの……お取り込み中なら、私はまた出直してまいりますが……」

「今日、約束したのはシェリル様です。すぐにアリス夫人には帰っていただきますから」

「ロイ！　どうしてそんなに冷たいことばかり言うの？　もっと優しくして。子供の時から一緒に育った幼馴染が困っているのよ。助けてくれても罰は当たらないでしょう」

ぽろぽろと透明の雫をこぼす彼女は、痛々しくも美しかった。簡単に壊れてしまいそうな細身の身体を捩り、ロイへ詰め寄る。あとはもう、二人きりの世界だ。

――私、明らかに邪魔者よね……

完全に置いてけぼりにされて、シェリルには話が見えない。二人にしか分からない会話が眼の前で飛び交っているが、先約のはずの自分が部外者だった。何だか馬鹿馬鹿しくなってきて、モヤモヤする。

　昨日ロイは、マグノリアへの恋愛感情はないと言っていた。それなのに、これはどういう状況なのだろう。どう見ても痴話喧嘩じみた修羅場が展開され、気分が悪くて堪らない。段々据わってくる瞳で、シェリルはロイを睨みつけた。今まで抱いたことのない、黒々としたものが自分の中で生まれ育ってゆく。焼けつくように荒々しく、同時に冷たいものが。

「……アリス夫人、私には貴女と話すことは何もない」

「私がこんなに困っているのに？　いつからそんな冷たい人になってしまったの。昔の貴方はもっと優しかったわ。私のせい？　私が傷つけてしまったから？」

　――ああ、嫌な気分……

　シェリルは約束を反故にされたからといって、不機嫌になるほど心は狭くないつもりだし、困っている人を見捨てるつもりも毛頭なかった。つまり今感じている腹立たしさは、自分がないがしろにされているからではない。

　相手がマグノリアだから。かつてロイの婚約者で、今も彼に影響を与えている彼女に嫉妬しているからだ。しかも、言葉ではマグノリアを追い出そうとしているロイだが、家の中へ招き入れてしまったのも事実。それこそが、心の底で蟠《わだかま》りとして凝《こご》っていた。

「シェリル様、酷いと思いませんか？　一度は添い遂げることを誓った私たちなのに、ロイの態度はあんまりだわ……」

急に矛先を向けられてシェリルは戸惑ったが、そこは培った自制心で穏やかな笑みを返す。いつでも誰にでも愛想よく。それがシェリルの処世術だ。以前とある夜会で、婚約者をとられたと騒いだ女性の一件から、尚更意識して敵は作らないように気をつけている。荒れた内心は押し殺して、理想の淑女を演じきった。

「ごめんなさい、いったい何を揉めているのか、私には分からないのだけれども……さしつかえなければ、教えていただけるかしら？」

「……実は、私の夫の事業が思わしくなくて……ロイに融資をお願いしていたのです。私たち、他人ではないのですもの。きっと手を差し伸べてくれると思っていたのに」

「は……」

正直、呆れて言葉も出なかった。マグノリアとロイとの過去を考えれば、どうしてそんな発想が出てくるのだろう。普通ならば、二度と顔は合わせられないと思うのではないか。不貞とまでは言えないけれど、彼を見捨てて裏切ったことは充分罪が重い。もしもシェリルなら、そんな真似は申し訳ないし恥ずかしくてできない。

「この際、シェリル様でもいいのです。どうか、私を助けていただけませんか？」

「はい？」

がしっと手を握られて、真正面から覗きこまれた。艶やかなグレーの瞳が涙の膜で濡れ光り、哀れさを訴えてくるが、シェリルはやんわりとその手を解いた。

「そういうお話でしたら、銀行にかけあった方が早いと思いますが？」

「それはとっくにいたしました！　でももう限度額いっぱいだと……」

では、回収の見込みがないと判断されたということだろう。そんな不毛な借金を、どうしてかつて手酷く切り捨てた相手に申し込めるのか、全く理解ができない。たぶん彼女は、今まで拒絶や叱責を受けたことがほとんどないのだ。いつでも、その可憐な微笑み一つで思うままになってきたのだろう。ありのままを愛され、大事にされることが当然の世界。とても羨ましいし憧れる。――だが、同時に狭くて偏っているとも感じた。

優しい人だけに囲まれて、守られているのは居心地がいいけれど、変化も成長もそこにはない。ずっとその中で生きられるのならば問題ないが、いざ困難に見舞われた時には立ち往生してしまうに違いない。丁度、今のマグノリアのように。

シェリルは遠退きそうな意識を必死で摑んだ。

「申し訳ありません、アリス夫人。私には、自由に動かせる大金などありません。父はまだ現役ですし、後は兄が継ぎますから」

「マグノリアとお呼びになって。それなら、お父様に相談していただけませんか？」

ウルウルと潤ませた大きな瞳を縁取る睫毛に、大粒の雫が絡んでいた。上目遣いで見上げられれば、大抵の人間は陥落《かんらく》してしまうに違いない。そういう庇護欲をそそる弱々しさをマグノリアは備えていた。シェリルにはできない『甘えること』と『頼ること』をごく自然にこなせるのが、彼女なのだ。

——こういう愛らしさに、ロイ様も惹かれたの……？

「……いい加減にしてくれないか、クリフォード様にまで迷惑をかけないでくれ」

「迷惑なんて……私はお願いしているだけなのに。それもこれも、ロイが助けてくれないからじゃない」

実業家であれば、見込みのない取引に出資するはずはない。融資も同じだ。マグノリアには悪いが、どう見ても返済の当てがないならば、関わるべきではないのだ。もしも彼女の夫の会社が上手くいっていないのであれば、傷の浅い内に畳んでしまう方がいい。長引かせればそれだけ、損失は大きく膨らんでしまう。それでもなお、助けると言うなら——それはロイ個人の想いが絡んでいるからに他ならない。少なくともそう思ったシェリルは、彼がキッパリと断ってくれるのを内心期待していた。

「ロイなら、きっと私を助けてくれると信じていたのに。だって私たち、あんなに愛し合っていたじゃない！　本当なら、今だって……」

「やめてください！　……分かりました。アリス夫人のご希望通り、今週中に指定の口座へ振り込みましょう。それで満足ですね？」

「本当!?　やっぱり、ロイは優しい。昔のままなのね……！」

「……！」

人が眼の前で困窮しているというのに、救いの手を差し伸べてほしくないと思う自分は、随分冷酷なのだと自覚はしている。それでもシェリルはロイの答えに傷ついていた。喜色を浮かべ彼に抱きつこうとしたマグノリアをヒラリと躱した際、彼はシェリルに意味深な視線を寄越したが、何かを告げたがっている眼差しが苦しくて、眼を逸らす。今は何を聞いても、否定的にしか捉えられそうもなかった。『愛し合っていた』という言葉が鋭く刺さり、焦げる胸を押さえても、掌に感じるのは人工的な柔らかさ。嫌でも眼に入るマグノリアの揺れる乳房とは対照的で、尚更シェリルに自己嫌悪を運んできた。

「それじゃお願いね、ロイ。ありがとう。お礼は改めてするわ」

「いりません。押しかけてくるのは、これっきりにしてください」

帰り支度を始めた彼女は、シェリルにも惜しみない笑顔を向けた。無邪気な様子で上から下まで視線を走らせ、キラキラと瞳を輝かせる。

「昨日お会いした際にも思いましたが、シェリル様はとてもお洒落でいらっしゃいますね。安易に流行には乗らず、ご自分に似合うものを身につけながらも上手に取り入れていらっしゃる。あ、そのコサージュ、教会の傍にある大通りに面したお店の新作ですか？」

「え、ええ……」

「素敵！　今度ご一緒にお買い物をしませんか？」

「は……」

たった今、借金の申し込みをしておいて、いったい何を言っているのだろう。どうにも理解できずにシェリルは瞬きばかり繰り返してしまった。それを了承と取ったのか、マグノリアは自らのスカートをチョンと摘まむ。

「私、自分の格好に自信がないのです。いつも夫が決めてくれているのですけれど……他にも試してみたくて。でも失敗して嗤い者になるのは嫌ですし、悩んでいたのです。シェリル様、ご助言をいただけませんか？　こんなこと、相談できる友人もいなくて……」

「アリス夫人、クリフォード様を巻きこむな……！」

夫の事業が思わしくない時に、妻は服装や流行を気にしているというおかしな事態に唖然としてしまった。そんな場合ではないだろうと言いたくなるが、どうにか堪える。それは出会って間もないシェリルの役目ではないし、友人がいないというのが本当ならば、同情してしまう。それに万が一にもロイへと被害が及ぶのが恐ろしかった。彼女が今後彼にどんな面倒を持ち込むか、分かったものではないと感じられたからだ。

「……分かりました。私でよろしければ、ご協力いたします。ただし、新たな支出は控えた方がいいかと思います。お手持ちのもので工夫されてはいかがですか？」

やんわりと釘を刺したが、遠回しな言い方ではマグノリアには伝わらなかった。花開くように満面の笑みを浮かべた彼女は、全身で感謝を示し、シェリルの手を握る。

「嬉しい！　お友達になってくださるのね！」

断じて、そうは言っていない。頭を抱えたい気分でシェリルは頷くしかなかった。

その日以降、マグノリアに付きまとわれるようになったシェリルは、ロイと二人きりで会う時間が完全になくなってしまった。

勿論、いまだに『ロイがシェリルを酔っ払って襲った』という誤解は解かれていないし、彼の本音も聞き出せてはいない。いざ話し合いをしようとしても、どこから聞きつけたのか必ずマグノリアが押しかけてくるのだ。それは、ロイの仕事場でも自宅でも同じことだった。話そうとしている内容が内容なので、外で会うのも難しい。いつぞや連れこまれたホテルという手もあるが、あまり頻繁に未婚の男女が出入りするのも憚られる。結局、諸々の問題は後回しにされていた。

その中には、セドリックとのことも含まれている。

幼馴染は現在、遠方に住む彼の祖父が体調を崩したため見舞いに行っており、不在にしていた。一度手紙が届き、返事が欲しいと請われたけれど、帰ってきたらお答えすると濁したままになっている。やはり、言い難くても眼を見て話すのが礼儀だろう。

できることなら、セドリックが戻る前に全てを解決していたい。たとえロイにシェリルの気持ちが届かなくても、けじめはつけたかった。そんな想いは日々募るのに、あらゆることが空回りしている現状だ。今日もまた、ロイが忙しい中作ってくれた時間には、当たり前のようにマグノリアが同席していた。

「――お引き取りください」

ロイの怒りを滲ませた声が、彼の職場に響く。しかし意に介さない彼女は、六つの帽子を机に並べた。

「ねぇ、シェリル様。今日のドレスにはどの帽子が合うと思いますか？」

「はい？」

眼前には布製のボンネットや大きなへりに花やリボンを飾ったもの、羽根をあしらった豪華なものと色々な種類の女性用帽子がある。

「どれも私が気に入っているものなのですが……」

「そ、そうですか……」

「アリス夫人、いい加減にしていただかないと、貴女のご主人にもお伝えしますよ」

苛立ちを隠さないロイは冷ややかに告げる。心底うんざりしているのは、彼の顔を見るまでもなく伝わってきた。

「心配してくれなくても大丈夫よ。彼は私を信頼しているもの。それに、融資してくださったロイにはお礼をしないと！」

しょっちゅう押しかけることが何故お礼に繋がるのかは不明だが、彼女はそう信じて疑わないらしい。真意が通じない疲労感にロイは天井を仰ぎ、それから目線でシェリルに謝罪してきた。

——別に、謝ってほしいわけではないのに……

欲しいのはそんなものではない。この後、少しでも二人きりの時間が取れるのを祈りつつ、シェリルは嘆息した。

「……そうですね、この帽子に、そちらのリボンを結んだ方がより素敵ではないでしょうか。本日の色味にもよく合いますし」

「あら素敵。組み合わせを変えるなんて、考えもしなかったわ。流石シェリル様。相談して本当によかった」

感情を素直に表現するマグノリアはどこか憎めなくて、シェリルも突き放しきれなかった。そんな態度が彼女を増長させているのかもしれないが、これだけべったり張りついてくるということは、頼れる友人がいないというのも本当なのかもしれない。だとすれば、可哀想だと思ってしまった。

「——ロイ様、お客様がいらっしゃいましたが……」

「ああ、もうそんな時間か。すみません、シェリル様。ちょっとお待ちいただけますか？すぐに戻ってまいります」

秘書の言葉でロイは腰を上げた。最初から中座する約束だったので、シェリルは快く頷く。もともと多忙な中に無理をして作ってもらった時間だ。細切れになってしまうのは、仕方ない。だが、マグノリアは不満げに唇を尖らせた。

「もう、ロイったら……一言感想を言ってからでも遅くないのに……」

「お忙しいところにお邪魔しているのは、こちらですから……それよりも、本日のご用件は、帽子についてだったのですか？」

それだけなら何もここに来る必要はないのではないか。シェリルに直接会いに来ればいいし、ロイを巻きこむ必然性がない。そう言外にこめれば、マグノリアは可愛らしく肩を竦めた。

「だって、ロイにも私の顔を見せてあげないと」

「え？」

「あの人、昔から強情だから……本当は私に会いたくて仕方ないはずなのに、素直に言えないんです。だから、私が察してあげなきゃと思って」

ふふ、と漏らす笑い声は、どこまでも魅力的だ。シェリルには、ロイが本気で嫌がっているようにしか映らなかったのだが、幼馴染で元婚約者の二人には特別な絆があるのだろうか。言い知れぬ不安が広がり、侵食してゆく。ひょっとして、気持ちが再燃することもあり得るのでは――――とシェリルは言葉に詰まってしまった。

「ロイったら、何ごとも一度は嫌だとか格好をつけるんですよ。でも最後は絶対に私のお願いを聞いてくれます。いつだって彼にとっての一番は私。むしろ、私が我が儘を言って困らせるのを待っているみたい。その証拠に、融資だって快くしてくれたでしょう？　あんな大金、担保もなく出してくれるなんて……うふふ、まだ私のことが好きなのね。困っちゃうわ、夫がいるのに。そうそう、子供の時だって――」

シェリルの知らないロイの過去を、彼女は語り出した。思い出を共有していることが、純粋に羨ましい。妬ましいと言っても過言ではない。その上まだ心を残しているような言い方をされ、シェリルの身体は強張った。

「私だって、あんなことがなければ、今もロイの傍にいられたはずなのに……そうすれば、金策に走る苦労だってしなくて済んだはずよ。あの立派なお屋敷で、ロイの帰りを待っていられたわ」

「……でも、最終的に別れることを決意されたのは、貴女自身でしょう？」

別れさせられたとマグノリアは繰り返したが、あまりにも身勝手な言い分にシェリルの中で不快感が募った。

確かに、彼女の認識ではそうなのかもしれない。だが父親に逆らってロイを選び、共に苦労を重ねれば、違う未来へ辿りつけたはずなのだ。そうしない選択をしたのはマグノリア自身。誘導や強制があったとしても、最終判断を下したのは己ではないのか。

「違うわ、私には選ぶ自由はなかったもの。だから今私が幸せじゃないのは、皆のせいよね。お父様は強引に夫との結婚を進めたし、お母様も止めてはくださらなかった。夫だって、私に贅沢をさせてくれると言っていたのに、この有様よ。だから私は被害者だわ。勿論、ロイも」

――ああ、この人は……幸福は、誰かが作って提供してくれるものだと思っているんだわ……

支えられるのが当然で、自分が支えるという発想はない。苦労は分かち合うものではなく、他人が取り払ってくれるもの。そう認識しているのだろう。ある意味哀れだし、痛ましい。けれど、そういう女性が一定数いるのも事実だ。

「シェリル様なら、私の辛さを理解してくれると思ったのに……そんな言い方はあんまりだわ。私、傷つきました。今日はもう帰ります」

「――……そうですか、お気をつけて」

恨めしげに涙ぐむマグノリアをシェリルは見送った。

ようやく一人になれたことで、どっと疲労感が湧いてくる。どうも彼女と話していると、根こそぎ精気を奪われる気がする。

幸せになれる分岐はいくつもあったはずだ。今だって、心の持ちよう一つで変わるのではないか。しかし、マグノリアはそうしない。ないもの強請りをしているのはシェリルと同じだが、一歩踏み出す自分とは真逆にその場を動かず、周りに変化を求める彼女。可憐な外見に隠された歪みを垣間見て、自然と溜め息が漏れた。

どちらが正しいのかは分からない。ただ、シェリルがマグノリアのようには生きられないことだけは確かだ。

「私も、独りよがりにならないよう、気をつけなくちゃ」

「何を気をつけるのですか？」

「ロイ様」

呟きに返事をされ、シェリルは彼女が出ていったものとは別の扉を振り返った。そこには、用事を終えたロイが立っている。

「随分早いですね。もうお客様はよろしいのですか？」

「はい。ちょっとした確認だけでしたから。……アリス夫人は帰られたのでしょうか？」

「ええ、つい先ほど」

答えながら、彼女の言葉がシェリルの頭に響いた。――『まだ私のことが好きなのね』

――ロイ様は、本心では今もあの人を……？

「……？　どうされましたか、シェリル様。顔色が悪いようですけれども……まさか、彼女に何か言われましたか」

「い、いいえ」

聞いてしまえばいい。ぐちゃぐちゃと思い悩むよりも、その方が確実だ。しかしシェリルの口は重く閉ざされたままだった。聞くのが怖い。本当はその通りだなどと認められたら、どうすればいいのか想像もつかない。

今までならば、自ら道を切り開いてきたのに、たった一言が口にできなかった。いつからこれほど臆病になったのだろう。ロイに関することでだけ、シェリルは自分が弱々しくなってしまうことを痛感していた。これではマグノリアと変わらない。

「シェリル様、私と彼女は本当に何の関係もないのです。確かにかつては婚約していましたが、あの頃だって――」

真摯に言葉を選ぼうとするロイを、シェリルはじっと見つめた。瞳の奥にある真実を探るには、二人の距離が遠すぎる。シェリルは立ち上がり、彼の前まで歩いていった。

「……ロイ様、あの夜のこと……酔って覚えていらっしゃらないということでしたが、何故私を抱いたのでしょうか。貴方は、そういった刹那の関係を軽々しく結ぶ方なのですか？」

「違います、そんなはずはないでしょう！」

猛然と否定する彼は、見ているこちらが苦しくなるほどの苦悶の表情を浮かべた。握り締めた拳は小刻みに震えている。そこに、滲み出る本音を探した。言い訳ならば、聞きたくない。欲しいのは安っぽい自己弁護でも謝罪でもない。一番奥にあるロイ自身。

「何を言っても信用できないとは思いますが……少なくともシェリル様にだけは、不誠実な態度をとるつもりはありません。だからこそ、自分から離れようと決意したのに……」

「離れる……？　何故……」

「貴女は、セドリックを愛しているのでしょう？　そのためにずっと努力してきて、ようやく実ろうとしている。だったら、私の存在は邪魔にしかならない。こんな……女性を信じることも愛することもできない私など……」

明確な言葉が欲しくて、シェリルは焦れた。彼が言おうとしてくれているのは、期待していた内容なのか。それとも思いこみにすぎないのか。独りよがりにならないよう戒めたばかりなのに、早くも気持ちが先を急いでしまう。だが、ロイの築いた砦はなかなかの難物だった。

幾度も視線を彷徨わせ、唇を戦慄かせても、彼は最後の一線を越えてはくれない。迷いの中で葛藤していた。近しい二人の女性から与えられた傷が深すぎて、身動きできないのだ。それを、臆病だと責める気にはなれない。シェリル自身、セドリック一人に抉られた傷口を癒やすのに、どれだけ時間がかかったことか。乗り越えられたのは、ロイが導いてくれたから。彼にその気はなくても、励まし自信を取り戻させてくれた。けれどもロイは、シェリルの何倍も傷ついている。その後も、きっと嫌悪を覚えるような女性ばかり見て、余計に不信感を募らせ歪んでいったに違いない。

だが、以前彼はシェリルを『別だ』と言ってくれた。全てではなくても、傾けられている心を感じる瞬間だってある。

今が、頑張り時――少しでも可能性があるのなら、この瞬間を逃せば後悔する。

意志を固めてロイへ手を伸ばす。強張ったままの彼の拳を開かせ、自分の胸へと導いた。

「……シェリル様っ？」

「……このところ、レッスンを受けていませんから。でも、自分で色々続けていました。我ながら効果が出ていると思うのですが、いかがです？　ロイ様には確認する義務があります」

シェリルにとって自分から男性に身体を触らせるなど、生まれて初めての体験だ。恥ずかしくて今にも顔から火を噴きそうだが、掻き集めた理性で平静を装う。ロイに振り払われないことから力を得て、更に強く押しつけた。僅かながら肉のついた乳房は、微かに沈みこむ。今日も詰め物はしているが、上の方の感触は本物だ。何度も触れた彼になら、分かるはず。

「いけません。放してください」

「直接、確認してみますか？」

口では尻込みするような発言をしながらも、ロイは手を引こうとはしなかった。大人しくシェリルの胸に掌を置いたまま、指一本動かせずにいる。以前は、傍若無人に揉んだくせに。

行為だけで考えるなら、今の方が遠慮はある。しかしそれは、二人の関係性が変わったからだ。色んな意味で近づいたからこそ、生まれた緊張感と躊躇い。それを好意的に捉えたい。シェリルは瞳に力をこめ、ロイを凝視し続けた。陥落したのは、彼の方。

「……貴女のそういうところ、本当に嫌になるほど魅力的だ」

微かに揺れた指先が、シェリルの弱い頂を擦った。ピクリと背筋を震わせれば、今度はロイの手が確信的に円を描く。

「……んっ……」

「誘ったのは、シェリル様ですよ。昼間の、こんな場所で」

耳元で囁かれる声が艶を帯びる。空気を変えたロイが蠱惑的な笑みを浮かべた。深みを増した紫色の瞳が輝いた瞬間——

「忘れ物をいたしましたわ」

勢いよく開け放たれた扉の向こうに、帰ったはずのマグノリアが立っていた。手には沢山の帽子を収めた鞄。慌てて離れたシェリルたちを見て、怪訝そうに眉根を寄せた。

「何をなさっているの？」

「いえ、ちょっと打ち合わせを……」

「シェリル様が？　そうですか。——あ、これこれ、先ほどリボンを解いた時に造花を置いたままにしてしまいました」

机の片隅に残されていた小花を取り上げると、彼女は妙に芝居がかった一礼をした。

「ふふ、私ったらすぐ失敗をしてしまうの。ロイにもよく、放っておけないと言われたわね」

「……昔のことでしょう」

「嫌ぁね、十年も二十年も前のことじゃないわよ。貴方よく忘れ物をしなくなるおまじないだって言って、私の額にキスをしてくれたじゃない。そっちこそ忘れてしまったの？」

「……」

見せつけるようにロイへしなだれかかりながらも、無邪気なマグノリアには深い意味などきっとない。夫がいる彼女にとってロイは、記憶の中にあるいい思い出の一つにすぎないはず――そう自分に言い聞かせてシェリルは平静を装った。

彼に、心が狭く束縛心の強い女だとは思われたくなかったからだ。そんな権利もないのに、二人を引き離してしまいたいという願望は押さえこむ。

「昔の話をしたら、何だか懐かしくて堪らなくなってきたわ。ねぇ、ロイ。二人の思い出の場所に行ってみない？」

「は？」

眉間に皺を寄せるロイに構わず、マグノリアは彼の手を取った。そして強引に外へ向かって引っ張りだす。

「よく遊びに行った小川に行ってみましょうよ。あの辺り、ほとんど変わっていないの。貴方こっちに戻ってから仕事ばかりでしょう？　息抜きも必要だわ」

「放してください。そんなところに興味はありませんよ」

「遠慮しなくてもいいのよ」

聞く耳を持たないとは正にこのこと。歩き出そうとしないロイの腕に絡みつき、マグノリアは満面の笑みで返した。

「ロイの本当の気持ち、私だけが分かっているから」

「いい加減に……！」

まるでいない者として扱われているシェリルはひっそりと溜め息を吐いた。自分は知らない時間を共有する二人が羨ましく、彼女が妬ましい。そんな感情を抱いている自身にも嫌悪感が募った。まだロイと満足に話し合えたとはいえないけれど、これ以上惨めにはなりたくない。今日はもう退散しよう――そう諦めた瞬間、唐突に手を握られていた。

「シェリル様、行きましょう」

「は……!?」

わけが分からないままロイに引っ張られた。唖然としたのはマグノリアも同じ。シェリルは混乱しつつも彼と手を繋いで廊下を疾走した。

「え、え？」

「質問は後、走って！」

途中、呆然としていた秘書に「すぐ戻る」と声をかけたロイはなおしっかりと指を絡めてきた。激しくなる動悸は何が原因なのか判然としない。数年ぶりに走ったせいか、突然の展開のせいか。

後ろから聞こえるマグノリアの声がどんどん遠ざかり、階段を駆け下りて外へと飛び出す。それでも彼は立ち止まらず、シェリルの手を引いたまま石畳を蹴る。最初は困惑しかなかったが、スカートをたくし上げ、勢いよくヒールの音を響かせているとシェリルも次第に楽しくなってきた。

息苦しささえ愉快に感じ、流れてゆく景色が新鮮に映る。慌てて避ける人々の間をすり抜け、夢中で両足を交互に繰り出した。馬車で通り過ぎるのとも、徒歩とも違う。身なりのいい大人の男女が連れ立って走る奇異な姿は視線を集めたが、そんなことは全く気にならなかった。むしろ笑いを抑えきれないくらい面白い。

「ふ……あははは っ」

「シェリル様、まさかこんなに走っても平気だとは思いませんでした」

「馬鹿にしないで、毎日鍛えているもの！」

やがて息を乱したロイが乱れた前髪を掻き上げて、足を止めた。額に浮いた汗が艶めかしく、上気した頬へと伝い落ちる。きっとシェリルも似たようなものだ。化粧は剝げてしまっているだろうが、それよりも久し振りに思いっきり身体を動かした充足感で心地よかった。

「苦しい……でも、最高に気持ちがいいわ」

清々しい気分で深呼吸すれば、新鮮な空気が肺を満たした。かなり走ったらしく、気づけば町はずれに建つ教会の敷地内に立っている。木々の間を吹き抜ける風が、火照った肌を冷やしてくれた。

「私も、こんなに走ったのは随分久し振りです。まるで子供の頃に戻ったみたいだ」

「淑女を強引に走らせるのは、貴方くらいですよ。本当に信じられないわ」

そう言いつつ、シェリルも本気で非難するつもりなどない。軽口の延長として拗ねた振りをしてみただけだが、ロイも理解しているのか、芝居がかった仕草で腰を折った。

「大変申し訳ない、レディ。お詫《わ》びに、少々散策などいかがですか？　この教会の裏手の森は、とても静かで落ち着きますよ」

「ロイ様、お仕事は大丈夫なのですか？　こんなに急に抜けてきて……」

「ご心配なく。もともと貴女と会うために開けておいた時間です。戻らねばならない時間まではまだ余裕があります。ですから、もう少し……二人ですごしませんか？」

魅力的な誘いを断る理由はない。シェリルは二つ返事で了承した。

踏み締める草からは、緑の匂いが立ち昇る。木漏れ日に照らされた風景は優しく、葉擦れの音が耳を擽った。時折聞こえる鳥の鳴き声以外は、生き物の気配が感じられない。ひと気もなく、森の中にはシェリルとロイの二人きり。そう意識した途端、収まりかけていた鼓動が、再び速い速度を刻み始めた。

まるで逢引《あいびき》。彼にとってはそんな意図はないのかもしれないが、シェリルにとっては充分逢瀬《おうせ》だ。時計塔に誘ってくれた時から二回目の、秘密の時間。

「……本当に、子供の頃に戻ったよう……ロイ様、私も昔はよく森の中を駆け回ったりしたのですよ。そのたびに両親から怒られましたけれど」

お淑やかにしなさいと、何度叱責されただろう。けれど、女の子の遊びよりも、男の子の遊びの方がシェリルには魅力的に映った。お人形を持って室内にいるよりも、棒切れを摑んで走り回っている方が好きだった。思い返してみれば、それではセドリックに弟と認識されていても当然だ。我ながら乾いた笑いがこぼれてしまう。

「そのころのシェリル様も、きっと可愛らしかったのでしょうね」

「ガリガリの色黒で、しょっちゅうドレスを汚しては怒られていましたよ」

「とても活き活きされていたのでしょう。それなら、可愛くないはずがありません」

お世辞だと分かっていても、嬉しい。シェリルは自分に合わせてゆっくり歩いてくれるロイを見上げた。

「……みっともない、とお思いになりません？」

「何故？　快活な貴女も、素敵だと思います。元気がよすぎて、怪我をされるのは心配ですが」

幸い傷痕が残るような大怪我を負ったことはなかったけれど、子供の頃は確かに生傷が絶えなかった。大好きだった木登りを思い出し、シェリルは何気なく枝ぶりのいい木を見つめる。そう言えば、いつだったか足を滑らせ落下したのも、こんな形をした大木だった。掌には木肌の感触が思い出される。

「……久し振りに、登ってみますか？」

「え？」

「私も、上からの景色を眺めたくなりました」

シェリルの返答を聞く前に、彼はジャケットを脱ぎ捨て低い枝に手をかけた。瘤《こぶ》に爪先を乗せ、いとも簡単に身体を引き上げる。そうして体勢を安定させると、呆然としていたシェリルへ手を差し出してきた。

「どうぞ、お手を」

「でも」

やめろと注意されるどころか、まさか誘われるとは思わなかった。唖然とし躊躇うシェリルに、ロイは微笑みかけてくれる。

「しっかりした幹です。怖くはありませんよ」

「こ、怖がっているわけではありませんわ」

何だか馬鹿にされた心地がし、負けん気に火が点った。侮られてなるものかと、シェリルは数年振りに木へと触れる。ざらりとした不思議な熱。小さな虫が必死に上を目指して登っているのが眼に入り、自分もやってみるかという気分になった。周囲に人がいないのを一応確認し、スカートの裾をたくし上げ縛る。膝下が露出してしまったけれど、見ているのがロイだけなら構わなかった。シェリルが伸ばした手を彼が握ってくれ、しっかりと摑み、登るのを危なげなく補助してくれる。あっという間に高い位置まで辿りつき、一際しっかりした枝にシェリルは腰かけていた。

「わぁ……」

ぐっと広がった視界に、子供の頃とは違う達成感に酔いしれる。身長が伸び力もついたが、当時より体重は増えている。想像以上に勘は鈍っていたのか、予想より疲労は大きかった。それでも、ロイと並んで見る木の上からの景色は格別だった。

「綺麗……」

純粋に高さだけなら、時計塔から見下ろした時の方が絶景だった。いくら木に登ったとは言っても、森全体を見下ろせるほどの高さはない。精々、枝に作られた鳥の巣を間近で観察できる程度だ。だが今は、汗ばんだ肌を風が撫でてくれることが、最高のご褒美に思える。シェリルは思わず感嘆の声を漏らしていた。

「見慣れているはずのものさえ、角度を変えれば全く別のものに見えますね……」

そして、誰と見るのかにもよる。傍らにあるロイの熱を感じ、ときめきが収まらない。眼前に広がる緑一色の光景を前にしてさえ、シェリルの意識の大半は彼に占められていた。きっと、今日のことを忘れる日はないだろう。逢瀬とも言えない成り行きの逃亡だが、特別な記憶として自分の中に残り続けるに違いない。そう、思った。ロイにとっても同じであればいいと願いながら。

シェリルは隣に座る彼から視線を感じ、ゆっくりと右側を向いた。じっと注がれるアメシストの輝きに吸い込まれ、あらゆる音が遠退いてゆく。鳥の声も、木々を揺らす風の音も聞こえない。ただ、自分の心音と呼吸だけ。その中でお互いの瞳に姿を焼き付け合う。二人の距離を縮めたのはどちらからか。

不可思議な力に引き寄せられ、手を重ねていた。それでも足りずにシェリルはロイの胸へと寄りかかる。そして、口づけていた。

軽く触れ合っただけのキス。恐る恐る啄まれ、シェリルが潤んだ眼差しを向ければ、再び唇は重なっていた。彼の呼気が降りかかる。樹上から落ちないように気遣いながらのキスはたどたどしくもどかしい。しかしそれさえ糧にして、互いの息を奪い合った。シェリルがおずおずと舌を出せば、柔らかに吸い上げられる。甘やかに絡め、上顎を擽られ、歯列をなぞられた。無防備な口の中を余すところなく味わわれて、鼻から淫らな吐息が出る

のを堪えられない。

酔いに任せたキスとは違う。明確な意思のもとの行為。それが何なのかはっきり分からなくても、シェリルにとっては至福のひと時だった。

好きだと想う相手から慈しまれ、丁寧に髪を梳かれる。言葉ではなく触れる指先や交わす熱、眼差しで大切なことを伝え合った。それは台詞にして聞かせて欲しい内容だけれど、同時に口にされるのは怖い。期待して、裏切られるのは二度とごめんだ。明確な答えを望んでも、足が竦んでしまうのは事実。シェリルは身体を支えるために枝に置いていた手へ力をこめた。

いっそこのまま時間が止まってしまえばいい。そうすれば、ずっとロイと二人きりでいられる。宙に浮いた爪先が、深くなった口づけにピクリと震えた。

「……時間ですね。そろそろ、戻りましょうか」

「……そうですね」

彼の声音に含まれた名残惜しさが勘違いでないことを祈り、シェリルは木を下り始めた。するると、過保護なまでにロイが手を貸そうとする。

「……一人で大丈夫ですよ？」

「ですが、危ないので」

「いえ、平気です」

自分の意思で登っておいて、今更下りられないなどとのたまうつもりはない。シェリルは彼の申し出をありがたく思いつつ固辞した。自分でできることはしなくては。が、もう間もなく地面に足がつく、という時点になって油断してしまったらしい。しっかり掴まっていたつもりの手が滑り、シェリルは予定よりも高い位置から飛び降りる形になってしまった。

「きゃ……」

「シェリル様！」

先に下りていたロイが血相を変えて支えてくれたため大事には至らなかったが、少しだけ足首を捻った。と言っても、歩けないほどではない。さほど重篤ではないので、帰ったらマリサに言って冷やしてもらえば問題なさそうだ。

「痛……、すみません、驚かせて」

「そんなことは構いません。それよりも、よく見せてください。さ、ここに座って」

「え、でも」

シェリルが戸惑っている内に、彼は脱ぎ捨てていた上着を倒木の上に広げていた。そして強引にシェリルを腰かけさせる。

「失礼します、触りますよ」

「ロイ様、私ならば大丈夫ですから……」

靴を脱がされ、絹の靴下の上から検分された。どうやら彼は直接足首を確認したかったらしいが、そのためにはガーターベルトで止められた靴下を脱がねばならない。流石に屋外でそれは無理だ。男性に跪かれ足をとられている状況だけでも恥ずかしくて堪らないのに、これ以上は耐えられないとシェリルは真っ赤になって抵抗した。

「あ、あの、本当に平気ですから！」

「悪化したらどうなさるのですか？　ああ、やはり少し熱を持っていらっしゃいますね。私がもっと気をつけていれば……申し訳ありません」

「そんな、ロイ様が謝る必要なんて……」

沈痛な面持ちで、彼がシェリルの足首を撫でる。そして——

「きゃ……っ!?」

恭しく捧げ持った足の甲に口づけた。

布越しに感じるロイの唇。湿った吐息。壊れそうに暴れる鼓動。さっきまで靴を履いていて洗ってもいない状態の足にキスされるなど、考えてもいなかった。驚きのあまり見開いた視界で、彼の赤い舌が艶めかしく蠢《うごめ》く。

「歩かせるわけにはいきませんね」

動揺で動けないシェリルに、ロイがしゃがんだまま背中を向ける。意味が分からず固まっていると、彼はさも当然というように振り返った。

「私がおぶっていきます。どうぞ乗ってください」

「え!?　それは無理です！」

いい大人の男女がおんぶ。その光景を想像すると羞恥で身悶えそうになる。子供の頃ならばいざ知らず……と考え、ようやくシェリルは一つの可能性に思い至った。

ロイは、シェリルとセドリックとの過去を真似ているのではないだろうか。

――『例えば、転んだ私を助け起こして家までおぶってくれたり、木に登って下りられなくなったのを助けてくださったり……』

以前、自分が口にした言葉が蘇った。あれはそう、何故シェリルがセドリックに惹かれているのかを熱く語った日のことだ。幼い頃の思い出を蛙だけではないと熱弁した内容を、再現しようとしているというのは、考えすぎか。その意図は分からないけれど、何故か胸が熱くなる。もしも想像通りなら、先ほどのキスも『やり直し』なのかもしれない。彼が酩酊していた夜、奪われるようにして重ねた唇。それでもシェリルは嬉しかったが、ロイにとっては今日が初めてに等しい。だからなのか一つひとつ愛おしみ、大切に扱ってくれた気がした。

――それは、私との口づけを大事に思ってくださっているということかしら……

「遠慮なさらずに。シェリル様一人くらい、運ぶのは簡単ですよ」

暫し迷いはしたが、最終的には甘酸っぱい想いに背中を押され、シェリルは恥ずかしさを堪えてロイの肩へと手を伸ばした。

「……途中で音を上げても、知りませんから」

「上げませんよ。……誰にも、譲りません」

見た目よりもがっしりとした彼の背中に身を預け、眼を閉じる。動くたびに感じる逞しさに陶然とした。お尻の辺りを支えられるのはどうにも気恥ずかしいが、ロイの首筋に顔を埋めることでシェリルはごまかした。煩く鳴り響いて仕方ない心音は二人分。自分のものと、彼のもの。重なり合う韻律が心地いい。走っていた時よりも速度を増した脈拍はきっとロイにも伝わっている。草を踏む一人分の足音に耳を澄ませ、シェリルはひっそりと微笑んだ。

不用意に言葉は交わさない。それよりも、一瞬を惜しんで互いの感触だけを味わった。


そんな幸福を噛み締めて、森を抜ける頃にはおんぶから横抱きにしてもらっていた。流石におぶわれたまま街中を歩く勇気はシェリルにはない。本当は歩けるから下ろしてくれと主張したのだが、爽やかに却下され、仕方なく選んだ折衷案が横抱きだった。それでも顔から火を噴き出しそうで、ずっとロイの胸にしがみついていたが。

だから、気がつかなかった。

物陰からじっとこちらを見つめるマグノリアが、澱《よど》んだ瞳をしていたことに。

7　理想の男

三日後、シェリルはロイの屋敷に来ていた。マグノリアの耳には入らぬよう、時刻は夜、こっそりと。

今日のドレスは、今までならば決して着られなかった襟の詰まっていないものだ。と言っても、大胆に胸元を露出する服ではない。鎖骨が見える程度だが、シェリルにとっては大冒険だった。屈めば、隠された肌が少しだけ垣間見える。そう意識すれば、緊張感で尚更背筋が伸びた。

「素敵ですね。今日の格好もとてもよく似合っています」

出迎え早々ロイが褒めてくれ、心が華やぐ。きっと他の誰に称賛されても、こんなに嬉しくなることはないだろう。ときめく胸は正直にシェリルの心情を伝えてくれた。

今日こそは、あらゆることに決着をつけたい。早ければ明日の午後には、セドリックが帰ってくる。それまでに、心の整理をしてしまいたかった。尤も、もしもロイに振られたとしても、シェリルが幼馴染の手を取ることは絶対にない。

「……責任を取って欲しいと言うつもりはありません。無理やりされたわけではありませんから」

腰かけるなり核心から話し出したシェリルに、彼は驚きを露わにした。

「無理やりでは……ない？」

「ええ。ロイ様は確かに酩酊されて正常な判断力をなくされていましたが……力ずくでどうこうなさったのでは決してありません。私も、そう望んだからです。そもそも私、本当に嫌ならば返り討ちにするか、最悪の場合でも黙って泣き寝入りなどいたしませんし」

「でも、シェリル様は、セドリックを愛していらっしゃるのでしょう？」

それこそが誤解の発端かと、どっと疲れを感じた。もとをただせばシェリルとロイを結びつけたのはセドリックとのことだが、今は違う。心を占有しているのは、幼馴染ではなく眼前のロイだ。

「私は、ずっとセドリック様を好きだと思っていました。そこに、嘘はありません。でも、幼い頃のままの純粋な想いだったかと問われると……意地や執着が混じっていたのではないかと思います」

彼を振り向かせたかったのは、幼かった自分を慰めたかったから。眼中にないと切り捨てられた己を、救ってやりたかった。とても無垢な恋心だけが理由とは言えない。その証拠に、結婚を申し込まれ、具体的な未来を描いた瞬間に怯んでしまっていた。あの時の正直な気持ちを包み隠さず言うのなら――『そんなつもりではなかった』だ。シェリルにとって、セドリックを振り向かせられれば、そこで終わり。相手にも感情があるということをすっかり忘れて、過去の悪夢に勝利した気にさえなっていた。人を愛することに勝ち負けなどないのに――

「……私、嫌になるくらい打算的で狡《ずる》い女です。ロイ様が嫌悪する女性たちと同じ……」

今の気持ちを全部知ってもらいたくて、シェリルは汚い部分も醜い部分も洗いざらい吐き出した。ロイにだけは取り繕いたくない。もしも全てを聞いて彼が離れてゆくなら仕方ない。縁がなかったと諦める。それでも、もし、ロイが傷を乗り越えて手を差し伸べてくれたなら――

「ロイ様は、マグノリア様をまだ愛していらっしゃるのですか？」

全てを吐露した勢いで、何度振り払ってもどうしても拭いきれない疑念をシェリルは正面からぶつけてみた。心臓は馬鹿みたいに暴れている。握り締めた拳は、震えていた。

「は……？　前にも否定したはずですが、どうしてそうなるのですか？」

「だって……」

この数日思い悩んでいる胸の内を曝け出す。嫉妬深い女だと呆れられてもいい。本音を押し殺してこの先も後悔するよりは、ずっといい。勇気を掻き集めたシェリルは、俯くことなく顔を上げた。

「――馬鹿馬鹿しい。融資の申し込みを受けたのは、貴女に迷惑をかけないためです。アリス夫人の様子では、シェリル様にまで累が及ぶと感じられたので……貴女を守れるのなら、あんなはした金回収できなくても構いません」

「それ、は……」

まるで告白じみた物言いに心臓が高鳴る。痛いほどに速度を増した鼓動が、内側から胸を叩いていた。

単純に、自分の知り合いが他者に迷惑をかけるのを見過ごせなかったという意味か。それとも、シェリルが『特別』だからという意味か。煩く駆け巡る血潮のせいで、頭は上手く働かなかった。絡んだ視線がお互いの役割を変える。友人でも、教師と生徒でもない。シェリルにとって初めての関係性へ。

「アリス夫人とのことは、私にとって完全に終わったことです。恨みもない代わりに、愛おしさもありません。……そう思わせてくれたのは、シェリル様です。私にとって貴女は――」

「――旦那様、申し訳ありません。アリスご夫妻がいらっしゃっております」

使用人の無粋な声に阻まれて、ロイの言葉は尻すぼみに消えた。何とも間の抜けた空気が流れる。彼は深々とした溜め息を吐き、苛立たしげに手を振った。

「夫妻……？　こんな時間に二人で来たのか。来客中だから、帰ってもらえ」

「ですが、どうしても返済についてお話ししたいと――」

「それは今日でなくてもいいだろう。返済日はひと月も先だ」

苛々と返すロイに、使用人は困り果てているように見えた。マグノリアは主の幼馴染で、現在は言ってみれば取引相手だ。無下に扱うのも躊躇われるが、主人の意向に背くわけにもいかないといったところだろう。

「ロイ様、私でしたらここでお待ちしていますので……お仕事は、全力でなければつまらないのでしょう？」

以前彼が言っていた台詞を引き合いに出し、背中を押した。とにかく一度は顔を合わせなければ、彼女は納得しないだろう。今は、ロイが言いかけてくれたことだけで、信じて待つことができる。

「……分かりました。確かに、会わなければ彼らは容易には帰らないでしょうね……。すぐに戻ります。ですから、必ず待っていてください」

「はい」

後ろ髪を引かれる様子で退出していった彼を見送り、シェリルは身体の力を抜いた。

緊張した。こんなに相手の一挙手一投足に気を配り、言葉の裏を探ろうとしたのは初めてかもしれない。社交界で上手く立ち回るためにも気を張ってはいたが、それとは全く違う種類の疲労感がのしかかる。けれども、心地よかった。

他人の価値観に沿うものではなく、自分の頭で考え、心で感じた判断を下すのは本当に難しく辛い。だが、とてつもない充足感がある。己の足で立ち、未来を選ぶ達成感。責任は重いが、代わりに自由だ。シェリルは自らの頬を叩いて気合を入れた。

「よし、頑張らなきゃ」

「――――何を頑張るとおっしゃるのですか？　シェリル様」

少女めいた可愛らしさの奥に、ひどく冷たいものを孕んだ声が、突然かけられた。驚いてシェリルがその方向を向くと、ここに現れるはずのないマグノリアが佇んでいる。後ろから「お客様、勝手に困ります……！」と涙目のメイドが追いかけてきていた。

「え？　ロイ様が出迎えられたのでは？」

「何度もこの屋敷には来ていますから、間取りは把握しています。きっとシェリル様はここに通されているだろうと思ったら、案の定ね。……私のことは、玄関ホールで追い返そうとしたみたいだけれど、そうはいかないわ。夫に足止めをしてもらって、よかった」

まさか勝手に入りこんできたのか。家人ではないので強くも言えないが、流石にこれは目に余る。こうもシェリルと訪問が重なるのは不自然だし、一言抗議した方がいいかもしれない。そう考えたシェリルは、立ち上がって彼女の傍に歩み寄った。

「マグノリア様、いくら火急の用があったとしても……」

「この泥棒猫！」

パァンッという炸裂音と共にシェリルの頬に衝撃が走った。揺れた視界の理由が分からない。ただ、ジンジンと熱を持つ頬が、痛みを訴えた。

「え……？」

「貴女のせいでロイは変わってしまったのよ！　昔は何があっても、私を優先してくれたのに！　彼は今でも私を愛しているの！　仕方なく別れさせられたけれど、お互いの気持ちは全く変わっていないんだから！」

甲高い喚き声は耳障りだ。箍《たが》が外れたように喚くマグノリアは、別人じみた表情を醜悪に歪めた。更に手を大きく振りかぶり、もう一度シェリルを殴ろうとしてくる。

「アリス夫人、おやめください！」

悲鳴をあげたメイドが後ろからマグノリアを押さえこもうとしたが、怒り狂った人間を簡単に止めることはできない。あっけなく振り解かれ、あまつさえ突き飛ばされたメイドは壁に激突した。

「きゃあっ、何てことをするの!?」

足を痛めたのか、彼女は床に転がって苦悶の表情を浮かべている。シェリルは駆け寄ろうとしたが、一顧だにしないマグノリアに詰め寄られてしまった。

「謝りなさいよ！　何故私の邪魔をするの？　何故私のロイを盗るの？　彼は私のものなのに、どうせ貴女が誑《たぶら》かしたのでしょう。そうでなきゃ、ロイが私以外の女を優遇するはずはないもの」

「は……？」

あまりの意味不明さに、シェリルは糾弾《きゅうだん》する言葉を奪われた。こちらが混乱している間に眼前に迫ったマグノリアは、グレーの瞳に気味の悪い焔を揺らめかせる。

「皆酷いわ！　私を陥れようとして……本当なら、この屋敷で何不自由なく暮らしていたはずなのに……どうしてこんなに苦労しなければならないの？　今なら私の両親もロイを認めてあげるのに、彼ったらその気はないと言って……全部、シェリル様の入れ知恵なんでしょう？　私、分かっているんだから！」

ドンッと肩を押されて、シェリルはよろめいた。彼女の話が見えないのはいつものことだが、今日は一際酷い。呆然としたまま反応しないシェリルに焦れたのか、マグノリアはますます眦を吊り上げた。

「三日前のことよ！　貴女たち、抱き合っていたじゃないの……しかもおぶわれて！　あんなこと、私だってしてもらったことはないわ。あの後、私ロイに問い詰めたの。私というものがありながら、どういうつもりかって……そしたら彼、私のことなんて何とも思っていないって……でも、そんなの嘘だってすぐに分かったわ。そう言わなければ不味いものね。夫がいる私に気を遣ってくれたのよ……優しい人。だから、諸悪の根源はシェリル様なんだって、私は気がついたの！」

　論理が飛躍しすぎていて、さっぱり理解できない。シェリルは痛む頬を押さえながら、一歩後退った。これは、まともに相手をしてはいけない部類な気がする。夜会の際に絡んできた女性とはまた違う。いくら話をしても、通じる予感がしないのだ。

「落ち着いてください、マグノリア様。とりあえず座られてはいかがですか。お茶は飲まれます？」

　蹲ったまま呻いているメイドの安否も気になるが、少しでも冷静になってもらおうとシェリルは敢えてのんびりと話しかけた。しかし、それがまたマグノリアの怒りに油を注いでしまったらしい。

「何よ、馬鹿にしているの？　とにかくロイを私に返して！」

「返すも何も……もともと彼は貴女のものではないでしょう」

　反射的に言い返してしまって、しまったと思った。いつものように上手く躱せなかったのは、話の内容が彼のことだったからだ。まるで自分の所有物のように捉え、信じて疑わないマグノリアに苛ついてしまった。自身のことならば許せても、ロイに関することは聞き流せない。

「ロイは生まれた時から私のものよ。これから先もそれはずっと変わらないの！」

「そんなのおかしいわ。貴女は別の男性と結婚したでしょう？」

「それとこれとは話が別よ。彼が本当に愛しているのは私だけ。そうでなくちゃ、おかしいもの」

結局話は同じところへ戻ってきて、マグノリアは言いたいことだけを何度も繰り返した。

『ロイは自分を愛してくれている』『婚約解消は自分たちの意思ではないから、今も有効』『彼はこれから先も愛する自分を第一に考えて行動するべき』――完全におかしな論理だ。しかも恐ろしいのは、彼女が心底そう思いこんでいるところだった。妄信しているからこそ、ロイの拒絶は全て遠慮や照れに見えるらしい。そして、意のままにならない原因をシェリルだと決めつけていた。

「貴女のせいよ……そうよ、どこかへ行って！　あの人は私と別れて以来誰とも深い仲にはなっていないわ。ずっと私のことを思い続けてくれている証拠よね」

「それは……マグノリア様のせいもあって、ロイ様の価値観が歪んだだけじゃない……」

女性を信じられなくなったのと、忘れられない女性に操を立てているのは意味が違う。随分自分に都合よく解釈する彼女に思わずシェリルは現実を突きつけてしまった。

「あの方は苦しんでいたわ。そのことに対して謝罪もなく、いったいどういうつもりなの？　やっと乗り越えつつあるのに、今更蒸し返すなんて……迷惑でしかないじゃない」

だが、正論が常に助けてくれるわけではない。まして、激高している思いこみの強い人間にとっては、逆効果の場合もある。今はまさにその状況だった。

「何よ……っ、偉そうに！」

マグノリアは棚の上に飾ってあったものを摑み、片っ端からシェリルに向かって投げつけ始めた。中には硬いものやガラス製のものまであるがお構いなしに放り投げる。狙いが定まっているとは言えないから避けることは容易だが、傍らから聞こえた悲鳴にシェリルは慌てた。

そこには、立ち上がれないままのメイドが青褪めて震えていた。足首が痛むのか避けられず、飛んできたガラスの破片から身を守ろうと丸まっている。なまじマグノリアがシェリルを狙いきれないせいで、メイドに被害が及んでいた。

「ヒィッ」

これはいけないとシェリルは蹲る彼女から離れかけたが、その時マグノリアが摑んだものに慄然とした。

「ちょ……それはっ」

マグノリアの手にあったものは、火の灯ったランプ。勿論中には、なみなみと油が満たされている。

「ふふふ……シェリル様が悪いのよ。私のものに手を出すから……ロイが間違ったのなら、私が正してあげなくちゃ。だって、婚約者だもの」

彼女の手から振りかぶられたランプが放れる。放物線を描いて向かってくる物体は、最悪なことにメイドがしゃがむ場所へと吸い込まれていった。

「きゃああ――――ッ」

「危ない……！」

咄嗟にシェリルは絶叫するメイドに覆い被さった。ぶつかれば、ただでは済まない。覚悟を決め、眼を瞑る。けれど幸いにもランプは二人の手前に落下し、派手に砕け散った。

「あ……！」

しかしほっとしたのも束の間、たちまち絨毯に引火して燃え広がる。シェリルとメイドの前には、燃え盛る赤い壁が立ちはだかった。まだ火の幅は小さく、シェリル一人ならば、迂回するなりして逃げられるかもしれない。だが足首を押さえたまま身動きの取れないメイドには無理だ。

「ひ……っ！」

悲鳴は、全員の口から漏れた。マグノリアはようやく自分のしでかした事態を把握したのか、急に弱々しい表情を浮かべて左右を見渡し、涙ぐんで慌て出した。

「そ、そんなつもりじゃなかったのに……怖い、誰か助けてぇ！」

外への扉は、マグノリアの背後にある。部屋の奥にシェリルとメイド。その間に火災が起きていた。

「マグノリア様、人を呼んできてください！」

「そ、そんなことしたら……私が悪いと責められてしまうじゃない……嫌よ、私は一つも悪くないもの！」

「そんなことを言っている場合ではないでしょう！」

床に敷かれた絨毯を焔が舐め、カーテンへと火の手は近づいていった。あれに引火してしまえば、もっと大変なことになってしまう。シェリルは咄嗟に布の端を掴み、引き千切るようにして外した。

「早く！」

「もとはと言えば、シェリル様が悪いのよ。貴女が避けたりしなければ……」

「マグノリア様！」

踵《きびす》を返したマグノリアは、扉の外へと走り去った。助けを呼びに行ったのではない。一人で、逃げ出したのだ。ご丁寧に扉まで閉めて。

「シェリル様……貴女だけでもお逃げください……」

ガクガクと震えながらも、メイドは言った。まだ年若くシェリルとあまり変わらない年齢の彼女は、涙や鼻水を流しつつ顔を上げる。

「あ、貴女お一人ならば……」

「そんなことできるわけがないでしょう！」

メイドを置いて人を呼びに行く手もある。だが動けない者を置き去りにするのは躊躇われた。肩を貸して一緒にというのも論外だ。時間がかかるし、自分よりも大柄な彼女を支えられる自信はない。そして何よりも――瞬時に判断し周囲を見回したシェリルは、部屋の隅に飾ってあった巨大な花瓶へと駆け寄った。小さな子供であれば入《はい》れてしまいそうなそれから花を抜き、ついさっき外したカーテンを代わりに突っ込む。たっぷりと水を吸い重くなった布を抱え、再びメイドの傍に戻った。

「片側をしっかり持っていて頂戴。いい？　いくわよ」

「は、はい」

息を合わせて、火元を濡れたカーテンで覆い尽くす。嫌な臭いと煙が立ちこめ、シェリルの喉と瞳を刺激した。布の下では、まだ焔が力をなくしていないのが感じられる。シェリルは再び花瓶の置いてある場所へ戻ると、水の量が減り重量の軽くなったそれを蹴り飛ばして引っくり返し、残った水もぶちまけた。

シュウシュウと断末魔の叫びをあげながら火は消えてゆく。応接室の家具に引火していなくて幸いだった。燃えやすいものがなかったことに感謝して、シェリルは噎《む》せているメイドに声をかける。

「足は、大丈夫？」

「は、はい、私は大丈夫です……ああっ、シェリル様！」

「え？」

真っ青になった彼女に示された場所に触れ、シェリルは自分の髪がかなりの長さ焦げてしまっていることに気がついた。夢中で分からなかったけれど、火を消すために濡れた布をもって覆い被さったのがよくなかったらしい。他にもあちこち煤だらけだ。ドレスには焦げがあるし、手指にも火傷を負っている。おそらく、顔にも。

「私のせいで……申し訳ありません！」

「貴女のせいではないでしょう？　それより、一刻も早く足首を冷やした方がいいわ。腫れ始めているじゃないの」

お互いを気遣いながら慰め合っていると、荒々しい足音と共に数人が飛びこんできた。

「シェリル！」

忘れられてしまったあの日、たった数回だけ親しげに口にされた呼び名。その声に反応して顔を上げれば、今一番会いたい人がそこにいた。シェリルは強い。大抵のことは何でも自分でできるし、危険回避だってお手のもの。だが、時には誰かに寄り添ってもらいたくなる。守って欲しいわけじゃない。ただ、『頑張った』と褒めてもらいたいだけだ。

「ロイ様……申し訳ありません、絨毯とカーテンを犠牲にしてしまいました」

「……」

「そんなこと、どうでもいい。アリス夫人の様子がおかしかったから、駆けつけてみれば

「シェリル様は、私を庇ってくださったのです。お一人なら簡単に逃げられたのに……」

涙ながらにメイドが語れば、ロイは小さく息を呑んだ。そして彼女の怪我を労わり、一緒にやって来た別の使用人へとメイドを託した。

「医師を呼べ。彼女の実家にも連絡を」

「ロイ様……」

人目も気にせず、彼はシェリルを抱き締めてくれた。その腕と香りに包まれ、やっと身体中の力が抜ける。すると、初めてあちこち痛むことを自覚した。顔や手は勿論、節々が軋むように悲鳴をあげる。

「……いつも私は貴女の危機に間に合わないな。シェリル様が自力で解決した頃に、ノコノコ現れるだけで……情けない」

「いいえ、来てくださって安心しました。ロイ様でなければ、こんなふうに無防備になって寄りかかれないから……」

心を解放できる相手だから、冷静さを取り戻せる。そうでなければたぶん、今も傷の痛みに気がつくことさえなかっただろう。作り上げた『シェリル・クリフォード』の仮面を被り、毅然として弱さを曝け出せなかったに違いない。甘やかしてくれるロイに額を預け、シェリルはゆっくり息を吐き出した。

「……怖かった……」

「すぐに医師が来ます。髪も何とかしなければ……シェリル様、貴女が我が家の使用人を守るために必死になってくださったのは感謝します。でも何故、こんな無茶をなさったのですか。一歩間違えれば、もっと大怪我を負われたかもしれないのに……」

「だって、火が大きくなれば、他にも被害が出てしまいます。自分だけ逃げてめでたしめでたしとはいかないわ。命の重みは皆一緒。髪なんていずれ伸びますし、ドレスは直せば済むことです。火傷だって、その内消えます。でもこの部屋には、ロイ様にとって大切なものがあるではないですか」

彼は無謀だと咎めているのではなく、あくまでも自分を心配してくれているが故の苦言だと分かるから、シェリルは温かな気持ちのまま答えた。そして、壁に飾られた絵画を指し示す。そこには、ロイたち家族の肖像画がかかっていた。

「あんなもののために……？」

「ロイ様が、ご家族と色々あったのはお聞きしました。そのことが原因で、今も苦しんでいらっしゃるのも理解しているつもりです。けれど、それでもなおあの絵を飾っているというのが、貴方の本心なのだと思います。以前家族で住まわれていた家は処分したとおっしゃっていましたね？　でもご家族の肖像画は手放さなかったのでしょう？　――きっと大切なものだと感じたから……守らねばならないと思ったんです」

やり遂げた自分が誇らしく、シェリルは胸を張った。だが同時に、混乱したままの身体は制御がきかず、勝手に涙が溢れ出す。

「……あら？　煙が眼に沁みたのかしら……？」

　ボロボロと流れ落ちる雫は、止まる気配もなく次々に頬を伝った。その上、今更全身が震えて仕方ない。強張った指先では涙を拭えず、シェリルは困惑の声をあげた。痛む肌と焦げて縮れた髪が視界に入り、何ともみっともない有様にほんの少し悲しくなる。

「どうして？　大きな被害が出なくてよかったはずなのに……」

「貴女って人は……どこまで……」

「は？」

　苦しいほどの力で抱き締められて、シェリルはロイの胸の中にすっぽり包まれた。涙が、彼の服に吸い込まれてゆく。

「愛しています、シェリル様。誰かに頼るのではなく、常に自分の力で未来を切り開いてゆくその姿勢も、時折見せてくださる弱い部分も全て、尊敬してやみません。身の程知らずだとは分かっていますが……もしも、セドリックの求婚を断るのならば、私との未来を考えてみてはくれませんか？」

　柔らかく、けれどはっきりと耳に届いた告白。だが頭が理解に追いつかず、シェリルは暫し呆然としてしまった。

「あの……？」

「シェリル様が、私に信じることや愛することを思い出させてくださいました。どうかこれから先の人生を、共に生きてください。結婚していただけませんか？」

欲しかった言葉。自分を変えようと決意した十二歳の時とは相手が変わったが、ずっと望み続けた『たった一人からの求愛』が眼の前に差し出されている。大勢でなくていい。一番大切な人からの『特別』。シェリルの感激で震える喉は、上手く機能してくれなかった。

「私を、選んでくださるのですか……？」

「貴女以上の女性が、いったいどこにいるんです？　努力家で自立心が強く、勝気で好奇心が旺盛。こんなに一所懸命な人は、他にいませんよ。すっかり理想の高くなってしまった私に償ってくれてもいいと思います。シェリル様に断られたら、もう行き場がありません」

彼が求める理想の中には、外見的な要素は一つもなかった。それどころか、『控えめ』『か弱さ』などの一般的に美徳とされる項目もない。普通なら嫌厭されることをあげ、シェリルを求めてくれている。

「本当に？　私を愛してくださるのですか？」

「それはこちらの台詞ですよ。シェリル様こそ、こんな臆病な私を愛してくださるのですか？　選択権は、貴女にあるのです。だからどうか選んでください。セドリックでも他の誰かでもなく、私を生涯の伴侶として」

「私が、選ぶ……」

決められるのでもなく、流されるのでもなく、責任の伴う選択。ロイの手を取れば、父親は反対するかもしれない。いずれ彼は準男爵に叙される予定もあるらしいが、今はまだ一介の実業家だ。身分が違うと反対され、後ろ指をさされる可能性もある。セドリックの方が結婚相手として相応しいと言われるかもしれない。それでも――

「はい。私を、貴方の妻にしてください」

手を握り合い、視線を絡ませた。

たとえ父親に罵られ勘当されても構わない。ロイの傍で生きてゆけるなら、それだけで幸せを感じられる。自分にできる全てでもって、ロイを支えたいとシェリルは思った。

どちらからともなく口づけを交わす。最初は啄むだけだったそれは、すぐに深いものへと変わっていった。夢中で舌を伸ばし、シェリルからも積極的に粘膜を擦り合わせる。ゾクゾクとする擽ったさは、陶然とする熱を生んだ。

「ん、……ぁ」

隣にいるだけでこんなにも安らげる人は他にいない。

もっとお互いの隙間を埋めてしまいたいと、シェリルがロイの背中に手を回した時、廊下から金切り声が聞こえた。乱れる複数の足音も入り混じる。

「私は何も悪くない！　ロイに会わせて。彼なら分かってくれるはずだもの！」

「お待ちください、アリス夫人！」

バタバタと走り回る足音が大きくなる。それが接近してくるにつれ、シェリルの身体は強張った。いつもならば毅然としていられるのに、今はマグノリアの顔を見たくない。心に植えつけられた恐怖が、足を竦ませた。

「ロイ！　この人たちったら酷いのよ、私を捕まえようとするの」

甘えた声音が部屋に飛びこんでくると、シェリルはロイの背後に匿われた。広い背中に守られて、新たな涙が余計に溢れる。滲む視界の中、マグノリアが忌々しげにこちらを睨むのが見えたが、それは一瞬のことで、すぐに悲劇的な泣き顔へと取って代わった。

「私はぶつかってランプを落としてしまっただけなのに、シェリル様が大騒ぎして……これじゃまるで犯人扱いよ。ロイからも皆に言って頂戴。被害者は私の方だって」

あまりにも事実と違い、唖然としたのは言うまでもない。

「ロイ様……、あれは偶然などではありません。マグノリア様が……」

上手く説明できないシェリルの言葉は、ロイの微笑みによって遮られた。

「分かっています。ですから、大丈夫です。たまには、私に守らせてください」

「その人に何を吹きこまれたのかは知らないけど、私が危険を知らせてあげたから、すぐに消火できたのでしょう？　おかげで皆、無事に済んだのよ」

「寝言は眠ってから言ってください。貴女はご主人を置いて逃げ出そうとしたのを引き留められ、私に問い詰められて渋々火災の件を話したのでしょう。火を消し止めたのはシェリル様です。これ以上嘘を吐くと、尚更罪が重くなりますよ」

冷たく言い放ったロイは、背後にシェリルを庇ったまま一歩前に出た。今までよりも一層はっきりとした拒絶に、流石のマグノリアも気圧され、身を竦める。

「つ、罪？　ロイったら、大袈裟ね」

「勝手に屋敷内に入りこみ、火を点け、私の大切な方に危害を加えたことは許せません。放火がどんなに重い刑罰になるか、ご存知ですよね」

「何を言っているの？　貴方の大切な相手は私でしょう？　今までもこれからもずっと」

「いつまで、くだらない思いこみの世界にいるつもりですか。私たちは他人です。それ以上でも以下でもない。精々が融資をする側と受ける側の関係。ですが、それも解消させていただきたい」

後ろからロイを見守るシェリルでさえ、身体の芯が冷えるような声音だった。凍えるほどの冷気が彼から立ち上っている。身動き一つ許されない緊張感の中、慌てふためいたのはそれまで存在感がなかった一人の男だった。

「待ってください！　妻のしたことは謝ります、ですから融資の件は……」

「これまでも、何度も警告はいたしましたよね？　貴方の奥様を私に関わらせないでくれと。それをことごとく破ったのはどなたです？　まさかあわよくば妻を愛人として売ろうとでも思っていましたか？　私の弱みを握り、もっと金を引き出せるとでも？」

図星だったのか、マグノリアの夫らしい男は黙りこんだ。年齢はロイよりも十は上に見えるが、明らかに気迫負けしている。おどおどと視線を泳がせ妻からも距離をとり俯いた。

「酷いわ、貴方！　そんなふうに私を利用するつもりだったの!?」

「お、お前がバンクス様は自分に夢中だからと言ったんじゃないか。それに嬉々として昔の男に会いに行って。だから俺は……」

「内輪揉めは余所でやっていただけますか。――連れていけ」

醜く言い争う夫婦は、使用人の男たちに羽交い絞めにされ引き摺られた。マグノリアは『可哀想な自分』は被害者だと叫び続けたが、それがロイの心に届くことはない。むしろ彼は余計に嫌悪感を露わにして、頭を振った。

「とっくに私の中で貴女は不要な人間です。いい加減、貴女の中からも私を消してください。迷惑です」

「嘘、そんなの嘘よ。だって私は愛される人間だもの」

幼い頃、シェリルの両親も沢山の愛情を注いでくれた。周囲の人々も優しく、いつしか大切にされることを当然だと思いこみ、自己愛を肥大化させていた時期が自分にもある。マグノリアはきっと、その頃のシェリルと同じだ。違うのは、気がつく瞬間があったかどうか。鼻っ柱を叩き折られて、ただ漫然としていては誰にも選んではもらえないのだと察する時があったかどうかだ。

　六年前セドリックから言われた内容は辛かったけれど、おかげでシェリルは自分を客観視することができるようになったのかもしれない。生々しい傷痕は今、感謝を育む場所に変わっていた。

　今からでも遅くはない。マグノリアにもそれが伝わればいいと心の底からシェリルは思った。一度はロイの大事な人であったならば、きっと根っからの悪者ではない。だから、どうか――言葉にはせず、そっと願う。一つ分岐を間違えれば、自分もそうなっていたかもしれないのだ。

　その後、やってきた医師にシェリルとメイドは診てもらい、適切な治療を受けた。火傷も痕が残ることはないらしく、安堵する。ただ、ロイはひたすら謝り、悲しんでくれた。『貴方のせいではない』といくら告げても罪悪感が晴れないのか、シェリルの傍を離れようとせず、いっそこのままここに住めばいいとまで言い出す始末だった。

「そんな、けじめのないことはできません」

「勿論、シェリル様のご両親にはちゃんとご挨拶に参ります。でも心配で堪らないのです。貴女はいつも私の知らないところで危険な目に遭って、一人で解決してしまうから……」

「……これからは、頼りますよ？」

たぶん、セドリックに手酷く振られた時から、シェリルは必要以上に誰かに寄りかかったり甘えたりすることをやめ、心を預けないよう無意識に避けていた。でも、ロイにならば自然にできてしまう。それが居心地よくて堪らないのだ。

「是非、そうしてください」

その夜は泊まれ泊まらないの押し問答の末、丁重に自宅へと送り届けられた。ロイは不満そうだったが、馬車から降りる際シェリルの手の甲へキスをしてくれ、それが非常にドキドキと胸をときめかせたのが印象深い。もっと恥ずかしいことも刺激的なこともしているのに、彼から与えられる行為はいつでも新鮮だ。特別なことなど何もなくても、傍にいるだけで鼓動が高鳴る。こんな相手はロイ以外誰もいない。

フワフワとした心地のままシェリルは家へ戻り、家族に帰宅が遅くなった説明をしようとした瞬間、出迎えた彼らは悲鳴をあげた。

怪我は治療され、焦げてしまったドレスは着替えていたし、髪も彼が整えてくれていたが、シェリルの酷い有様に両親は卒倒せんばかりに衝撃を受けたらしい。母親などは涙ぐんでいたし、父親は呆然。兄は怒り狂った。しかし、ロイの誠実な謝罪と説明で、たちまち態度は軟化し、むしろ歓迎へと天秤が傾いたことが面白い。彼は、人の心を摑む天才なのかもしれない。

そんなことを考えながら眠りについた翌日――セドリックが正式に求婚の返事を聞く

ためにクリフォード家へやってきた。

「ど、どうしたんだい？　その怪我や髪は……」

顔を合わせるなり、彼は驚愕の声をあげた。

シェリルの指先は両手とも包帯で覆われ、顔にも赤い痕が残っている。更に、短くなってしまった毛先は結い上げてしまえば目立たないけれども、前髪はどうにもならない。装飾品で隠してはいても、何かがあったのは歴然としていた。

「実は、ちょっと小火《ぼや》に巻きこまれまして……」

一夜明け、身体のあちこちに引き攣るような痛みがあった。シェリルはそれを堪えながらソファに腰かける。場所はクリフォード家の応接室だった。

セドリックはしげしげとシェリルを見つめ、そして不快げに顔を歪めた。

「こんな大切な時に、いったいどういうつもりなんだ。そんなみすぼらしい状態じゃ、両親に紹介しにくいじゃないか。夜会にだって出られやしない」

「……」

シェリルの怪我を心配するのではなく、理由を問うのでもない彼に、一つ区切りがつけられた気がした。セドリックにとって、一番大事なのはシェリルの外見。だからこそ、それを損ない連れ歩くことが難しい事態に腹を立てているのだろう。そう気がつくと、傷つくよりも妙に冷静になる自分がいた。

別に彼が特別酷いわけではない。そういう男性は大勢いるし、噂話が命取りになる貴族社会では普通のことだ。でも、それ故にシェリルの中でロイの存在が鮮やかに浮かび上がった。彼も無茶をするなと戒めたが、理由は自分の身を案じてくれたからだ。決して、外聞を気にしたからではない。根底には、純粋な気遣いがあった。

今日、本当はこの場にロイも同席すると言ってきかなかった。自分にも関わりのある話だから、一緒に謝罪したいと。しかし、どうしてもシェリル一人で応対したいと主張したのだ。立ち向かい怒りを買うべきなのは、思わせぶりな態度をとり、意地でセドリックを籠絡しようとした自分だけで充分。ロイに庇ってもらうつもりはない。

「セドリック様、私は貴方の求婚を受け入れられません。すぐにお返事できず、申し訳ありませんでした」

深々と頭をさげたシェリルに彼の息を呑む声が聞こえた。沈黙が痛いほど肌に突き刺さる。けれども、伝えなければならない。自分の口で。

「……他に、想う方がいます」

「まさか……ロイ、か？」

いつまでも顔を上げないシェリルに対し、セドリックの掠れた声が絞り出された。ごまかす気も嘘を吐くつもりもない。シェリルは静かに顔を上げ、彼を見つめた。

「はい。あの方を、お慕いしています」

許してもらおうなどとは決して思っていない。理解してもらえるとも思っていない。だが、シェリルが想像していたよりも幼馴染の反応はずっと激しかった。

「馬鹿馬鹿しい。あいつは爵位さえ持たない庶民だぞ？　確かに近々、準男爵に叙されるという噂もあるが、君も貴族の端くれなら、何を選択するのが正しいかは分かっているだろう？」

「そんな言い方はやめてください。彼はとても努力家で立派な方です……親から受け継いだだけではなく、自らの力で道を切り開いたのですもの」

反射的に言い返したが、セドリックはシェリルに反論されたことが面白くなかったのか尚更整った顔立ちを歪めた。苛立ちも露わに髪を掻き上げ、声を荒らげる。

「成り上がりには変わりない。確かに一財産築いてはいるが、聞けば金貸しなんて下品な真似もしているそうじゃないか。そんな男がいいとシェリルは本気で思っているのか？」

「それも、きちんとしたお仕事の一環です。セドリック様はロイ様のご友人ではないのですか？　ご一緒にウォーレンスですごされたのでしょう？　何故、そんなふうにおっしゃるのですか」

「友人だなんて、やめてくれ。アイツは身分が低いくせにいつも僕の邪魔をして……人脈でもスポーツでも、仕事の成果でも、常に一歩前にいた。この僕が庶民なんかに負けるなんて、どれだけ屈辱だったことか。しかも今度はシェリルまで……！」

セドリックの拳が叩き落とされたテーブルが、鈍い音を立てた。その瞬間、シェリルは理解する。

——この方は本当に私を愛してくれているのではなく、ロイ様への敵愾心を募らせているだけだわ……

彼の気持ちの全てが偽りだとは思わないけれども、純粋な愛情だけではないことはよく分かった。嫉妬や悔しさが折り重なり、実像以上に大きくなってしまったのだろう。それは、シェリル自身も覚えのある感情だから、すんなりと飲みこめた。悲しくはない。むしろ、哀れだと思う。黒々とした執着に振り回される辛さは、知っていたから。

「セドリック様はセドリック様。ロイ様はロイ様です。それぞれ良いところも悪いところもあります。勿論、私にも。……でもそういった弱い部分や狡い部分を曝け出せるのは、私にとってあの人だけなんです」

もしもロイに出会わなければ、疑うことなくセドリックの手を取っただろう。それはそれで、たぶん幸せだった。疑問を抱く余地もなければ、己をごまかしているという意識もないまま生きてゆけたに違いない。けれど、別のありようを知ってしまったから、もう無理だ。価値観の変わってしまったシェリルは、昔のままの夢を見ることはできなかった。

「申し訳ありません。せっかく、私を望んでくださったのに……」

「あんな……ッ、どこの馬の骨とも知れない男を選ぶのか!?　君の父上だって許すはずはないだろう！　絶対に僕との婚姻を望むはずだ。……そうだ、今からクリフォード男爵に話をしよう。先にシェリルの意思を尊重しようとしたのが間違いだった。初めから父親に話を通すのが礼儀というものだ」

「そんな……やめてください！」

正式に申し込まれてしまえば、断るのは困難になってしまう。家格は彼の方が上だし、何よりもシェリルの父が乗り気になってしまうだろう。それでもと自分の想いを貫き通せば、きっとロイに迷惑がかかる。貴族社会を敵に回せば、彼の仕事に支障が出るに違いない。シェリルはどうにかセドリックを落ち着かせようと頭を働かせた。

「そんなことをなさっても、誰も幸福にはなれません」

「いいや、なれる。人にはなすべき役割がある。同じ階級同士で結婚はすべきだし、それに君の父上だって満足するに決まっている。早速話をしてこよう」

「待ってくださいっ！」

「――――そんなことは、ありませんよ？」

興奮したセドリックが立ち上がった刹那、のんびりとした声がかけられた。

いくら旧知の知り合いでも、節度を持って僅かながら扉は開けられていた。そこから顔を覗かせたのは、シェリルの父親であるクリフォード男爵だった。

「お父様……」

「悪いね、セドリック。穏やかじゃない物音が聞こえたから、様子を見に来てしまった。確かに私も娘と君が結ばれればいいと思っていたけれど、シェリルの意思を無視して話を進めるつもりはないよ？　それに昨晩初めてバンクス氏にお会いしたが、なかなかの好青年じゃないか。私は彼が気に入っている。身分や体面に拘って娘を不幸にするほど、私は酷い人間ではないつもりだ。それとも君は、そういう無慈悲な義父をお望みなのかな」

やんわりと、けれどもはっきりした物言いにセドリックが言葉に詰まる。真っ赤に上気していた顔は見る間に色をなくしていった。

「そういう意味では……」

「君は男の眼から見ても華やかな容姿をしているし、話術も巧みで多才な青年だ。何をそう卑下しているのかは分からないが、決してバンクス氏に劣っているとは思わないよ。この世に女性はシェリルだけじゃない。他にも君に似合いの従順で可愛らしいお嬢さんはいくらでもいるさ。こんな巨大な猫を被ったじゃじゃ馬ではなく」

「お、お父様……！」

まったくその通りなのだが、娘に対してあんまりな言い草だと思う。シェリルは思わず抗議しようとしたが、その前に父親はひらひらと手を振った。

「まぁ、あとは当人同士で話し合ってくれ。私はこれで失礼するよ。ああ、くれぐれも扉は開けておくように。君たちを信用していないわけではないけれど、一応ね」

自分の言いたいことだけ並べ立てた父親は背中を向けたが、入れ替わりに部屋へと入ってきた人物を見て、シェリルは眼を丸くした。

「ロイ様……」

「どうしてお前がここに」

来なくていいと告げたのはシェリルだが、彼の姿を捉えただけで、安堵する気持ちを抑えきれなかった。ロイの穏やかな瞳が細められ、それだけで身体を支えられた気がする。

彼は立ち去るシェリルの父親に深く頭をさげ、セドリックへと向き直った。

「説明責任は、私にこそあると思いますから」

「……これは、僕とシェリルとの問題だ」

「いいえ。もとはと言えば、私がシェリル様を誘惑したからです。彼女に何も非はない。責めるなら、どうぞ私を」

「何だと……？」

友人としても、仕事の関係上からもセドリックとの間に確執を抱きたくはないとロイが語っていたのを思い出し、シェリルは慌てて立ち上がった。睨み合う二人の男の間へ身体を滑り込ませ、ぶつかる視線を遮る。

「誘惑なんてされていません。私が……」

「シェリルは黙っていなさい！　男同士の話に口を挟むな！」

セドリックの怒声に身が竦む。耳どころか肌も痺れて、シェリルは硬直してしまった。今まで、異性に剝き出しの怒りをぶつけられたことなどない。幼馴染の形相にも驚いてすっかり怖気づき、唇を震わせた。

「……セドリック、この件はシェリル様が当事者でしょう？　それなのに蚊帳の外へ置くおつもりですか」

「結婚は、男が決めるものだ。それが常識だろう。女はより良い条件で望まれれば幸せになれる。そして、シェリルにとっては僕こそが最高の相手であるはずだ。僕ならば、貴族として彼女に華やかで豊かな生活を与えてやれる」

セドリックの言う通り、裕福で身分の高い男性へ嫁ぐことこそ女の幸せとされている。その栄誉にあやかろうと、皆必死に夜会で未来の夫を探しているのだ。だから、彼の言うことはシェリルにもよく分かる――だが。

「貴方の言う通り、私にはそういう生活を与えることはできないかもしれません。けれど、共に築き上げてゆくことはできますよ」

シェリルの考えが、そのまま言葉になったのかと思った。しかし聞こえたのはロイの声。驚いて背後の彼を振り返れば、柔らかく肩を抱かれた。

「爵位を持たない私は彼女に苦労をさせてしまうかもしれません。でもその分、シェリル様を理解して支え合うことはできます」

『支え合う』――それこそ、シェリルが欲しかった関係だった。庇護されるのでもなく、依存するのでもない対等な人間として。お互いを尊重し、尊敬し合える人。触れられた肩から滲む温もりがシェリルに勇気をくれた。今まで、他者の望む理想の枠に嵌まろうとしていたシェリルは、『これが常識』と唱えられると弱い。逆らってはいけない気がして、自分の方が間違えているのかと一歩引いてしまうのだ。けれど、ロイはそんな壁をも易々と砕いてくれる。

「馬鹿な。男のくせに女性に頼るつもりか。みっともないとは思わないのか」

「……セドリック様、私と貴方ではお互いを見つめ合うことしかできないんです。でも私は、この先共に生きてゆくなら、同じ方向を見つめられる人がいい。それが、私の『理想の男性』です。誰が正しいか間違えているかではなく、私たちは相性が合わないのだと思います」

「……それで、ロイを選ぶと言うのかっ」

肯定は言葉ではなく眼差しで返した。溢れる想いが勝手に瞳から滲み出す。申し訳なさと、押さえきれない恋情が。

「ごめんなさい……返事を引き延ばすような真似をして」

「納得できない。僕の何があいつに劣っていると言うんだ！」

叫ばれた内容こそ、セドリックの本心なのだろう。柔らかな心の底に沈む、劣等感。敗北感と言い換えてもいい。きっとそれは、誰の中にも潜んでいる。勿論、シェリルの中にも。だから、幼馴染の気持ちは痛いほどよく分かる。むしろ自分と重なり、辛くなった。

「セドリック様……」

「勝負しろ、ロイ。内容はお前の得意なもので構わない。酒でも狩猟でも何でも。今度こそ僕は絶対に負けない。勝った方がシェリルを手に入れるんだ」

「え!?」

勝手に賞品にされ、シェリルは面食らった。いくら何でもこんな扱いはあんまりだ。

「はい、そうですか」と右から左に流されるなど、冗談ではない。

「セドリック、私は構いませんよ。古来の作法に則り、剣で命をかけた勝負をしてもいい。ですが、選ぶのはあくまでもシェリル様です。彼女の意思を無視することはできません」

「どうせ自信がないだけだろう。そんな弱腰の男に彼女を任せられるか！」

ロイが興奮するセドリックを宥めようとするが、幼馴染はますます語気を強めるだけだった。

「だいたい、重要なことを決めるのは男の仕事だ！　選択権は我々にある」

「待ってください、セドリック様、私も意思がある一人の人間です！」

「そんなこと知っている。とにかく黙っていなさい！」

聞く耳も持たずに押し退けられそうになったが、そうはさせまいとシェリルは踏ん張った。ロイの言う通り、当事者であるはずの自分が除け者にされるなどとても了承できない。

「いいえ、黙りません！　それとも紳士であるはずの貴方は、力ずくで婦女子を排除するのですか。とても褒められた行為ではないと思います」

「な……っ」

痛いところを突かれたのか、セドリックは顔を顰めた。彼は女性を軽んじる傾向があるけれども、その分男性としての矜持は高い。男は女を守るものであり、暴力を振るうなど以ての外だし、そう見られることにも屈辱を覚えるに違いない。一瞬怯んだ隙を見逃さず、シェリルはセドリックへと詰め寄った。

「当たり前ですが、私、理不尽なことには黙っていられません。女は一人で我が身を嘆いて耐え忍ぶなどという幻想を抱いていらっしゃるなら、どうぞお捨てになって。そんな殊勝な心構えは持ち合わせておりませんし、今後身につける予定もありません。できないのでしたら、別の女性をお探しください。私にはセドリック様の理想の女になるのは無理です！」

六年前からひた隠しにしていた本性を曝け出し、シェリルは一気にまくし立てた。気が強く、男勝りだった幼いシェリルが顔を覗かせる。こうなってはもう止まらない。腰に手を当て胸を反らし、傲然と言い放った。

「先に宣言しておきますが、私たぶん、貴方を尻に敷いてしまいます」

「シエ、シェリル……？」

　女性らしく聡明になったと評判だったシェリルの豹変ぶりに驚いたのか、セドリックは頬を引き攣らせた。彼の理想では、ここは弱々しく縋ってくるくらいが丁度いいのだろうが、知ったことか。据わった眼差しのまま、精々生意気な女に見えるよう肩をそびやかす。

「愛人は認めません。男性の甲斐性だとか寝惚けたことをおっしゃるなら、相応の償いをしていただきますよ？　それから浪費もやめてくださいさい。そんな余裕があるのならば、寄付に回していただけますか。持つ者の嗜みですよね。お仕事が忙しいのは望ましいことですが、必ず自宅には帰ること。家族をないがしろにすることは許せません。使用人を冷たく扱うことも論外です。身分を笠に着た言い回しは大嫌いですし、品がないのではありませんか。それから――」

「ま、待ってくれ。シェリル。何だか雰囲気が変わっていないかい……？」

「これが本当の私です。条件を守っていただけないのなら、夫などこちらから捨てさせていただきます。――自分を押し殺して、一生を捧げるなど無理ですもの」

　女性側から夫を『捨てる』など現実的には不可能だが、毅然としたシェリルの姿には説得力があった。見る間に、セドリックの怒りが削がれてゆくのが分かる。驚愕のあまり戦意を喪失したのか、険しかった表情は脱力したものへと変わっていった。

「……君はいつも、無理をして私に合わせていたのか……？」

「――セドリック、貴方の幼馴染を私に任せてくれませんか。万が一にも彼女に捨てられないよう努力しますから」

「……ふん。そんなことになったら、思いっきり笑ってやる」

肩を落としたセドリックが大仰な溜め息を吐いた。そして憑き物が落ちたように冷静さを取り戻しシェリルを見つめる。

「……そうだな。少し頭に血が上っていたらしい……」

「セドリック様？」

「出直すことにしよう。……次は、幼馴染の幸せを祝福できるようになって」

微笑みは、かつて憧れたものと変わらず、魅力的だった。だが、昔のように胸が高鳴ることはない。代わりに、シェリルの意識の大半は背中に感じる愛しい人の体温に奪われていた。

「ありがとうございます……セドリック様」

そして、さようなら。

心の中で告げる別離が届いたのか、幼馴染は僅かに頷いた。かつてシェリルを魅了した瞳のまま。

「……すまなかった、ロイ。僕はずっとお前に嫉妬していたんだ」

「お互い様です。私も、貴方に対抗心を燃やしていましたよ。それでもウォーレンスで傷心の私を励ましてくれた貴方がいたから、ここまで頑張ってこられたのです。友人としてすごした時間があったのは、嘘ではありません」

「……そうだな。また、一緒に酒でも飲むか。久しく行っていない」

「ええ、是非」

別れは、淡々としていた。友人として握手を交わし、静かに帰路につくセドリックを見送って、シェリルとロイだけが残される。改めて向かい合った彼は、神妙な面持ちでシェリルの頬に触れた。そこには、傷痕を保護するためのガーゼが貼られている。その白い布の縁を辿り、愛おしげに肌を愛撫した。

とくんと高鳴ったのは、胸の内。

「――先ほど、クリフォード男爵へ正式にシェリル様を娶りたいと申し込みました。返事は貴女次第とのことです。もう一度確認します……シェリル様、私と結婚してくださいますか？」

「勿論です……！」

歓喜が全身へ広がってゆく。間髪を容れず返事をし、シェリルはロイの胸へと飛びこんだ。

エピローグ

結婚式は、親族と少ない友人だけで控えめに行われた。大々的にすることも案には上ったが、「仕事の宣伝に利用するような真似はしたくない」というロイの言葉に従った形だ。

マグノリアの夫の会社はその後倒産し、多額の負債を抱えたらしい。勿論ロイも債権者の一人だし、額で言うならば一番大きい。しかし彼は、それを回収しないと告げていた。代わりに、二度とマグノリア本人も家族も関わらせないという念書を取り交わした。万が一破れば、訴えを起こすという一文も忘れていない。

純白の衣装に身を包んだシェリルは、ゆるりと頭を振った。マグノリアには同情する。けれども、共感はしない。ここに至る道を選択し続けたのは、彼女自身。冷たい考えかもしれないが、責任を負うのは本人でしかない。

結婚式にはセドリックも出席してくれ、シェリルは大切な人たちから祝福を受けて、滞りなく式は終わった。そしてその夜。

「とても大きくなりましたね」

ベッドの上、晴れて結婚した相手と裸の状態で向かい合って座るとは、いったいどんな拷問だ。胸に感じる視線が痛くて、シェリルは真っ赤になりながら俯いた。

「……そんなに見ないでください」

「結果を確認しろと言ったのは、シェリル様でしょう」

婚姻前に肌を重ねてしまった二人だが、今日までそういった行為は封印されていた。ロイ曰く、「自分への罰」らしい。大切なシェリルの初めてを忘れてしまった自分がどうしても許せず、けじめのない己に嫌気がさしたせいだとか。そんなことお互い様だから気にしていないとシェリルが言っても彼は納得せず、結局半年近くもキスと軽い接触だけで終わっている。正直、欲求不満だ。もっと彼に触れたいし、触れられたい。しかしそんな淫らなことを口にできるわけもなかった。

おかげで自分でする育乳マッサージが捗ったこと。逢瀬ではロイが言葉やさりげない優しさで充分シェリルをドキドキさせてはくれたが、以前と比べて刺激は少ないと言わざるを得ない。どちらにしても、満たされなさは加速した。

「……ご自分で、頑張ったのですね」

もうセドリックの理想を追う必要はないので、胸の大きさに拘る理由はなかった。ロイは小さいことを気にしていないし、長年の研究でより良いパッドもシェリルが自分で開発している。では何故『目指せ巨乳』作戦を続行したかと言えば、それは自分自身のためだ。シェリルだって、体形さえ許すならば大胆なドレスを着てみたい。誇らしげに谷間を見せつけ、汗による肌荒れや肩凝りを嘆いてみたい。決して詰め物による蒸れなどではなく。ささやかな願望だ。

そんなわけで、相変わらず一日も欠かさずにマッサージに勤しんできた。今やシェリルの胸は人並み程度には成長していると思う。

ふるりと揺れる頂を凝視され、勝手にそこが色づき硬くなってしまった。触れられることを期待して、肌は汗ばんでいる。だがロイは見つめるだけでなかなかシェリルに触ってくれない。まるで視線で犯されているみたいだ。そのもどかしさが余計に渇望に拍車をかけた。

「いやらしくて……綺麗です」

「……褒めていらっしゃいます？」

「勿論」

ふ、と吹きかけられた吐息がシェリルの乳房を擽った。そんなささやかな刺激さえ、高まった身体には鮮烈に響く。ビクンと背筋を強張らせれば、逆にロイへと胸を差し出すような形になった。

「大胆ですね、シェリル様。そんなに舐めて欲しいのですか？」

「ち、違……っ」

彼の髪がシェリルの肌を滑り、あまりにも間近から覗きこまれて眩暈がした。ここ最近覚えがないほどに鼓動が暴れ、今にも破裂するのではないかと不安になる。きっと彼にも聞こえていると思えば、震える愉悦が尚更湧き起こった。

「貴女の努力の結果だと思うと、愛しくて堪らない」

「……ん、ふぁ……ッ」

まるで宝物を愛でるように形を確かめられ、シェリルの唇から自分のものとは思えない甘い声が漏れた。恥ずかしくて両手で口を覆えば、優しいけれども強引に引き剝がされる。ロイは摑んだシェリルの手首に啄むキスをした。

「ぁ……」

ちゅ、ちゅと音を立てながら肘の内側、二の腕、鎖骨へと吸い付かれる。痛みと共に咲く赤い花は、点々と首筋まで繫がっていった。

「そんなところ……服を着ていても見えてしまいますっ……」

「見えるようにしているんですよ」

「……あッ」

最後に揺れる果実を咥えられ、シェリルは疼く下腹を波立たせた。いくら堪えようとあがいても、次から次へと甘い責苦が加えられる。快楽と痛みの狭間で身悶えれば、横たえられ覆い被さってくるロイの身体に押さえつけられた。

　背中に感じるリネンの冷たさが、同じ温度に変わってゆく。彼の体温とも溶け合って、二人の境目が曖昧になる気がした。見下ろしてくるロイの瞳に隠しきれない情欲が揺れ、それを掻き立てているのが自分なのかと思うと、どうしようもなく歓喜が生まれる。

「……ちゃんと見せて」

「だって、恥ずかしい……」

　シェリルの隅々までも探るような視線が熱くて、思わず両手で自らの身体を抱いてしまった。すると今度は無防備になった下肢へと彼の指先が下りてゆく。

「あ、だ……駄目っ」

「全部見せてください。こんなに綺麗で淫らな貴女を覚えていないなんて信じられない。自分の馬鹿さ加減がいやになります。ですから、もう一度やり直させてください。……私は本当に、シェリル様に乱暴を働きませんでしたか？」

　不安げに紡がれた言葉が、ロイの懊悩を表していた。まさかそれほど気にしているとは思っていなかったので、シェリルは少なからず驚く。労わりに満ちた手つきで腰から腿を撫で下ろされ、膝に籠っていた力が抜けた。

「ロイ様は、とても優しくしてくださいましたよ？　私にとっては、夢のような時間でした。――――まぁ、貴方にとっては別の意味で夢に等しいでしょうけれど」

今更怒っても恨んでもいないけれど、ちょっとした仕返しだけはさせてもらった。たっぷりと塗《まぶ》した皮肉に絶句した彼を見て溜飲をさげ、シェリルはロイの首に腕を回す。頭を持ち上げ、自らキスをした。

「でも、これから新しい時を積み重ねればいいだけです。ロイ様と一緒に」

にっこり微笑めば、苦笑した彼が鼻を擦り合わせてきた。睫毛が触れそうな近さで見つめ合い、ロイの瞳の中に映るのが自分だけなのを確認する。たったそれだけでしめつけられる胸が苦しい。けれど幸福な痛み。彼だけがシェリルに与えることのできる甘い苦痛は、いつだって大歓迎だ。

頬を摺り寄せると、内股に滑り込んだ彼の手がシェリルの脚の付け根を探り、秘められた蕾を簡単に捉えた。転がすように刺激され、あっという間に高められる。小さな摩擦でさえ、極上の甘露となって末端まで官能を行き渡らせた。綻んだ花弁を滴る蜜が掻き混ぜられ、ぐちぐちと聞くに堪えない淫音を奏でる。

「……ぁ、アッ」

「シェリル様、こんなに溢れさせて、私の忍耐を試しているのですか？」

「そんなこと……っゃ、あっ」

敏感な肉芽を摘まれ、ぬるぬると捏ね回され、快楽から腰が戦慄いた。同時に隘路に差しこまれていたロイの指先が妖しく蠢き肉壁を擦る。最初はゆっくり。けれど次第に荒々しく。

「ひぁ……っ」

丸まった爪先がベッドに皺を刻み、シェリルは仰け反った。内側に施される愛撫は峻烈《しゅんれつ》で、以前とは何かが違う。違和感はあるが、それよりも遥かに大きい淫悦を拾った。指の本数が増やされても、苦しさより快感が勝ってしまう。身体を重ねたのはたった一度だったが、度重なるレッスンでシェリルの身体はすっかりロイに暴かれ慣らされていた。何よりも、心が重なり合っていると思うだけで、快楽が何倍にもなる。

「ん、ぁあっ、あ……」

「もっと、脚を開いて」

愉悦の余韻に打ち震えている間に太腿を割り開かれ、恥ずかしい体勢を要求された。すっかり熟れた花弁は赤く充血し、たっぷりと蜜を湛えている。その秘めるべき場所に注がれる眼差しの強さに、シェリルの羞恥心が再び首を擡げた。

「み、見ないでください……！」

「言ったでしょう？　ちゃんと見たいと。……でも、そうだな。シェリル様がそんなに嫌がるなら、今回は極力見ないようにします。その代わり――」

「きゃあっ!?」

両脚を抱え直されたことにより、シェリルの腰は浮き上がった。自然、恥ずかしい場所が天井を向き、何ものにも遮られない形でロイの瞳に晒される。

「暴れないでくださいね」

「や――――っ、あ、あァッ」

おそらくわざと音を立て、彼の舌がシェリルの卑猥な園を舐った。丁寧に縁を辿り、慎ましく硬くなった花芯を転がす。蜜源をも暴かれ、ごく浅い部分への侵入を受けてシェリルはガクガクと腰を震わせて喘いだ。指で弄ばれるのとはまた違う。柔らかな舌先でつつかれ、恐ろしいほどの淫悦が膨らむ。ロイの歯が掠める危うさにさえ、蕩けんばかりの快感が弾けた。

「ひ、ぁあ……あっ、んぁあっ」

ぐちゅぐちゅと濡れた淫音が部屋に響き、止まらない愉悦が降り積もる。瞬く間に飽和状態になってしまった情欲に理性はあえなく呑まれて、シェリルは小さく何度も痙攣した。

「も、もう……、ロイ様っ……！　ぁああッ」

「ご要望通り、眼は閉じていましたよ。代わりに舌で味わいましたけれど」

口の端を手の甲で拭う彼は、匂い立つほど美しかった。妖艶で、人の心を意のままに操る悪魔そのもの。きっとシェリルは出会った時から既に囚われていたのかもしれない。そうでなければ、あんな非常識な提案を受け入れたはずはない。今ならばそう思うが――

もうどちらでも構わなかった。自分がロイのものになったと言うならば、彼もまたシェリルのものだ。どちらかの一方的な所有ではない。つり合いの取れた天秤は、時折揺らぎながらも安定している。

「そ、そんな恥ずかしいこと、言わないでください」

「でも、ドキドキするでしょう？」

その一言に言いくるめられ始まった関係だから、今回もシェリルの抗議の台詞は引っ込んでしまった。実際、この上なく心音は暴れている。いつ壊れて飛び出してもおかしくはない。だからその前に、もっと求めなければ。

本当に欲しいものは、がむしゃらになって取りに行く。そうしなければ、手に入らないのだと教えてもらった。遠慮をしていれば掻っ攫われる。格好をつけていても誰も振り向いてなどくれない。それなら、自ら摑み取る努力をしなくては。

「……ロイ様を、私にください」

「いくらでも。代わりに、シェリルの全てをもらいます。この先の未来も含めて」

呼び捨てにされたことが擽ったくも嬉しかった。返事の代わりに両手を伸ばし、彼と指を絡め合う。しっかり組み合わされた手は、解けることなく深く繋がれた。

「力を抜いて」

蜜口をノックする屹立が、シェリルの敏感な蕾を掠めた。ゆっくり上下に擦られるだけで、飢えが高まる。強請るように腰を揺らし、シェリルはロイの侵入を促した。

「……そんなに、煽らないでください。これでも、優しくしようと必死に耐えているんですから」

「我慢なんていりません。だって私、ロイ様が紳士なだけではないとよく知っていますもの。でも、そういう部分も、好きですから」

「――貴女は、本当に……っ」

くっと、表情を歪めた彼が、腰を押し進める。隘路を開かれる感覚に、シェリルは身を戦慄かせた。いくら積極的に誘おうとも、こちらはまだ初心者と変わらぬ二度目だ。前回の痛みを覚えている身体は、無意識に強張ってしまった。

「ん、ぁ……ッ」

「……辛かったら、言ってください」

初めての時のような引き裂かれる痛みはない。だが、息苦しい疼痛はあった。押しこまれる異物に呼吸は阻害され、額に汗が浮く。ロイはシェリルに口づけながら、張りついた髪を撫でつけてくれた。労りの滲む手つきに、やっと息を吐き出せる。

「大丈夫……です」

「シェリルが無理でしたら、いつでもやめますから」

「それは駄目です！」

むしろやめて欲しくない。動きを止めてしまいそうな彼を見上げ、シェリルは何とか微笑んだ。幸せなこの時間をなくしたくない。痛みさえ、自分のものだ。

「今度こそ、忘れられないように私をロイ様に刻みつけないと」

「まったく……減らない口だ。私の台詞を取らないでください。でも、そうだな。私も不甲斐ない以前の自分より、今の方がいいと言ってもらえるよう、頑張りますね」

「え……っ」

にっこりとした笑みに不穏なものを感じ、シェリルは思わず腰を引きかけた。だがそれよりも早く彼が上半身を倒してくる。

「……あッ、ぁああっ」

ぐぅっと奥まで満たされて、串刺しにされるような快感が一気に突き抜けていった。腹の中いっぱいに、ロイがいる。容赦なく全てを咥えこまされ、シェリルは眼を見開いて太腿を震わせた。

「ああ、駄目ですよ。ちゃんと呼吸をして。ね？」

まるでレッスン中のように落ち着き払った言い方が憎らしい。どうにか気の利いた反撃をしてやりたいのに、シェリルは体内で暴れる快楽に流されないでいるのが精一杯だった。しかし、ロイもまた言動とは裏腹に、余裕を失った鼓動を持て余しているのが伝わってくる。触れ合った手と、何よりも繋がった場所からの荒々しい脈動で。

求め合う強さは同じ。そう思えば、なお一層愛おしさが募る。高まる想いと連動して、シェリルの内壁が戦慄いた。

「……っ、急に締めるなんて、反則ですよ」

「締める？」

彼が何を言っているのかは不明だが、突然息を詰めたロイに険しい表情で咎められた。更には、シェリルの中で昂ぶりが一段と質量を増し、内壁を擦りあげる。

「ちょ……」

「シェリルのせいですから、責任を取っていただけますね？」

ただでさえ目いっぱいだった肉洞が、寸分の隙間もなく彼のもので埋め尽くされた。辛うじて残っていた余裕は駆逐され、甘い責苦が増幅する。シェリルの身体全部が淫らな感覚を享受する器官になってしまったかのように、ロイの動きに反応してしまう。突き上げられれば身悶え、引き抜かれれば喪失感に喘いだ。

「や、ぁ、あぁッ……あぅっ……ああ……あッ」

「ああ……もっと鳴いて、私を欲しがってください」

押しつけられた叢に肉芽が擦られ、破裂しそうな悦楽が広がった。全身から噴き出した汗と溢れる花蜜のおかげで、彼の動きが速くなってゆく。ずちゅと掻き出された愛液は白く泡立ち、卑猥さに拍車をかけた。

ゆるゆると穿ったかと思えば、荒々しく最奥を突かれ、緩急ある動きに翻弄されてしまう。次に何をされるのか予想もつかず、花芯を摘まれシェリルは髪を振り乱した。

初めて身体を重ねた時よりももっと、容赦なく悦楽の坩堝に落とされる。酔って正気をなくしていたはずのあの夜よりも、ロイはある意味凶悪だった。

「ゃ、あ……も、もうっ……！」

「ここに触れるとシェリルの内側は一層強く私を締めつけてくる。まるで放さないと縋られているみたいだ」

恍惚を滲ませたロイが熱い息を吐いた。彼の手が淫らに膨らんだシェリルの突起を嬲る。普段なら慎ましやかに隠れているそこは、今やすっかり顔を覗かせ、ロイに触れてもらうためだけに存在を主張していた。

「ひっ、ぁあ……っ、やめ、ぁ、アんッ……駄目、もうっ……」

「ええ、私も……限界です。……っ」

「……ぁああ……ああぁっ――」

何度も穿たれ、最奥を抉られたまま腰を回され、シェリルは高みへ飛ばされた。一拍遅れて、腹の奥で熱が爆ぜる。断続的に注がれる白濁に染め上げられ、重くなった目蓋が下りてきた。このまま眠ってしまいたいが、それでも、これだけは聞いておかなければ。

「……明日の朝……眼が覚めたら忘れているなんて、ありませんよね……？」

「安心してください。二度とそんなことがないよう、もっともっと心と身体に刻みこみます。まだ終わりではありませんよ？　ひょっとしたら、明日記憶をなくしているのは、シェリルかもしれませんね」

「……は？」

弛緩《しかん》していたシェリルの身体の中で、ロイが再び力を取り戻すのが感じられた。

「……!?　え、もう終わりじゃ……」

「酔っていた私が見境なくシェリルを襲わなくてよかった。流石に記憶が飛ぶほど酩酊していた状態では、一度が限界だったようですね。でも、今夜は素面《しらふ》ですから安心してください。存分に、愛し合いましょう」

「え、あの」

「貴女に情けない夫だと捨てられないよう、頑張りますね。ああ、心配しなくてもシェリルが朝起きられないのなら、代わりに私が胸のマッサージはしておきます。むしろこれからは、それを日課にしましょうか？」

髪を掻き上げたロイが満面の笑みで言い放った内容に、シェリルの頭は思考停止してしまった。

今、とんでもないことを聞いた気がする。聞き間違いであって欲しい。かつて育乳を任せろと告げられた時の光景が頭をよぎり否定するが、アメシストの瞳が妖しく輝いた。

「一緒に頑張りましょうね、シェリル」

「頑張る方向性が……違う気が……ぁあッ」

　シェリルの片脚を肩にかけたロイが、すっかり硬度を取り戻した屹立で突き上げた。存分に潤み、柔らかく解れた内壁が彼の昂ぶりを難なく受け止め咀嚼《そしゃく》する。いやらしい音に乱されて、シェリルは再び始まった律動に揺さぶられた。

「小さくて形のよい貴女の胸も大好きですけれど、女性は子を孕むと自然に大きくなるそうですよ。それも楽しみですね」

「……ぁ、あんッ、ぁ、それも、何か違う気が……ひ、あっ」

　ぐるりと身体を引っくり返され、今度は四つん這いの状態で後ろから突かれる。あまりにも卑猥な姿勢に羞恥が募ったが、それさえも快楽の糧となりシェリルは揉みくちゃにされた。

「おや、この体勢お好きですか？　反応がとてもいいです。他にも色々試したいですね」

「きゃぅっ……！　ああッ」

　腕の力が抜けてしまったせいで尻だけ高く上げた淫猥な状態を強制される。いくら眼前のシーツにしがみついても、激しい律動に翻弄され、叩きつけられる劣情に再び高みへと押しあげられた。シェリルは迫りくる予感に慄き頤《おとがい》を反らす。背後から回された手に花芯を嬲られ、胸の頂を摘まれ、最早何度目かしれない絶頂へ飛ばされた。

「ぁあ……んあっ、あ」

「これだと、シェリルの顔が見られないのは残念ですが、貴女の感度がいい胸を存分に味わうことはできますね」

などとのたまいながらロイはシェリルの胸を揉みしだいた。俯《うつぶ》せになったことで釣鐘状に揺れる乳房は、平素よりは重量感を増している。その頂を二本の指で嬲られ、ゾクゾクと肌が粟立った。

「ゃ……あ、アッ」

「可愛らしい声だ。でも、やっぱりシェリルの顔も見せてください。快楽に溺れる貴女の姿を」

「ふ……ぁ、あっ」

促されるままに振り返れば、不自由な体勢でキスをされた。体内の昂ぶりが擦れて新たな快感を呼び、貪るような口づけをされるたびに、剛直の猛々《たけだけ》しさが増すのは気のせいか。

「ん、んん……っ」

「覚悟してくださいね、シェリル。生涯誰も愛することはないと決めていた私を翻意《ほんい》させたのですから……ちゃんと責任をもって償ってください。これでも情は深い方なのです。それを何年も封じていたので、反動は凄まじいと思いますが」

「ん、ふぁ……ッ？」

何やら恐ろしいことを聞いた気がする。しかしシェリルの意識はすぐに圧倒的な快楽に押し流されてしまった。

「式の間中、沢山の男が貴女を物欲しげに見ていましたね。私のものを勝手に見つめるなど許しがたい愚行です。叶うなら、片っ端から退場させてしまいたかったけれども、親族や親しい友であれば仕方ありません。しかしこれからは、もっと気をつけないと……ああ、シェリルの行動を制限するつもりはありませんからご安心ください。代わりに、他の男たちに割いた時間の三倍……いえ五倍は私に使っていただければ」

腰を掴まれ、思い切り深い部分を抉られる。火花が散るような感覚の後、シェリルは背を仰け反らせて泣き喘いだ。唇からは意味を成さない嬌声ばかりがこぼれ出る。

「ひ……ぁ、ああっ……や、ぁああ――――ッ」

「愛しています、シェリル」

柔らかに解れた内壁が容赦なく蹂躙され、下りてきた子宮を突き回された。シェリルの背中に重なるロイの身体に揺さぶられ、だらしなく艶めいた悲鳴をあげる。開きっ放しになった口からは唾液がこぼれ、強張った指先がリネンを握り締めた。しかしそれさえ振り解く勢いで激しく腰を叩きつけられる。

「……んっ、ぁ、ああ……あああッ」

「っ……」

灼熱が最奥で弾け、一滴も逃すまいと蠢く自身の動きに指先までが痙攣する。彼は数度緩く突き上げ、脱力しきったシェリルのこめかみに口づけた。

「愛していますよ。私の理想の人。ですから、もっともっと愛させてください」

「……む、無理です……もう、休ませてください……」

息も絶え絶えに懇願すれば、ロイは美しい紫色の瞳を煌めかせた。

「まだ、足りません」

「……！」

ひょっとして自分は、とんでもない獣《けもの》を解放してしまったのかもしれない。引き攣るシェリルの頬を彼は極上の優しさで撫であげた。けれども、体内に収められたままの屹立は、凶悪にも力を取り戻しつつある。

「い、いやぁ……」

「涙ぐむ貴女も魅力的だ」

シェリルが夫から解放されたのは、空が白み始めた頃だった。泣きごとを言わないシェリルが、別の意味で夫に鳴かされるようになったのは、言うまでもない。

その後、社交界の宝として完璧と名高い妻の横には、常に夫が寄り添っていたという。

あとがき

初めましての方も、そうでない方もこんにちは。山野辺《やまのべ》りりと申します。

今回は、ギャップのあるラブコメを……から始まったお話です。なので、どの登場人物にも何某《なにがし》かの『ギャップ』を設けたつもりです。

こだわったのは『こういう人、いるよね』と感じてもらえる要素を混入したことでしょうか。程度の差こそあれ、誰もが抱える劣等感や問題。個性でもあり、美徳でもあるのですが、きっと関係性や見る側面によっては、真逆の意味に捉えられてしまうと思います。

歪みが足りないと感じる方もいらっしゃるかもしれませんが、一番怖いのは日常に潜む歪みです。あなたのすぐ隣にも存在するかもしれないひずみ。それどころか自分自身の中にもあるかもしれない闇が、何よりも恐ろしいのではないでしょうか。

イラストを描いてくださった緒花《おはな》様、可愛くて格好良くて艶のある絵をありがとうございます。表紙の色味が本当に綺麗で……日に何度も見つめています。

編集のY様、いつも気持ちを盛り上げてくださるさり気ない一言ありがとうございます。

最後に、この本を手に取ってくださった皆様、本当に感謝してもしきれません。またお会いできることを願って。ありがとうございました！

Sonya
ソーニャ文庫

この本を読んでのご意見・ご感想をお待ちしております。

◆ あて先 ◆

〒101-0051
東京都千代田区神田神保町2-4-7 久月神田ビル7階
㈱イースト・プレス　ソーニャ文庫編集部
山野辺りり先生／緒花先生

乙女《おとめ》の秘密《ひみつ》は恋《こい》の始《はじ》まり

2017年2月7日　第1刷発行

著　者　山野辺《やまのべ》りり
イラスト　緒花《おはな》
装　丁　imagejack.inc
DTP　松井和彌
編集・発行人　安本千恵子
発行所　株式会社イースト・プレス
〒101-0051
東京都千代田区神田神保町2-4-7 久月神田ビル
TEL 03-5213-4700　FAX 03-5213-4701
印刷所　中央精版印刷株式会社

ISBN 978-4-7816-9593-8
定価はカバーに表示してあります。